集英社オレンジ文庫

ハンティングエリア

〜船上の追跡者〜

羽良ゆき

HUNTING AREA

ハンティングエリア

〜船上の追跡者〜

CONTENTS

登場人物

CHARACTERS

フレイ

マイラの夫。一見、妻の事を気にかける良き夫に見えるが…？

マイラ

意に染まない結婚を強いられ、鬱屈した日々を送る女性。

藻洲(もず)

惺の夫。にこやかで人当たりが良い。

惺(せい)

40代半ばの女性。女帝として幾つものグループ企業を率いている。

イエリー

グレッグの妻。プライドの高い美女。

グレッグ

フレイの友人。筋肉質で長身。朗らかに見えるが…？

テグ

マイラが船倉で見つけた謎の青年。

ミア

メイヴィルの妻。無口で人柄も性格もつかみにくい。

メイヴィル

おとなしそうな雰囲気をした青年。薬の研究をしているらしい。

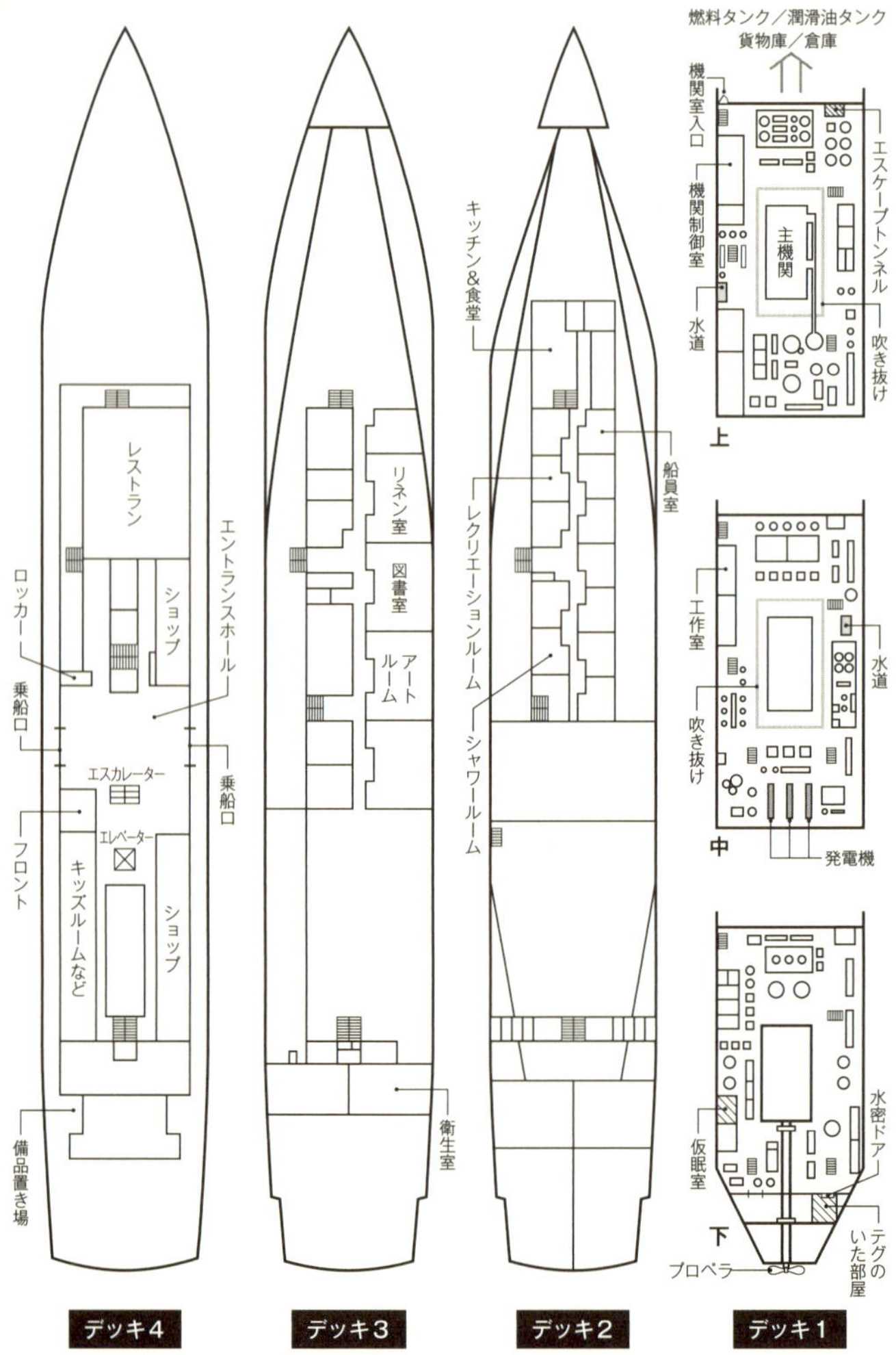

レストラン
ロッカー
ショップ
エントランスホール
乗船口
乗船口
エスカレーター
フロント
エレベーター
キッズルームなど
ショップ
備品置き場
デッキ4
リネン室
図書室
アートルーム
衛生室
デッキ3
キッチン&食堂
船員室
レクリエーションルーム
シャワールーム
デッキ2
燃料タンク／潤滑油タンク
貨物庫／倉庫
機関室入口
エスケープトンネル
機関制御室
主機関
水道
吹き抜け
上
工作室
水道
吹き抜け
中
発電機
水密ドア
仮眠室
下
テグのいた部屋
プロペラ
デッキ1

船内見取り図

DECK PLAN

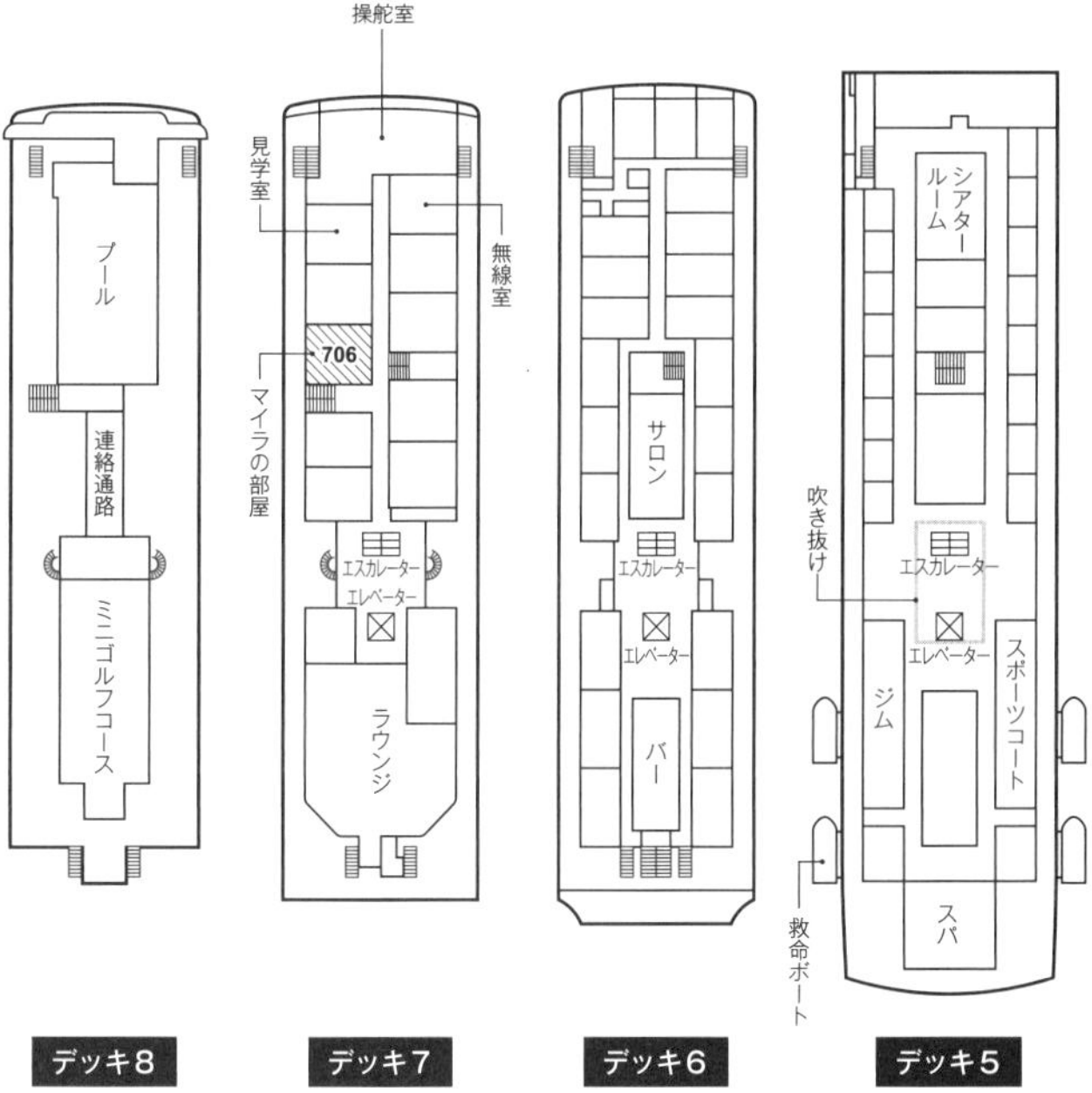

ハンティングエリア

HUNTING AREA

~船上の追跡者~

＊

澄みきった、夜の泉――。

彼の濡れた瞳を目にした時、わたしの頭に浮かんだのはそんなイメージだった。

悲しいほど清らかで、静謐《せいひつ》な漆黒《しっこく》。水面に反射する輝きは、もしかすると底が暗いほど際立って見えるのかもしれない。

揺れるきらめきと、その奥の黒の、あまりの深さ。

覚悟なく覗《のぞ》き込んだ瞳の想像もしなかった吸引力に、多分わたしはそのまま吸い込まれてしまったのだ。溺《おぼ》れたように息ができず、慄《おのの》き、喘《あえ》ぎ、空気を求めた。

頭の中が、指先が、ジンジンとしびれていくのを感じていた。

＊

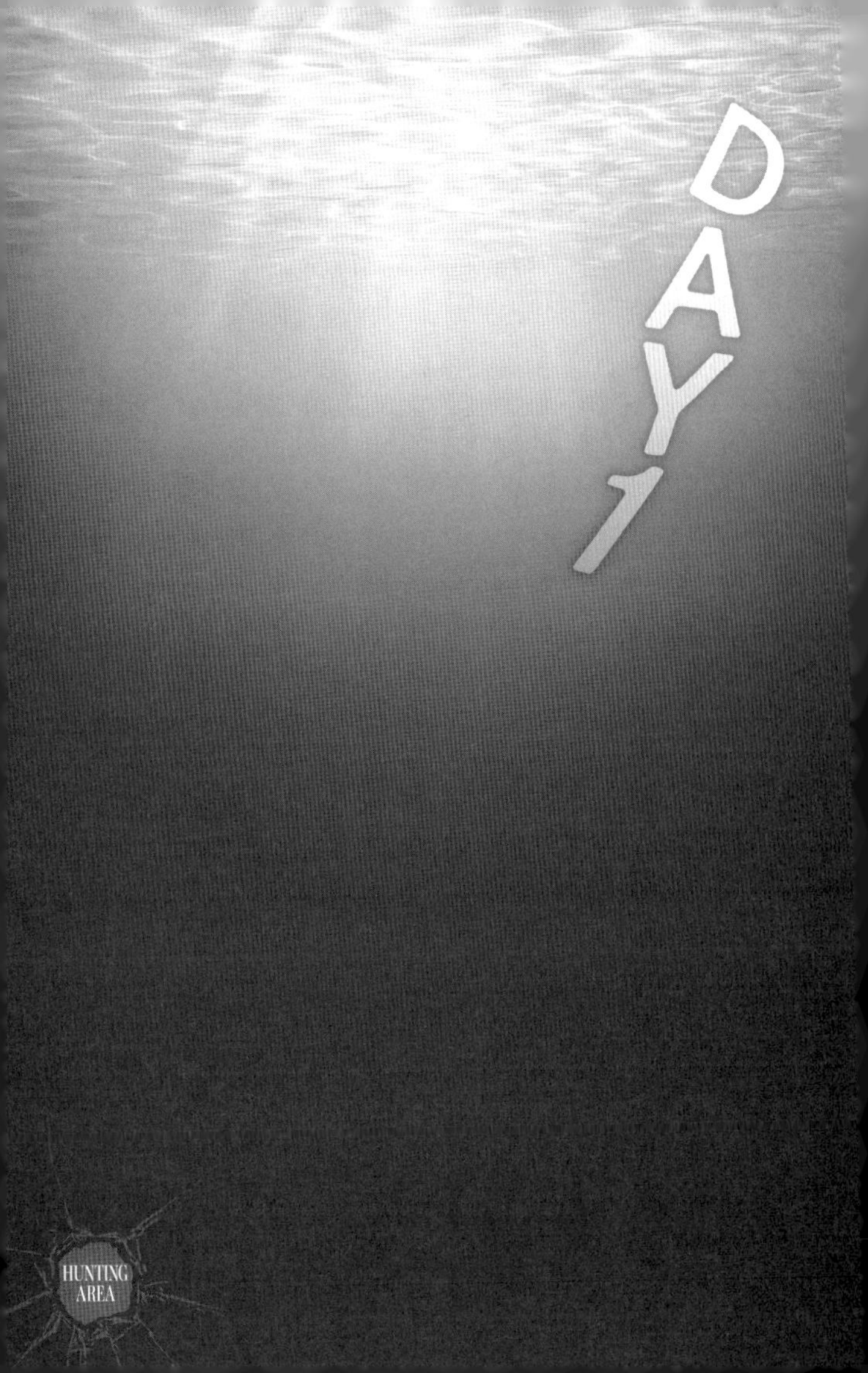
DAY 1
HUNTING AREA

気持ちが悪い。

フレイが窓を開けてくれたのは、どうやら完全に逆効果だったようだ。

テーブルに置かれた果物の盛り合わせが主張する甘ったるい香りが、部屋に入ってくる潮風とごっちゃになって、なおさら胸を悪くする。

絶え間なく襲う吐き気に、わたしは先ほどからスカートの裾《すそ》をきつく握りしめていた。意識して深呼吸を繰り返すものの一向に改善される気配はなく、吐き出した息は大きなため息のようになってしまう。

「マイラ。まだ顔色が悪いようだね。大丈夫かい？」

椅子《いす》に座ったわたしの正面にしゃがみ、フレイは下から顔を覗《のぞ》くようにしてそっと手を握った。

心配そうな顔をしている時も、フレイの口角はわずかに上がっている。人当たりがいいと言われる彼の、いわば癖のようなものだ。どんな時でも冷静でにこやか、育ちがよくて物腰が柔らかく、顔だちも整っている夫。結婚前に知った情報では、彼の三つの特性《ネイチャー》は「理想」、「社交」、「戦略」。そして容姿のスコアは五段階のうちの四だった。親から継ぐことが決まっている事業も安定しており、かつての同級生たちは声を揃《そろ》えて羨ましがった。

「ええ、大丈夫よ」

答えた声は情けないほど掠《かす》れている。そもそもこの旅の準備をしている時からずっと胃が痛かった。気が進まない旅行に、それ以前の問題……。

ありもしない救いを求めて室内に視線を巡らせると、ソファテーブルに出しっぱなしにしてあった本が目に留まった。主人公が広大な砂漠を行く物語。わたしは昔から本が好きだ。頭の中で想像する世界では、完全に一人きりになることができるから。

モスグリーンのキャンバス地のブックカバーはだいぶ前に自分で縫ったもので、封筒などに使われる円盤状の留め具と細い紐《ひも》で本を閉じておけるようになっている。それを付けたことに別段深い意味はなかったが、その姿は見ようによっては中身を覗かれたくないと外界を拒否しているようにも見える。

――わたしみたい。知っているのは、本人だけで充分。

生理が遅れていることは、フレイにも誰にも言っていない。初潮を迎えた少女の頃から毎月正確に訪れていた月経がこんなふうに遅れることなどめったにないのだが、確かめてもいないうちから余計なことを口にすべきではないだろう。

「酔い止めの薬が、わたしにはあまり効かなかったのかも……」

つわりというものがいつ頃から始まるのか知らないが、まだそうと決まったわけではない。体全体をねっとりと包み込む気分の悪さは、もしかすると本当にただの船酔いかもしれないし、夜中から一人で抱え続けている不安と恐怖のせいかもしれない。もしくはほとんど一睡もしていないので、寝不足のせいという可能性もある。

微笑《ほほえ》んでみせた唇の端が引きつっているような気がしたが、あまり心配されたくないので無理にでも笑っておく。そうしておいた方がいい。とりあえず、今のところは。

時計はすでに朝の七時半を回っている。そろそろみんなが起きだしてくる頃だ。

何か言いかけたフレイを遮《さえぎ》るように客室のドアをノックしたのは、その友人であるグレッグだった。返事も待たずにドアを開け、勢いもそのままに大股《また》で入ってくる。

「おい、フレイ。ちょっと来てくれ。船内がおかしなことになってる」

——きた。やっぱり、夢じゃなかったんだ……。

「おかしなことって何だよ」

余裕のある顔はむしろ面白がっているようだが、それに答えるグレッグの方は大真面目だ。

「これはおふざけじゃないぞ。よく聞け、クルーが一人もいないんだ」

「クルーってこの船の？　一人もって、まさか」

「俺だって最初はそんな馬鹿《ばか》なと思ったさ。でもな、三十分以上かけて船内を回ったが、操舵室《そうだしつ》だけじゃなくて各階にいたサービススタッフも全員消えてる。何かの訓練かと思って機関室まで覗きに行ったが、本当に人っ子一人いないんだ。今しがた廊下で藻洲《もず》とすれ違って、とりあえず残ってる乗客だけでもラウンジに集合しようってことになった」

さすがはグレッグ。わたしが推測するグレッグの特性《ネイチャー》は「主導」だ。グイグイとみんなを引っ張り、誰がどうすればいいのかをいつの間にか決めている。筋肉質の体はがっしりとしており、身長も高いので迫力があるが、基本的には朗《ほが》らかな人物だ。

「船長もいないのか？」

「むろんだ。真っ先に見に行ったが、船長室ももぬけの殻《から》だった」

顔を見合わせようとしたらしいフレイが視線を向けてきたが、わたしはそれに応《こた》えなかった。

「真剣な顔して、僕らのことを担《かつ》ごうとしているのかな。とりあえず行こう」

いたずらっぽく耳元でささやく声に、かすかな頷《うなず》きを返す。気が進まなくても行くしかないのだが、元より重かった気持ちに重しを載せられたようで、なかなか腰を上げることができない。このまま重さを増し続けたら、体が床にめり込んでしまいそうだ。

「ラウンジだ、早く来いよ。詳しい話はそれからだ」

グレッグの言う展望ラウンジは、この部屋と同じデッキ7の船尾側にある。船によっては「デッキA」などとアルファベットで呼んだりもするらしいが、この船では最下層である機関室をデッキ1とし、全長が一番長く広い甲板《かんぱん》があるのがデッキ4、一番上はデッキ8となっていた。

先に部屋を出ていったグレッグの向こうで、コツコツと廊下を打つ足音がラウンジの方へ遠ざかっていくのが聞こえた。おそらくはグレッグの妻、イエリーのハイヒールだろう。

こんな朝でも美しく巻かれた金髪を揺らし、バレリーナのような姿勢で優雅に歩いているのに違いない。

イエリーの華やかさは、容姿のスコアが最高の五であり、さらに本人も自覚した上でそれを磨き続けてきたことを物語っている。白くすらりと伸びた手足に青い瞳の美しさも相まって、女優顔負けの美貌《びぼう》はいつでも周りの視線を集めずにはおかない。あの飛びぬけた美しさを保つのには「競争」あたりが生かされているのではないだろうか。しかしわたしが彼女に苦手意識を持っているのは、美しすぎるからでも負けず嫌いだからでもない。何というかイエリーは……端的に言えば、気位が高すぎる。「選択子《セレクテッド》」の中でも自分は別格で、「非選択子《ノンセレクテッド》」に至っては人間だとすら思っていない節がある。同じ選択子《セレクテッド》とはいえ見下されている気がして、一緒にいると何となく落ち着かない気分になるのだ。

ようやく立ち上がりはしたものの、わたしは気遣うように肩を抱くフレイから目を逸《そ》らし続けた。彼を陽気で優しげ、そしてチャーミングに見せることに大方は成功する少し垂れ気味の目と視線を合わせたくなかった。この旅行のためにとフレイが選んだラベンダー色のワンピースが、強く握りすぎたせいでしわになっている。

この船旅はわたしにとって決して望んで来た旅ではない。むしろ何とか回避できないかとあれこれ知恵を働かせたのだが、どうしても参加を免《まぬが》れることができなかった。

再び吐き気がこみ上げ、わたしは額にかかった髪に触るふりをしてさりげなく表情を隠した。

　十歳を過ぎた頃だったろうか。学校で初めて「地球史」について学んだ時、わたしはしばらくの間、太陽や海が怖くてしかたなかった。今目の前にある暮らしは当然のものではなく、地球や人類にとっての大きな危機があったのだということ、そしてわたしたちがこうして生きているのはそれに立ち向かい、乗り越えた先人たちのおかげであるということ。そういったことを教わり、驚き感謝する一方で、身近でありながら計り知れない自然の驚異に本気で怯《おび》えていた。きっとあの当時のわたしなら、何があろうとも頑《かたく》なに海上の旅に出ることを拒んでいただろうと思う。

　かつて地球を襲った太陽活動の活発化による急激な気候変動は、当時地表にあった陸地の半分近くを海面下に沈め、熱波や疫病《えきびょう》、土地をめぐる戦争で多くの命を奪った。世界の混迷に伴《ともな》い食料も物資もことごとく欠乏し、生き残った人々の生活水準は著《いちじる》しく後退したが、一部の富裕層は科学技術を高地に持ち出すことに成功しており、そこで開発したワクチンや治療薬でさらなる財を築いたという。

　世界の再編以降、人々は富を持つ者と持たない者に二分された。それはそのまま科学の恩恵を受けられる者とそうでない者に言い換えることができ、両者の格差は一向に縮まる気配がない。わたしは恩恵を受けている側の人間であり、わたしを「わたし」としてこの世に生み出した最先端の科学技術こそが「遺伝子選択」だった。

「遺伝子選択」により最初の一人が誕生したのはかれこれ百年近くも前のことで、正式な制度として開始されるまでに二十数年を要し、わたしやフレイは「第三世代」と呼ばれている。卵子と精子を体外受精させた受精卵の遺伝子情報から明らかにされるのは、三つの特性《ネイチャー》と容姿のスコア。個々の受精卵の持つ基本的な能力や性質を産前どころか子宮着床《ちゃくしょう》前に知ることができるようになり、妊娠の在り方は劇的に変わった。

兄弟でも出来や性格が異なるように、同じ両親の卵子と精子からできた受精卵でもその資質には少なからぬ差異がある。もちろん遺伝的因子は絶対ではなく、成育の環境や過程に影響を受けることが立証されているが、それでもいくつか作った受精卵からより質の良いもの、より自分たちの希望に沿った命を選別できるようになると、世界中の裕福な人々はすぐにその技術に飛びついた。そうして選ばれ、生まれてきた者たちが「選択子《セレクテッド》」だ。

特性《ネイチャー》とは、呼び名の通りその受精卵が持つ特徴的な性質を指し、素質群、思考群、才能群などに分類された合計七十六の項目がある。もちろん個性として表出しやすい上位の三つ以外にも複数の性質を潜在的に併《あわ》せ持つのが普通だが、制度の黎明期《れいめいき》に行われた検証の結果、混乱を防ぐために開示されるデータは三つと定められたらしい。どの組み合わせが最高ということはないが、やはり好まれる特性《ネイチャー》には傾向がある。「共感」よりは「主導」、「公平」よりは「戦略」。比べて「善良」や「寛容」は人気がない。裕福な親たちはいつでも、自分の子どもが人の上に立つことを望んでいるのだ。ちなみにこの特性《ネイチャー》からは、短所と解釈される項目が意図的に外されている。短所のない人間はいないが、「短気」「陰鬱《いんうつ》」「不調和」などといって、顧客である親の顔をわざわざしかめさせる必要はないということだろう。

　容姿に関しても、遺伝子情報から成人する頃の顔やスタイルがある程度予測できる。大抵の親は見た目も重要として五段階のうちの三以上を選ぼうとするので、選択子《セレクテッド》は多くの者が「そこそこ」以上の見た目をしている。もちろん中には、親の持つ遺伝子の限界に可能性を阻《はば》まれる者もいるのだが。

　遺伝子選択をするのは総じて富裕層だ。ある程度の財力がなければ子ども一人にそこまで出資できない。そして豊かな親たちは、血統書付きのペットを縁組みするように、我が子を同じように選別されて生まれてきた者と添わせようとする。相手の優良な特性《ネイチャー》が保証されていれば、かけた元手をどぶに捨てずにすむとでも思っているように。なにせある程度の遺伝子と「つがい」にしないと、その次の子どもの特性《ネイチャー》にも影響が及ぶのだ。

　だから選択子《セレクテッド》の世界では、男女の交際に厳しい。好き合っているからといって本人たちの意思で結婚を許されるわけではないし、万が一の間違いで非選択受精卵の着床が先んじるなどという事態があってはならない。若者たちはもちろん、いつの時代もそうであるように親の監視をかいくぐるすべを探すものだが、ずっと女子校だったわたしにはそもそも異性と知り合う機会すらなく、親に言われるまま結婚した相手がフレイだった。

選択子《セレクテッド》を望む夫婦は性生活があっても基本的に避妊するので、本人の知らぬ間に妊娠しているなどということはめったに起こらない。それでもわたしが月経の遅れを気にしているのには、それなりの理由があった。


ラウンジに着くと、すでにわたしたち以外の乗客六名が二人ずつ、親しさの度合いを表すように微妙な距離を置いて席についていた。全員で八名、四組の夫婦だ。すなわちグレッグの言う通り、消えたのは「クルーやスタッフ」であって、乗客はそろっているということになる。

小型とはいえ本来は乗客一二四名を乗せられるクルーズ船に八名しか乗っていないのは、これが正式な稼働ではなく、完成した客船を納品するための航行だからだ。調度品やアートは一流だが、食事中の生演奏やサロンのスタッフはなし。食事は厨房《ちゅうぼう》の使い勝手を見るためにシェフが乗っているが、配膳《はいぜん》は若手の教育を兼ねているという。最低限のスタッフがリハーサルを兼ねてできるだけのおもてなしをするという条件で、特別お披露目として非公式な招待を受けたのがこの選ばれし面々だったのだ。片道四日間の旅程で、帰りは陸路か空路。本来なら今日の正午には目的地のターレ港に着き、グレッグたちと同じホテルで一泊してから帰る予定だった。

ラウンジ全体を見渡せる奥の席で、わたしたちの姿を認めたグレッグが小さく手を上げた。胸板の厚いグレッグとすらりとしたフレイは体格こそ違うものの、二人とも灰色がかったサンディブロンドで、余裕を感じさせるスマートな雰囲気もよく似ている。親同士が友人で親しくなったらしいが、同い年のこの二人なら学校で出会っていたとしてもきっと意気投合しただろう。元々このクルージングの話はグレッグによってフレイの元へ持ち込まれた。「二十世紀風」を謳《うた》った豪華客船での旅行は、最近人気の遊びの一つなのだ。知り合いのつてで就航前の船に乗れる、サービスの質は落ちるかもしれないが、こんな少人数で貸し切りにできる機会などない。そう言われて飛びつくように首を縦に振ったのは、いかにも楽しいこと好きのフレイらしかった。

この旅が初対面となったあとの二組とは、出航して三日間、レストランでの食事やこの展望ラウンジで過ごすひと時にいくらか言葉を交わした。たった八人しか乗客がいないのだからと半ば強制的な雰囲気で交流の場が設けられ、当たり障《さわ》りのない会話や自慢に聞こえないように気を配った自己紹介、仕事や趣味の話などで表面上は一応打ち解けた感じになっている。

中央の大きなサークルソファに陣取っている藻洲と惺《せい》の夫婦は揃って四十代半ばで、ここにいる中では一組だけ年齢が高い。見事な黒髪を腰まで垂らした惺は女帝としていくつものグループ企業を率いており、いつも驚いているようなどんぐり眼《まなこ》の藻洲は入り婿《むこ》らしい。なるほど、そうと知って見れば惺の自信に満ち溢《あふ》れた顔には「合理」や「統率」の特性《ネイチャー》が表れているような気がするし、押しの強い言動にも大いに納得がいく。それに比べて藻洲の方は、にこやかで感じはいいのだが、いったいどこを見込まれてあの女帝の婿に選出されたのか、いまひとつピンとこない平凡な感じがする。

この夫婦が特徴的なのは、一目で純血種だとわかる外見をしていることだ。黄みがかった肌に黒い髪、小ぶりな鼻に凹凸《おうとつ》の少ない目元。様々な人種が入り交じったこの時代にも純血に重きを置く人たちはいて、黒龍人《こくりゅうじん》のコミュニティはその最たるものだと言われている。彼らの話す公語には独特の訛《なま》りがあるが、知能が高く商売上手で、政界や財界にも多数の成功者を輩出《はいしゅつ》している。もっとも彼らの第一義は「純血」の保存であって他人種との交流や経済協力を制限しているわけではないから、身近にいたからといって特に困るようなこともない。

入ってすぐの席に腰かけているのはメイヴィルとミアで、この中にあっては大人しそうな二人だ。夫のメイヴィルはわたしと同じダークブラウンの髪をしており、かっちりした眼鏡フレームの印象通りに薬か何かの研究者だというから、その特性《ネイチャー》は「分析」、もしくは「探究」あたりだろう。赤毛のショートヘアをタイトにまとめている妻のミアは、ほとんど口を開かないので人柄も性格も未だによくわからない。正直不思議に思うのは、メイヴィルとミアがこのクルーズに誘われた経緯だった。他の三組とは少し毛色が違うというか、あまりこの手の派手な娯楽に縁がありそうには見えないのだ。それとも、わたしたちと同じ二十代に見えるが、メイヴィルはわたしが知らないだけでその世界では著名な研究者なのだろうか。

　わたしが目の前にいる人物の特性《ネイチャー》を推測するのは、学生時代にライラといつもやっていた遊びの延長だ。特性《ネイチャー》は婚姻《こんいん》やビジネスパートナーの検討など、重要な事柄を決定する際の判断基準として交換される情報であり、知人だからといって気軽に教え合う類《たぐい》のものではない。わたしにしても自分の特性《ネイチャー》を自ら打ち明けたのは、名前が一文字違いの親友、ライラだけだ。

　つまりどれだけ推察したところで正解はわからないのだが、別に当たっていなくても構わない。わたしにとってこれは、他人が自分にないものを持っていることを確認するだけの、今となっては当て擦《こす》りの一人遊びのようなものなのだから。

テーブルを回り込もうとしてよろめいたわたしを支え、フレイは励ますように微笑んだ。

「そこに座ろう。グレッグがどんな大演説をぶつのか、聞き逃すわけにはいかないからね」

　黙って頷いておけばいい。言わなくていいことは言わず、自分に求められている発言だけを口にする。いつもそうしているように。

　首を傾《かし》げて気だるそうにわたしたちを眺めていたイエリーが、ふいに芝居がかった仕草で奥の厨房を指さした。完璧に整えられた爪が、艶《つや》をまとった花びらのように宙を舞う。

「私、朝食をとりたいわ。なるべく決まった時間に決まったカロリーを摂《と》ることにしているの。スタッフがいない以上、自分でやるしかなさそうだけど」

「食事をとるのは勝手だが、多分そんなことを言っていられる状況ではないと思うぞ」

硬い顔で腕を組んだ夫の答えを気にする様子もなく、エメラルドグリーンのタイトなドレスを着たイエリーは颯爽《さっそう》と歩きだす。人にしてもらうことに慣れ切っているはずの彼女が自ら動いたことは称賛に価《あたい》するが、それにしても毎日朝からあんなパーティーのような格好をしていては気が休まる時がないのではないだろうか。

ため息をつき、気持ちを切り替えるように顔を上げたグレッグが残りのメンバーを見回した。

「さて、一応全員に伝えたと思うが、どうやら今、この船には我々しかいないらしい」

話すには遠いと思ったのか、気乗りのしない顔ながらメイヴィルとミアが席を移動してきた。起き抜けのところを呼びつけられたらしく、メイヴィルの頭には寝ぐせが跳ねている。

「しかし実際のところ、あんたが見て回った範囲には人がいなかった、というだけのことだろう。まぁ、ここも無人のようだが……」

眼鏡を押し上げたメイヴィルが研究者らしく事実を整理しようとするのを、グレッグが鋭く遮った。

「じゃあ自分の目で確かめてこいよ。でもって誰かここに引きずってきてくれ」

わたしが思うに、強いリーダーシップを持つ人間は自身の発言の信憑《しんぴょう》性を疑われることに慣れていない。これまで耳にしなかった荒げた声と物言いに、空気がピリリと尖った。

「まぁまぁ、グレッグ。何にせよ空腹じゃ頭も回らない。今が生死の分かれ目ってわけじゃないなら、イエリーを見習ってまずは脳に糖分を送るか、せめてコーヒーでも飲もう。どうやらふざけてるわけじゃなさそうだから、腰を据えて真面目に話を聞くよ」

社交性に裏打ちされた交渉術でその場を丸く収めようとするフレイに、苛立《いらだ》ちを見せながらもグレッグは肩をすくめた。

「ほら、マイラ。僕らも何かいただこう」

「わたしはいいわ。食欲がなくて……」

今この瞬間も嘔気《おうき》と戦っているというのに、この上何かを食べることなどできそうにない。

「よくないな、昨日も少ししか食べなかっただろう。こんなことでは体がもたないよ」

「いつまでもてばいいのかしらね。生きて帰れる前提だとして」

横合いから鼻白んだ顔で言い放ったのは悍だ。物騒な物言いに皆の視線が集まるが、彼女は動じるどころか無能な部下に失望したような顔で続けた。

「あなたたち、この船が止まってることには気付いてる？　もし本当に私たちしかいないとしたら、この中の誰が操船できるわけ？」

「止まってる……？」

その場にいた全員が漠然と辺りを見回した。唯一感じ取れるのはいつも流れていたピアノ曲がないということだが、それはエンジンの動静の基準にはなりそうにない。

「ここに来る前に操舵室を覗いたの。船には詳しくないけど、どうやら動力は稼働してないわ」

数秒空いた間を前向きな言葉で埋めようとするように、でも、とフレイが口を開く。

「逆を言えば、操縦できる人間が本当に誰もいないのなら、船が動き続けてる方が危険なんじゃないか？」

「どこだかわからない洋上で水や食料が尽きるまでじっとしてるのと、どっちが悲惨《ひさん》かしらね」

正論にも迷いなく切り返し、惺はつい先ほど「決まった時間に決まったカロリー」とのたまったイエリーのいる方に、話にならないと言いたげな一瞥《いちべつ》を投げた。

「無邪気なお嬢さんをあやすのは旦那《だんな》の役割よ。面倒は起こさせないでちょうだい」

しかしそれには答えず、眉間《みけん》に深いしわを寄せたまま、グレッグは別のことを口にした。

「……船を動かせなくても、助けを呼ぶことはできるはずだ。無線か衛星電話で」

きっと彼なりに、クルーがいないことに気付いた時点からあれこれ考えていたのだろう。

「それもどうかしら。目が覚めたら私のＳＡＣＣ《サック》（衛星通信用端末機）が消えてたわ。誰がどんな目的でこんなことをしてるにせよ、この船の通信装置が無事だとは到底思えない」

日々大勢の人と金を動かしているだけあり、彼女は頭の回転が速く肝《きも》も据わっているようだ。わたしはちらりと視線を動かして、隣の藻洲を見ずにはいられなかった。溢れ出る貫録《かんろく》を伴って発言する妻の横で、添え物のように頷く夫。口数が少なくてもミアのように暗い感じはしないが、やはり存在感が薄い。もしや藻洲の特性《ネイチャー》は、わたしと同じ「従順」なのだろうか？

「ＳＡＣＣ《サック》……。そういえば、僕のパームタム（携帯型端末）も今朝から見当たらない」

「そういうことか。実は俺のもだ。イエリーはどこに置いたか忘れたって」

顔を見合わせるフレイとグレッグの横で、目の焦点が合っていないメイヴィルがもごもごと口だけ動かしている。海洋で圏外になってからはアラームやカメラとしてしか使っていなかったとしても、貴重品と認識しているものを何人もがそろって失くすのは不自然だ。ここまできてようやく、わたしにも昨夜目にしたものの意味がわかった。

ほら、と勝ち誇った顔をした惺が長い髪を揺らす。

「それってつまり、船内にある個人の端末を、すべて誰かが回収したってことでしょう?」

「操舵室……。ちょ、ちょっと見てくる」

ついに不安が勝ったらしいメイヴィルがラウンジから駆け出していく。操舵室はデッキ7の、今いるラウンジとは客室を挟んだ反対側、最前方に位置している。操舵室の後部一角が無線室になっており、その後ろに船長室があることは、初日にガラス張りのブリッジ見学室で説明を受けたこの場の全員が知っている。

「そういえば、持ち込む通信機器を申告するように言われた時、おかしいとは思ったんだ。非常時のために登録しておく決まりだという説明だったが、今までそんな話は聞いたことがなかったからな」

グレッグの声にかぶさって、イエリーがパンをトーストしたのか、場違いにのどかな甲高い音が響く。コーヒーの香りまで漂ってきて、わたしは目の前の空間で日常と非日常が渦を巻いてせめぎ合っているような奇妙な錯覚にとらわれた。

「しかしもし予定通りに船が着かなければ異常があったとわかるはずだし、僕らの行方がわからないとなれば騒ぎになるはずだ。この旅の予定だって隠してきたわけじゃないし、そのうち捜索隊が組まれて迎えに来るんじゃないかな」

まだ口元に笑みを浮かべようとするフレイに、愰の視線が厳しさを増す。

「この船の予定を管理してるのは誰かしら。こんなことを企《たくら》んだ人たち? だいたい、この船が予定の航路を通ってきたとは限らないでしょ。まったく違う方向に進んでいたとしたら、三日間かけて連れてこられた場所によっては捜索が実を結ぶのにどれくらいかかるかわかったもんじゃないわ」

「でも例えば、衛星からの画像で……」

　グレッグの言葉が途中で尻すぼみになった理由は、わたしにもわかった。

　現在の中軌道衛星による地表ネットワークには「ポケット」と呼ばれる穴が複数あり、地球上のすべてを網羅《もうら》しているわけではない。今わたしたちがいる太平洋にも大きなポケットがあるはずで、そこにいる限りは人工衛星を利用しての捜索は期待できないし、安全のためにポケットを避けて航行する他の船と遭遇することもないということになる。

　すでに想定していたらしい惺の目は、あくまでも冷ややかだった。

「ここがポケットの中だとしても、いずれは捜索隊が見つけてくれるかもしれない。でも全長百メートル足らずのこの船を絶望的に広い海上で探すのに、いったいどれだけかかると思う？　ようやく助けに来てくれた時、果たしてあなたは生きているかしら」

　確かにこの船は客船としては小型な方だろう。しかし「わたしたちは」と言わずあえて「あなたは」と言うあたりに、惺の挑発的な性格がうかがえた。

　険のある物言いに気付く余裕もないのか、グレッグは斜め上を見るようにして続ける。

「でも、ポケットに入るまでの足取りならたどることができるはずだ。初日からのこの船の航路をデータでたどって……」

「こんなことをする奴らがそれを考えないとでも思う？　きっと何かしらの方法で位置情報を追えないように妨害工作がされてるんだわ。いずれにしても、いたずらでできるようなレベルじゃない。何らかの狙いがあるのなら、それが果たされるまではこの船が見つからないように策を講じてるはずよ」

力のない足取りで戻ってきたメイヴィルが青ざめた顔で首を振った。

「信じる気になったか？　何なら他のデッキも見てくるといい。誰一人見つけられないと思うがな」

まだ根に持っているらしいグレッグの厭味《いやみ》にも反応を示さず、メイヴィルは投げやりに腰を下ろした。遠くを見る視線が何かを探すように揺れている。

「衛星電話は見当たらなかった。あのでかい無線設備はさすがになくなっちゃいないが、電源が入らないように細工されてるのか、もしくはどこかに通信を妨害する信号遮断装置のようなものがあって……」

「きっと両方よ。海洋では役に立たないあなたたちの端末まで全部回収するくらいだもの、徹底的にやってるわ。ちなみに私のＳＡＣＣ《サック》には非常用位置情報通達アプリが入っていたのだけれど、むしろ捜索が始まったら全然違う場所で位置を検知されて追跡を混乱させるかもしれないわね」

惺が突き放すように言うと、腕組みをして聞いていたフレイがついに眉根を寄せた。

「ちょ、ちょっとやめてよ、昨日の夜までは普通の船旅だったじゃない。何なの、これ。みんなどこかに隠れてるの？　サプライズイベント？」

うろたえて上ずった声を出したのは、ずっと黙りこくっていたミアだった。

「乗組員が全員グルになって私たちを騙《だま》すだなんて、そんなのありえっこないじゃない。待って……もしかしたら、神隠しってことはない？　集団で失踪《しっそう》する話、私、聞いたことがある。どこか別のところに行ったか、最悪の場合もう死んでるのかも……」

「ガキじゃあるまいし、くだらないことを言うのはよせ！」

苦々しい顔で妻をたしなめるメイヴィルを見て、わたしは食事中に感じて以来ずっと引っかかっていたことを思い出した。何かの話でミアがメイヴィルに触れようとした時、メイヴィルの目に一瞬だけ隠しきれない嫌悪感がよぎったように見えたのは、やはり気のせいではなかったのだ。

理解者がいないことで余計に興奮を募らせたのか、ミアの声が大きくなる。

「だって、そうじゃないなら何なの？　集団催眠か何かで全員一緒に海に飛び込んだとでもいうわけ？」

拳《こぶし》を震わせるミアには目を向けず、それでもグレッグは答えのうちの一つを呟《つぶや》いた。

「海も見た。他の船だけでなく、海上に不審な物が浮いている様子はなかったよ……」

いつもなら優雅な曲が背景に溶け込んでいる空間を、不穏な静けさが埋めていく。窓から差し込む朝の光で気付かなかったが、そういえば室内の照明もいつもより暗いようだ。隅《すみ》のテーブルが落とす影を眺めているうちに、脳裏に昨夜の記憶が甦《よみがえ》った。わたしが他のみんなのように深い眠りに落ちなかったのは、おそらくは密かにあの薬を吐き出していたせいだ。

昨日、すなわち船旅三日目の夕食が終わる頃、船長が直々にレストランに現れた時には特に何とも思わなかった。こういう旅では船長が乗客とコミュニケーションをとるのもサービスのうちだし、「ここから潮の影響の強い海域に入ります。夜間に大きな揺れが予想されますので、熟睡できるようご用意した酔い止めをご利用ください」という話も納得できた。しかし違和感を覚えたきっかけは、勧められた薬を「乗り物には強い方だから」と断った時、一瞬押し黙った船長が不自然に目を泳がせたことだった。そしてその後の、取り繕《つくろ》ったような笑顔も。

「今夜は一般の方が耐えられる波ではないと思いますよ。せっかくのご旅行が船酔いの記憶で埋まってしまっては残念ですから」

強引に重ねられる言葉に胸がざわつき、わたしは警戒を強めた。他のメンバーは疑う様子もなく配られた錠剤を飲み下しているが、妊娠初期である可能性を思えば得体の知れない薬を簡単に飲む気にはなれない。薬にアレルギーがあるとでも言おうかと思ったが、そんなことを言えば「知らなかった」とフレイが大騒ぎをするはずだ。わたしは迷った末に、一度飲んだふりをして小さな錠剤をそっと口から出した。

自分だけ起きていたことを話すには、薬のことやそれを吐き出したことも言わなければならない。そしてその理由も……。どうせ自分が見たことを伝えても、この状況が改善するわけではない。わたしは自分にそう言い聞かせ、口を閉ざしたままでいることを選んだのだった。

雰囲気の悪いラウンジに、フレイが手を打つ「パン」という音が小気味良く響いた。

「とりあえずは朝食が済んでから、全員で状況の確認に繰り出そうじゃないか」

その場に似つかわしくないのんきな声は、みんなの気分を落ち着かせるためにあえてそうしているのだろう。

「まずは本当に僕らしかいないのか。そして通信手段はないのか。現在位置を調べ、残りの食料や燃料も把握《はあく》する必要がある。先のことを考えるには手持ちのカードを知らないと」

口を開きかけた悍をフレイは手を上げて遮った。

「もちろん最小限のつましい食事で我慢するよ。でもこれから動き回るなら、腹ごしらえをした方が能率が上がるんじゃないかな。今後の食事量は船内を見てから相談するとして、まずはイエリーが何を見つけたか覗いてみよう」

客船には様々な業務に携《たずさ》わるクルーがいる。今回は乗客が八名なのでサービススタッフもわずかだったが、そもそも船の規模からして運航に従事する者だけでも数十名はいたはずなのだ。

しかし結論からいうと、その人たちは丸ごと、跡形もなく消えていた。

結婚した時から生理の周期や基礎体温などのデータはすべて「卵科・生殖科」の病院に送っており、病院の呼び出しに応じて注射や採卵を繰り返してきた。しかし生理が遅れてから思い返してみれば、この前の採卵は今までと注射からの日数が違ったし、仰向けに寝かされたベッドの足元側、カーテンの向こうで行われていたことも、何となくいつもの採卵とは違うような気がしていたのだ。

受精卵を子宮に戻す施術は、もちろん夫と妻、両方の同意を得てから行うことになっている。半年ほど前、「母親になる覚悟がまだできていない」と告げたわたしに、フレイは「一緒に心の準備をしていこう」と口では言ってくれた。しかしフレイの両親は孫の誕生を待ち望んでおり、しかもあの病院の院長は元々フレイの一家と懇意にしている。医師としての理念が信用に値するかどうかわたしには判断がつかないし、フレイがわたしの同意に目をつむると決めたのなら、それは実際のところありえなくはない話だ。おおらかで鷹《おう》揚《よう》な姑《しゅうとめ》を自負するフレイの母親は、おとなしく控えめな嫁に普段はあまり余計な干渉をしてこないが、それでも孫の顔を見るためなら大事な息子をそそのかすくらいは充分やってのける気がする。例の酔い止めの薬については、フレイはその影響まで思い至らなかったのだろう。この旅行は急に決まったので、彼にしても計算外だったはずなのだ。

着床するとは限らない。でも……。

昨夜もベッドに横になったまま、眠れずに考えていた。そこに選択肢などないのに。

もしも本当にそうだとしたら、自分は産みたいのか。生まれてくる子を愛せるのか。

結婚してからの一年半、聖人君子の仮面を被った夫を愛したことは一度もない。決められたレールの上だけを歩いてきたわたしは、きっとこれからもそうしていくのだろう。いつかは子を授かり、葛藤《かっとう》を押し殺しながら愛情を注ぐ日が来るのかもしれない。しかしそれでも、今は受け入れられない。かといって、今ここに小さな命があるのだとしたら、それをなかったことにもできない。妹のように感じていた大切な存在の、やつれた顔が脳裏に浮かぶ。

結婚してまもなく、嫁ぎ先の屋敷にシーナという新しいメイドがやってきた。他のメイドたちが「若奥様」と呼ぶ中で、彼女だけはわたしのことを「お嬢様」と呼んだ。どうしてなのかは訊《き》いたことがないが、彼女にそう呼ばれると自分が今でも独身のような気がして少しだけ気が晴れた。

しかしあの日、彼女は言った。「お嬢様にはわかりません」と。「富も権力も持たない家に生まれた者は、その時点で負けが決まっているんです」と。そうなのだろうか。わたしはお金などなくても、本当は愛する人を自分で選んで結ばれたかった。それは恵まれて飢《う》えを知らずに育ったわたしの、浅はかな夢物語でしかないのだろうか。

隣で深い眠りに落ちているフレイに乾いた視線を送るうち、ふと妙なことに気が付いた。

シーナの絶望に縁どられた瞳を思い出すと、ますます目が覚めて寝付けそうになかった。

普段は寝室が別なので気にしたこともなかったが、こんなに大きないびきをかく人だっただろうか。ここ二日間の記憶をたどっても、そんなことはなかったように思う。むくりと体を起こしたわたしは、自分の直感をどう捉《とら》えるべきかわかりかねて戸惑った。船長の不可解な言動、今までにないフレイのいびき。

何かが……不気味な影が今にも暗闇《くらやみ》から姿を現しそうなのに、こちらから思考の触手を伸ばすとひらりとかわされてしまう感じ。

冴《さ》えた意識のまま、鳴り響くサイレンに飛び起きたのは深夜の二時過ぎだった。続く船内放送が「非常事態が発生しました。乗客の皆様は至急ラウンジにお集まりください」と告げるのを聞いてまだ目を閉じているフレイを揺すったが、どうしたことかまったく反応がない。肩を叩き、頬《ほお》を打っても一向に目が開く様子がないのを見て、病的な要因で起こる昏睡《こんすい》状態でもいびきをかくと聞いたことがあるのを思い出した。

アナウンスは一度だけだった。静まり返った室内で我に返り、とりあえず自分だけでも行ってフレイの様子がおかしいことを伝えようとベッドから下りる。しかし続き間になったリビングを横切りドアノブに手を伸ばしたところで、思いがけず廊下からの笑い声が耳に届いた。

「すげぇな。あの音量で起きないとなると、もう麻酔《そしゃく》レベルだろ」

はじめは乗客の誰かの声かと思ったが、内容を咀嚼《そしゃく》すると同時に手を引っ込めていた。

「あの音量で起きない」？　誰にも伝えていないのに、どうしてフレイが目を覚まさないことを知っているのだろう？　嫌な予感が、胸の中で大きく膨らんでいく。

身を固くして耳を澄ましていると、今度はどこかの部屋のドアを閉める音が聞こえてきた。

「こっちもばっちり、二人ともトンじゃってます」

男性にしては澄んだ声に聞き覚えがあった。この声の主は若手のクルーだ。まだ経験が浅いのか物腰は洗練されていなかったが、乗船する時に荷物を運んでくれた子に違いない。非選択子《ノンセレクテッド》のようだったが作業着ではなく制服を着ていて、応援する意味でチップをはずんだら大げさに喜んでくれたので印象に残っている。

――トンじゃってます……？

だんだん状況がわかってくると、わたしは音を立てないよう忍び足でベッドに戻った。彼らはきっと、わたしの意識も「トンじゃって」いることを確かめに来る。

徐々に足音が近づいてきて、わたしがベッドに潜り込んだのとほぼ同時に部屋のドアが開いた。目を閉じていても、二人の男たちが無遠慮に入ってきたのがわかる。起きていることを悟られてはいけない。わたしは今、強力な薬で眠っているはずなのだから。

「いい人だったのに、何だか残念です」

「そうか、お前は初めてだったな。でもこんなうまい話が他にあるか？　同情する必要なんかないさ。こんな目に遭《あ》うってことは、それだけのことをしたんだろ」

もう一人はかなり年上らしく、潮で嗄《か》れた声には年季が入っている。

会話を交わしながら、男たちは手にしたライトであちこちを照らし、何かを探しているようだった。悲鳴は耳にしていないので、誰も怪我をしたりはしていないはず。それでも寝室に入ってきた一人がフレイの顔を覗き込んだ気配を感じて恐怖はいや増した。次はわたしだ。あまり険しい顔をしていてはおかしいだろうが、強張《こわば》ってしまってコントロールできない。どうしよう。助けて、ライラ。怖い！

心の中でその名を呼んだ時、魔法のように懐かしい声が胸に響いた。

――マイラ、あなたならできるわよ。

ああ、ライラ。あなたがそう言ってくれるならきっと大丈夫ね……。体の力を抜くと同時に眩《まぶ》しい明かりが顔の上を通り過ぎ、条件反射のようにある夏の光景が瞼《まぶた》の裏に甦った。

わたしたちはライラの部屋の前の広いバルコニーでビニールシートに寝転がり、日焼けを禁じる母親たちにささやかな抵抗をしていた。ライラは「どっちが先に皮膚《ひふ》がんになるか競争しましょう」などと馬鹿なことを言って、わたしを笑わせたっけ……。

感傷に浸っているうちに、男たちは部屋から出て行った。どうやら探し物は済んだようだ。しばらく経《た》ちカーテンの隙間《すきま》に光を感じて外を覗くと、船首側が仄《ほの》かに明るかった。静かに窓を開け、裸足《はだし》のままベランダの手すりから身を乗り出す。下の甲板に十人ほどの人影が列を作っているが、光源は死角の向こうにあるし、移動する列の先に何があるのかここからは見えない。それでも何となく彼らが去っていくような感じを受けたのは、あながち間違いではなかったのだろう。

「こんな目に遭うってことは、それだけのことをしたんだろ」

そう言った年嵩《としかさ》の男は、その後にこう続けた。

「自業自得ってやつだな。自分より金のある人間を怒らせるのは馬鹿のやることだ。こいつらが選択子《セレクテッド》だろうが何だろうが、死んじまえば終わりだってのに」

確かに彼は「死んじまえば」と言った。だからわたしは夜が明ける前から知っていたのだ。これから始まるのが、「計画的な殺人」だということを。

船の中を大きく二分すると、乗客が過ごすためのデッキ4以上と、クルーたちの実務的な作業場所としての意味合いが強いデッキ3以下に分けられる。最上階のデッキ8は屋外スペースになっていて、ミニゴルフ場を擁《よう》する屋上庭園とプールを連絡通路が繋《つな》いでいる。デッキ7は高級感のある広い客室の前後に操舵室と展望ラウンジがあり、デッキ6には一番多くの客室に加えてバーとサロンが、デッキ5にはやや小さめの客室とシアタールームやスパ、スポーツコートなどの娯楽施設が詰め込まれている。デッキ4には客室がない代わりにいくつかのショップと大きなレストラン、そしてイベントスペースとしても使うらしいエントランスホールが配置されており、ホールの両端で向き合うように設置されたエスカレーターとエレベーターはいずれもデッキ4からデッキ7までを繋いでいる。それより上下のデッキには複数ある階段のいずれかを使うことになるのだが、乗客は下層のデッキにはほとんど用がない。せいぜい行ってもデッキ3までで、そこにあるリネン室や衛生室への用事もフロントかマネージャーに言えばほとんど済んでしまうので、実際にデッキ3への階段を下りたことがあるのはこの中ではわたしくらいだろう。それも二日目に一度きり、図書室とアートルームを覗いてみただけだ。デッキ2にいたってはクルーキャビンと呼ばれる船員室や船員用の食堂などが存在することをついさっきまで知らなかったし、デッキ1は見渡す限り機械が立ち並ぶ、三層構造の巨大な機関室だった。

　客室を含め、鍵が付いているはずの部屋もすべて解錠されているのは「一斉解除仕様」というシステムが働いているからだそうで、グレッグとフレイの話からすると非常時に備えて強制的に電子ロックを解除するような機能があるらしい。ロッカーやトイレ、窓のような物理的な施錠とは違い、避難や退去誘導の際に支障となりえる場所に位置する鍵は、ほとんどすべてがコンピューターによる遠隔制御を受けているという。もっともそれを起動したのはここにいる誰かではなく、この環境を作って去った誰かだが。

今、わたしたちはデッキ4の外甲板に立ち、デッキ5の客室外部に吊るされた二艘《そう》の救命ボートを見上げている。反対側の左舷《さげん》にも二艘残っているのはすでに確認済みで、通路脇のベンチを兼ねた収納箱にも記載の通り畳まれたゴムボートが全部で六艘入っていた。

「論理的に考えたら答えは一つだろう。故意かどうかは知らないが、この船にいたクルーは全員、俺たちを残して別の移動手段でここを去った。宇宙人にさらわれたんでなければな」グレッグは言いながら、当て付けるようにミアを一瞥した。「こうして救命ボートがすべて残っているということはつまり、全員が乗り移れるだけの乗り物が夜中のうちにここに来て、とんぼ返りで帰ったってことだ。飛行機や大型ヘリは着船できないし、甲板をヘリポート代わりにできるような小型ヘリじゃ運べる人数に限りがある。となると、あらかじめ用意されていた別の船だろうな」

初夏の海は天候によっては吹き付ける風が冷たいこともあるが、今日は日差しが強い。イエリーに続いて悍がさりげなく日陰《ひかげ》に入り、グレッグにいたっては半袖《そで》のシャツで平然としている。

「確かに。船内に争った形跡がないってことは、未知の巨大生物に襲われて逃げ惑いながら全滅したってわけでもなさそうよね。ねぇミア、どう思う？」

イエリーが追い打ちをかけるように、嘲《あざけ》りを浮かべた笑みをミアに向ける。非選択子《ノンセレクテッド》でなくても、彼女のランク付けで最下層に落とされてしまえば似たようなものだ。もしかすると彼女のような人は「公平」という特性《ネイチャー》の存在さえ知らないのかもしれない。

グレッグの視線を感じ、わたしは内心うんざりした。いつからなのかはっきりしないが、グレッグはイエリーが誰かを舌鋒《ぜっぽう》鋭く攻撃すると、なぜか決まってその後にわたしを盗み見る。それが妻の意地悪に対する周囲の反応を見たいという高尚な悪趣味なのかは知らないが、わたしはそのことに気付いてからなるべく無表情を心がけるようにしている。何にせよ、もしもこんな二人が思春期に同じクラスにいたりしたら、さぞかし生きにくかったことだろう。出会いが遅くてまだしも助かったというものだ。

「みんな、はじめからグルだったってことか？　こんなことをするつもりで三日間も僕たちをもてなしたと？　あのクルー全員が、同意の上で……」

メイヴィルはメイヴィルで妻をかばう気はまったくないらしく、小石のように縮こまっているミアを見もしない。

未だに信じがたいという気持ちはわたしにもわかる。品のいい笑顔であれこれと世話を焼いてくれたサービスマネージャーは、どこからどう見ても紳士にしか見えなかった。

「あくまで仮にだが、大金を前にして自分にはまったく害のないことを要求されたら、抵抗しない人間も少なくはないだろう。もしくはそれだけの金があるなら、これを企てた首謀者ははじめから言うことを聞く者だけを集めてこの船に送り込んだのかもしれない」

大金……。きっと、そういうことなのだろう。喜びに弾んでいた声が耳に甦る。

――こんなうまい話が、他にあるか？――

財は他人の人生をも動かす。フレイの静かな言葉に束の間の沈黙が訪れた。それに、もっともらしい理由をつけてこの船から降りるよう仕向けるだけなら、実はそれほど難しいことではないのかもしれない。船に不具合が発生してわたしたちを含めた全員が避難するということにすれば、残ってくれと言われても残る者はいないだろう。

わたしたちは船の外周を囲む甲板をとぼとぼと歩き、無言のままエントランスホールに入った。このホールはデッキ5までの吹き抜けとなっており開放感があるが、船内《ひとけ》をワンフロアずつ見て回り誰の姿も見つけられなかった今となっては、自分たち以外に人気のない空間はがらんとして寒々しく、不安を煽《あお》るばかりだった。

悍はラウンジを出てから急に口数が少なくなった。時折何かを指さしてはいつの間にか従者のように両脇を固めて歩くグレッグとフレイに耳打ちするが、それだけだ。彼女の中ではすでに、他のメンバーは口を利く価値もないということらしい。もっとも、そうだとしてもわたしは構わない。透明人間でいることには慣れているから。

「そもそも、誰が何のために……」

何度も同じ疑問を呟くメイヴィルを、悍が苛立った目で睨《にら》む。人におもねることを知らない愚直《ぐちょく》な一匹狼タイプは、人を従わせることが宿命の女帝とはそりが合わないのかもしれない。わたしたちを殺すためよ……。心の中で呟くが、誰がなぜという肝心《かんじん》な部分が抜けている半端な情報は、口にしても役に立たないどころかわたしの首を絞めるだけだ。

エレベーターに近いフロントのカウンターにグレッグが野菜袋を下ろすと、ガタゴトと中身がぶつかり合う音が響いた。船内を見て回るついでにレストランの厨房や船員用キッチンなどにあった食料を集めたはいいが、そもそも計画に合わせた日数分しか用意されていなかったのか、どこもごく少量の食材が残されているのみだった。節約しながら食べても、この人数でこの量ならせいぜい二、三日分といったところだろうか。

「しかし彼らも、清水を捨てるほど無慈悲ではなかったようだね。どれだけ残っているかは別として」

意外なことに、話しかけてきたのはいつの間にか隣に立っていた藻洲だった。わたしだけに聞こえる小さな声は、耳を澄ましていなければ聞き逃してしまいそうだ。そういえば悍も「水や食料が尽きるまで」と言っていたが、水は蛇口《じゃぐち》をひねれば普通に出てくる。疑問が膨らんだわたしは、首を傾げて藻洲を見た。

「残りって？　船の中で使う水って、海水を蒸留するとかして作っているのではないんですか？」

潜めた声で問い返すと、藻洲は古くからの友人のように穏やかに説明してくれた。

「いや、今タンクに入っている分がすべてだよ。この規模の船では造水器を積んでいないことも多いし、あったとしてもこの中に動かせる人間がいるとは思えない。いずれにしてもすでに三日分は消費してしまっているわけだから、大事に使った方がいい」

　わたしは思わず真っ直ぐ彼を見た。どうやらわたしは彼のことを誤解していたようだ。妻の前では出しゃばらないだけで、本当は年上らしく頼りがいのある人なのかもしれない。そう思って見ると、ラフに捲《まく》ったカッターシャツの袖からは思いのほか筋肉質な腕が覗いていた。そういえば、船内を回っている時に気付いたのだが、惺は藻洲がどこにいるかを定期的に確かめているようだ。もしかするとこの二人の関係も、わたしが思っていたものとは少し違うのかもしれない。

　フロントの前では、惺を中心に今後の取り決めについての相談が始まったようだった。威厳に溢れた女王様とまだ年若い従者のような二人を見て、ふと新鮮な感覚を覚える。

　富裕層の親たちが子どもの特性《ネイチャー》や教育、さらには生き方までもカスタマイズするような風潮が広がると、いつからか社会は大昔のような男性中心の経済活動に回帰した。会社や資産をより優秀に仕立てた我が子に引き継がせることに重きがおかれ、男性には経営者としての才覚が、女性には優れた後継者を産み育てる嫁としての資質が求められるようになったのだ。そういう意味では、惺のように社会活動的に表で活躍する選択子《セレクテッド》の女性はまれな存在と言える。わたしの周りにはほとんどいないが、性別にこだわらずに秀でた特性《ネイチャー》を活《い》かすというのは、もしや黒龍人に特有の価値観なのだろうか。そう思うと、惺を見る目が少し変わるような気がした。研究が進んでいるという人工子宮がいつか実用化されるようになったら、女性の在り方もまた変わっていくのだろう。

各夫婦の代表ということか、一応呼ばれたといった様子のメイヴィルがそこに加わると、手持ち無沙汰《ぶさた》になったミアは不安げにホールの中を歩き出した。ハイヒールで疲れたらしいイエリーは、止まっているエスカレーターに座り込み、美しい眉間にしわを寄せてふくらはぎを揉《も》んでいる。

壁際に立つわたしの横で各階の廊下に保険のように設置されているエチケット袋を観察するふりをしながら、藻洲は他にもいろいろなことを教えてくれた。エンジンやポンプなどは総じて停止していたようだということ。発電機は動いているが非常用電源に切り替わっているらしく、電気が通常よりも暗かったり、エレベーターは動くのにエスカレーターが止まっていたりするのはそのせいではないかということ。しかし惺の視線がこちらを向くと、いかにも無害な男よろしく、とぼけた顔をして口をつぐむのだった。

惺の目が逸れたタイミングを見計らって、わたしは思い切って訊《たず》ねてみた。

「どうしてあなたは、わたしにご親切にしてくださるの？」

「どうしてだろうね。僕は若人《わこうど》の中では君を一番気に入っているんだ」

嫌らしい言い方ではなく、先生が生徒に期待を伝えるような、親しみを込めた物言いだった。

「これでも人を見る目はあるんだよ。仕事でいろんな人に接してきたからね。君は目立たないように意識しているみたいだけど、能ある鷹《たか》は爪を隠すっていうじゃないか」

返ってきた答えは、結局のところ意味がよくわからなかった。

「おい、ここもか。徹底してるな」

気になる声に目を向けると、いつの間にかフロントのカウンターの中に入っていたグレッグとフレイが、困惑した顔で目を見合わせていた。

最初に奇妙なことに気付いたのはイエリーだった。そもそも彼女がラウンジの厨房でハムを切ろうとした時点で包丁が見つからなかったのだが、その後レストランの厨房でも船員用のキッチンでも、包丁やナイフなどの刃物がまったく見当たらなかったのだ。あって然《しか》るべき場所に一本もないということは、誰かが意図的に回収したとしか考えられない。フロントにあったはずのカッターやハサミまでもが消えているのが確認され、場には何やら気詰まりな空気が満ちた。

「殺し合いをするなって警告かもね。もしくは共喰《ぐ》い禁止、とか」

惺は冗談でも笑えないようなことを真顔で言って、たいして中身の入っていない野菜袋に目を移した。

ホールの後方でエレベーターの到着を待ちながら、わたしはそっとイエリーの横顔をうかがった。殺気立った美女というのは迫力がある。彼女は今、猛烈に腹を立てているらしい。

状況に鑑《かんが》みて考えれば余裕のありすぎる顔を崩さなかった彼女だが、今ではそこにはっきりと怒りが見て取れる。どうやら船内を巡るうちに、自分をはめた船員の中には非選択子《ノンセレクテッド》もいたのだという当然のことに思い至り、それが大層気に食わないようなのだ。

わたしたちは、誰かと相対すればまずは相手が選択子《セレクテッド》であるか否《いな》かを見分けることが習慣になっている。細かい部分で他人を値踏みするのはその後のことだ。直截《ちょくせつ》に訊ねることはマナー違反とされており、中には判別のしにくい人物もいるが、身なりや立ち居振る舞い、溢れ出る自己肯定感などから何となく察することはできる。どうしても確かめたければ、出身校や居住区、職業などを訊けばいい。それだけわかれば、ほぼ間違いなく判断がつく。

選択子《セレクテッド》であるかどうかでつける職業に明確な線引きがあるわけではないのだが、一つ言えるのは、非選択子《ノンセレクテッド》は選択子《セレクテッド》に雇用される側であり、その逆にはなりえないということだ。遺伝子選択が開始される以前の経営者はもう残っていないだろうし、非選択子《ノンセレクテッド》が事業を興《おこ》そうとでもしようものなら、相手にされないどころか邪魔が入るに違いない。

船員の中にも階級があるらしく、船長や各部署のマネージャーなどはほぼ間違いなく選択子《セレクテッド》で、クルーの中でも皿洗いやランドリーのような仕事をしていた者は非選択子《ノンセレクテッド》のようだった。

その差は居室にも表れており、窓のある広めの一人部屋から物置きに二段ベッドを詰め込んだような部屋まで、一言でクルーキャビンといっても天と地ほどの差があった。

穴蔵のような四人部屋で、イエリーは粗末な二段ベッドや狭い収納棚に病原菌を見るような目を向けていた。そして彼女が遠慮のない毒を吐くたび、グレッグは律儀にわたしに視線を送った。夫婦で見つめ合って完結してくれればいいのに、本当にはた迷惑なことこの上ない。

そういえば、いつだったか藻洲がクルーの男性に声を掛けるところを見たことがあった。汚れた作業着を身につけていたので非選択子《ノンセレクテッド》ではないかと思ったのだが、彼は黒龍人のようだったのでそちらの親しみが勝ったのかもしれない。それとも藻洲や惺にとっては、元々選択子《セレクテッド》という括《くく》りよりも純血の黒龍人であるという同胞《どうほう》意識の方が重要なのだろうか。

わたしはどうだろう。非選択子《ノンセレクテッド》を人として下に見ているつもりはないが、まったく差別意識を持っていないと言い切れるだろうか。たとえば親が教育熱心な選択子《セレクテッド》とは違い、非選択子《ノンセレクテッド》の中には家事や家業の手伝いで忙しく、学業をする時間すら取れずに大人になる者がいるという。知性を感じさせず卑屈《ひくつ》に背を丸めて往来の隅を歩く者とは、やはり積極的に関わり合おうという気にはなれない。

しかし非選択子《ノンセレクテッド》といっても、一概にそういった者ばかりではない。選択子《セレクテッド》と同じように公語を話して流麗《りゅうれい》な文字を書き、品性を兼ね備えた者もいるのだ。現にメイドのシーナはよくできた娘で、わたしよりよほどしとやかな所作でお茶を入れる。

それにしても、怒ってなお美しいイエリーを見て思う。彼女は本当に、女に生まれるべくして生まれた人だ。性別がどうあれ美しさには価値があるが、しなやかに燃え上がるような彼女の美しさは、女性であればこそ最大限に発揮されているという気がする。

遺伝子選択を請け負う施設は国内にいくつかあるが、いずれも男女の出生率が偏《かたよ》らないよう、政府から要請を受けている。それにより各夫婦にはランダムに子どもの性別が割り振られるシステムになっており、指定されたらそれを受け入れるしかない。ちなみに第二子はよほどの理由がない限り第一子とは異なる性別になる。一つの家庭で選択子《セレクテッド》と非選択子《ノンセレクテッド》が混在することはまずありえないので、二人目をもうけるだけの財力がなければ一人っ子でいいと割り切るしかない。

わたしは兄とちょうど一回り歳《とし》が離れているが、それは経済的な理由からではなく、希望通りの男子を得た父が当初子どもは一人でいいと考えていたからだ。しかし十年が経ち、存在すら忘れかけていた凍結保存受精卵の契約を更新するかどうか問い合わせが来た時、父は気まぐれでその残り物を有効活用することにした。娘も嫁がせ先によっては会社の利益に結び付けることができるかもしれない、と。だからわたしが物心ついた時には兄はすでに全寮制の学校に入っていたし、一緒に遊んだことがないどころか、食事を共にしたことも数度しかない。

父が選んだ娘の特性《ネイチャー》は、「従順」、「快活」、「器用」だった。容姿のスコアは四。ぱっと目を引く派手さはないが、チョコレート色の髪と目は堅実で品があると言われることが多い。「従順」を選んだのは父としては当然のことで、それほどにわたしは臆面《おくめん》もなく「嫁がせる」ために作った娘だった。こういう場合、娘の特性《ネイチャー》に「自我」や「自立」を入れる親はあまりいない。その証拠に、同じ境遇のライラの特性《ネイチャー》もわたしと似たようなもので、彼女の場合は「献身」、「努力」、そして「芸術」だった。

「うまくやれ」結婚前日にそう言った父の言葉には、娘の幸せを願う響きは一切感じられなかった。わたしもはなから、そんなものは期待していなかったけれど。

わたしは本来なら、もう少し違う娘に育つはずだったのだと思う。しかし選択された特性《ネイチャー》はあくまでも人格形成におけるベースであって、どんな人間になるかは結局のところ環境の影響が大きい。「器用」はいいとしても、「従順」の中には愛らしさが含まれていると信じていたらしい父にとって、わたしは早い段階から欠陥品だった。「快活」に関してはもはや聞いて呆《あき》れる。自分でも書類の取り違えがあったのではないかと疑いたくなるのだから、父が陰気な娘を見て詐欺《さぎ》にあったような気になるのも無理はない。不気味なものを見るような目を向けられることに慣れを感じるようになったのは、何歳頃だったろうか。

そんなわたしの運命をさらに決定づけたのは、偶然見つけた一枚の写真だった。

元々わたしの母親は、産みの親ではあるが遺伝学的には実の母ではない。実母はすでに病死しており、後妻にきた母が代理出産という形でわたしを産んだのだ。それは再婚時の条件でもあったらしく、母にも不満はなかったという。現に機嫌の良い時の母はわたしのことを「たった一人の宝物ちゃん」と呼び、前妻が産み残した兄よりも可愛《かわい》いと明言した。「お腹《なか》を痛めて産んだのよ。愛してるに決まってるじゃない」と。しかし気分にむらがあり、同じ日であっても意に沿わないことがあると途端に「あなたは私には似ないもの」と憎々しげに睨《ね》めつける。戸惑いながらも、わたしは母の顔色をうかがうことを覚えていった。

そして、あれは九歳の秋だった。結婚記念日に外出する両親を見送りメイドと家に残ったわたしは、退屈しのぎに母の寝室でジュエリーボックスを覗いていて、ふとしたことから外れた底板の下に古い写真を見つけた。飾り気のないシャツ姿の青年が少し気弱にも見える優しそうな笑顔ではにかんでおり、わたしは一目で好感を持った。

後から悔やんでも仕方のないことだが、当時のわたしにはまだ分別というものがついていなかった。翌日、「ジュエリーボックス」と言いかけたわたしを振り返った時の母の顔は、きっと一生忘れない。形相の変わった母に慄《おのの》いたわたしはそれ以上を口にしなかったが、そんなわたしを見て母は確信を持ったのだろう。見開いた目をますます吊り上げ、無言で怒気を発した。

その瞬間、母とわたしの間ではっきりと何かが壊れたのがわかった。彼が誰で、母にとってどんな存在だったのかは知らない。わたしはただ素敵な写真だと、一言伝えたかっただけだ。

「お父さまに言いつけたりしたら、ただじゃ済まないわよ……」

肩に食い込んだ爪の感触。憤《いきどお》り興奮しているのに、不自然なほど低いささやき。

もちろんわたしはそんなことをするつもりはなかった。歳の離れた父を母が恐れているのも知っていたし、余計なことをしてこれ以上父の機嫌を損ないたくはない。それでも母はそれ以来わたしと目を合わせなくなり、時に温《ぬく》もりを残していた母娘《おやこ》関係は完全な終焉《しゅうえん》を迎えた。

一か月後に祖母が亡くなり味方だと思える大人を失うと、わたしは家で笑わなくなった。

グレッグのよく通る声に意識を引き戻され、わたしはそちらに顔を向けた。

「エンジンはやはり止まってる。錨《いかり》は下りていないようだが、そもそもこんな沖合で下ろすものじゃないのかもしれない。つまるところこの船は、自力では動くことも留まることもできず、今となってはただ海上を漂うばかりの『巨大な鉄の塊《かたまり》』ってわけだ」

わたしたちは全員でデッキ7に戻り、操舵室に入ったところだった。グレッグが見ている表示はどうやら錨の水深を表すものらしい。

「出航から三日間、俺たちに普通に過ごさせたのは出発地からの距離を稼ぐためだろう。こう見渡す限り海ばかりじゃ、ここがどの辺りなんだかまったく見当もつかないな」

確かに見晴らしのいい窓からは水平線以外の何も見えない。小型といえども客船だけあってずらりと並ぶ計器の数も桁《けた》違いだが、位置の手掛かりになりそうなモニターは見当たらず、手分けして探したキャビネットの引き出しなどにも、タブレット型端末や海図、操船の手引書など、役に立ちそうなものが出てくる気配はなかった。

衛星電話はやはりどこにもなく、無線は電源が入らない。それでも望みが絶たれたことを認めたくないのか、無線室に集まった男性陣は機械の外側のパネルを外そうと試みており、悍はすでに見たはずの船長席らしい場所を執拗《しつよう》に引っかき回している。

これといってできることのないわたしは、モニターの付いた机の一つにもたれてその様子を眺めていた。

メイヴィルは食事の時は右利きなのに、無造作に伸ばすのは左手だ。子どもの頃に矯正《きょうせい》されたか、もしかすると両利きなのかもしれない……。

関係のないことをぼんやりと考えていると、何かにつまずいたミアに突然肩を摑《つか》まれた。

「大丈夫？」と振り返った拍子に、白くて小さなものが視界に入る。椅子の陰になっていて気付かなかったが、ドリンクホルダーかペン立てか、隣の机の円柱形のスペースに差し込まれるように置かれているのは厚手のカードのようだった。

「ねぇ、これって……」

手に取り、書かれてあることの意味を理解しようとしたが、素早く歩み寄ってきたフレイに取り上げられてしまった。それでも印字された内容は一目で読み取れるほどシンプルだった。

『きみたちに〝刑の執行〟を贈る――R・D――』

「R・Dって誰だ？」

「刑の執行ってどういう意味？」

覗き込んだ顔から口々に声が上がる中、片手を上げたグレッグがみんなを制した。

「待てよ、このクルーズ……。あんたは誰から招待された？」

「取引先の……」

言いかけたメイヴィルは、何かに思い至ったのか途中で言葉を止めた。

「リンク・ダンチよ」代わりに口を開いたのは惺だった。

「誰だって？　君はその人からこの船に乗るように言われたのか？」

フレイの反応に、惺はくるりと目玉を回してみせた。

「私をこのクルーズに招待したのは全然別の人間よ。むしろダンチとは敵対してると思ってたのに……すっかり騙されたわ。でも、黒幕ははっきりした。今回のことを仕組んだのは、クロム財閥《ざいばつ》の会長、リンク・ダンチよ。間違いないわ」

「クロム財閥って、あの？　そうか、リンク・ダンチ……まさに金と権力の塊じゃないか」

フレイの反応を見て、わたしもすぐに思い出した。クロム財閥といえば、車や家電、精密機器や医療、運輸物流に至るまで何でもありの世界的大企業で、商品や宣伝を目にしない日はない。たしかにその会長ともなればこんな大掛かりなことを仕掛けるのも不可能ではないのだろうし、この行き過ぎた資本主義社会で絶大な権力が司法や行政を牛耳《ぎゅうじ》っていることを思えば、彼を敵に回してまで真実を追求しようとする者はいないだろう。

同時に、「お前は初めてだったな」という言葉の意味がようやくわかった。夜中に部屋に来たクルーの口にした一言が、ずっと引っかかっていたのだ。きっとリンク・ダンチの周辺では、明るみに出ないままもみ消された事件がすでにいくつもあるのに違いない。しかし、もし本当にそうだとして、わたしと大財閥の会長との間に果たしてどんな接点があるというのだろうか。

驚きを露《あらわ》にするフレイとは対照的に、すでに青ざめている顔があった。どうやらグレッグとメイヴィルにも心当たりがあるようだ。藻洲は事情を理解したという顔で静かに立っている。

「うちとクロム財閥はある分野で競合していて、先日私は確かに少々汚い手を使ったわ。

恨まれてる自覚はあるけど、まさかこんな方法で報復されるとはね……。それで、あなたたちはあの爺《じい》さん相手にいったい何をしたの？」

「少々」汚い手を使ったくらいでこんな目には遭うまい。実際のところは相当えげつないことをして王者の怒りを買ったはずだ。しかしそれなら「Ｒ・Ｄ」ことリンク　ダンチにしても、手段を選ばないからこそ財閥をここまで大きくできたのに違いないという気がする。

目を泳がせるグレッグとメイヴィルを、惺が焦《じ》れたように急《せ》かす。

「私たちは運命共同体なのよ。今さら隠し立てをしても仕方ないでしょう」

「グレッグ、君は何かをした覚えがあるのか？」

肩に手を掛け顔を覗き込んだフレイに、グレッグは口の端を奇妙に歪ませて答えた。

「あるさ。そしてその覚えは、お前にもあるはずだ……」

「何のことを言ってるんだ？　僕にはそれらしい記憶はないが」

「いや、あるさ。あの時の女の子だよ。あの子はクロム財閥の……リンク・ダンチの……孫娘なんだ」

あの時の女の子。二人の間にはそれで通じる何かがあるらしい。フレイの顔からすっと血の気が引いた。

「まさか……」

「それで？　その子に何をしたわけ？」

「ちょっとした薬を試させてあげただけだよ。本人がやってみたがったから」

グレッグの言葉を盛大に鼻で嗤《わら》ったのはイエリーだった。

「ちょっとした、ねぇ。はっきり言いなさいよ。どうせセックスドラッグでしょう？　ていうかクロム財閥って、去年いっぱいで取引を中止にされたわよね。腹いせに孫娘で遊んだのがバレて、今度は無実の妻を巻き込んでその復讐《ふくしゅう》をされてるってわけ？」

以前から薄々感じてはいたが、グレッグは女性への関心というか衝動が強い。そしてイエリーは愛ではなくプライドからそれに対して憤っている。確かに、こんな美女を妻にして他にも目移りするとは、いささか欲が深すぎる。それにしても、孫娘に手を出されたからといってここまで手の込んだことをするだろうか。もしかするとその子は、それをきっかけに悪い「薬」にハマってしまったのかもしれない。

「おい、グレッグ……」

フレイが飲み込んだ言葉が、わたしにははっきり聞こえる気がした。『お前は孫娘だと知ってたんだな。どうしてそんなことに僕を巻き込んだりしたんだよ！』

フレイが強力な後ろ盾《だて》のある人間に危険な関わり方をするとは思えないが、リンク・ダンチの孫娘だということを知らず、ただの無力な少女だと思っていたのであれば別だ。どこまでが本人の合意の上かは別として、グレッグの過ぎた仕返しが結果として会長を激高させた……。

「だからさ、本人は別に……。それにまさか、会長の耳に入るとは……」

グレッグは衝撃を引きずった顔のまま、そうすれば逃げられるとでもいうように首を振った。

いつの間にか眼鏡を外していたメイヴィルは、惺にじっと睨まれるとごりごりと音をさせてこめかみを揉んだ。

「リンク・ダンチと敵対してる兄の方に、一度だけ力を貸したんだ」

あれだけ大きな財閥ともなれば利権をめぐって身内の諍《いさか》いがあってもおかしくはないが、そういった局面で薬の研究者が貸す力とはいったいどのようなものなのだろう。せっかく死にかけていた兄を新薬で救ってしまったとか？　惺と藻洲はさもありなんといった顔で頷いているが、わたしにはさっぱりわからない。わかるのは、フレイとグレッグが同じ穴のむじなであり、最低な男どもだということだけだ。

しかし一つ、納得がいったことがある。イエリーが言ったように、わたしもフレイの巻き添えなのだ。だってわたしは誰にとっても、わざわざ手間ひまやお金をかけてまで殺したいと思うほど重要な意味を持つ人間ではないのだから。

言葉もなく嫌悪を押し殺しているわたしに、フレイは「マイラ、誤解しないでくれ」といつもの作り笑いを向けた。猫なで声に鳥肌が立ち、追ってぶるりと震えがくる。女の子、とはいったい何歳までを指す表現なのだろう。結婚して数か月の間は月に一度か二度、寝室に呼ばれていた。フレイは義務だと思っていたのかもしれないが、体調が悪いと断ることが続き、最近ではめったに声も掛からない。わたしのように冷め切った女が相手では望むものは得られないとフレイが早々に気付いてくれたのなら、その点だけは互いにとって救いだったといえる。

わたしがこの男のために嫉妬《しっと》することなどあり得ないが、フレイの慌《あわ》てぶりからするとこんな場面ではむしろ怒ってみせた方が夫婦らしいのかもしれない。辟易《へきえき》しながらどこまで付き合うべきかと考え、はっとひらめいた。これは紛れもないチャンスだ。わたしにはずっと機会をうかがっていたことがある。

しかし一人で頭を冷やしたいと言ったわたしに、フレイは頑として頷こうとはしなかった。

「一人でなんて心配だよ。さっきの話を本気にしてるのかい？　あれは違うと言っただろう」

完璧すぎる笑顔はむしろ奇妙な滑稽《こっけい》さを伴ってわたしの不快感を煽《あお》る。愛するがゆえに傷付き、感情を高ぶらせている妻……そう見せるには、どんなふうに彼を拒絶するのがふさわしいのだろう？　経験がないので、さじ加減が今一つわからない。

「放っておいて」

強めた口調にフレイは驚いた顔をしたが、それは決してひるんだわけではない。

「マイラ、どうしたんだい。君らしくないな」

手首を掴んだ手には見た目よりずっと強い力が込められている。あからさまに暴力を振るわれたことはないが、ある時など彼の意に沿わずに引き止められ、二の腕の内側に痣《あざ》ができたことがあった。表からは見えない方にだけ指先を食い込ませるのが、その時の彼にとって最善の、わたしに対する調教の仕方だったのだろう。

この人は、こういう人なのだ。優しさを前面に押し出しながら、最後には必ず自分の思うようにしないと気が済まない。自分が書き上げた脚本の通りにすることが、最高で最上。だから脚本の演出に従って、わたしのような妻でも彼にとっては「愛妻」だ。自分は「思いやり深い夫」で、常に尊敬され、頼りにされなければならない。なぜならそれが彼の理想で、そうあるべきだと信じているから。自分の中の汚い欲望や感情は、都合次第でなかったことにできる。そうやってこの人は、いつでも現実世界で幻想を生きている。

だいたい、フレイの言う「君らしさ」とは何だろう。このまがい物の「従順さ」のことだろうか？　そんなものは全部嘘《うそ》っぱちだとはっきり言ってやったら、この理想主義者はいったいどんな顔をするだろうか。

「いいじゃない、どうせ船の外には行けやしないのよ。ゾンビがうろついてるわけじゃあるまいし、自殺する以外に危ないことなんてある？」

昼食の時間を気にして時計を見ていたイエリーが、やけにねっとりとした口調でわたしの肩を持った。くだらない男を夫にした者同士、同盟でも組むつもりだろうか。急に機嫌を直した不自然な笑顔にはたっぷりの皮肉が込められている。それでも今の状況をさほど悲観していないようなのは、彼女がそのうち助けが来ると信じているからかもしれない。「刑の執行」というのも、ただ洋上の船に置き去りにすることだと思っているのだろう。

わたしは違う。リンク・ダンチとやらがわたしたちを殺すつもりだとして、考え得る方法は様々だ。もちろん餓死《がし》を望んでいることもあり得るし、ことによってはじわじわと弱って死んでいく様子を見物するためのカメラやシステムが用意されている可能性もある。しかしわたしが思うに、こんな計画を立てる人物は、もっと残虐《ざんぎゃく》で確実な手段を求めているのではないだろうか。飲料水に毒を入れるとか、密室にして毒ガスを撒くとか、仕掛けておいた爆弾を爆発させるとか。そんなことは遠隔操作でも可能なのだろうし、自分は安全な場所にいればいい。それにそういった方法なら、イエリーが考えているように救助が間に合ってしまうということもない。

いずれにしても、すでに始まっている計画をわたしが止められるとは思わないし、正直なところ、何としても助かりたいという意志があるのかどうか自分でもよくわからない。多分わたしが怖いと感じているのは、「死」そのものというよりはその過程なのだと思う。「その瞬間」は痛いのか、苦しいのか。突然かつ一瞬で終わるならまだしも、迫りくる死の恐怖を自覚してしまった時、わたしの精神はそれに耐えられるのか。

未知のものは怖い。今までに知っている、どんな苦痛よりも。

それでも……。迷いがないと言ったら嘘になるが、放っておくことはできない。

今この船のどこかに、わたしよりも過酷な状況で恐怖に怯えている人がいるかもしれないのだ。孤独に打ちのめされ、誰にも届かないSOSを心で叫び続けている人が。だとしたら……わたしには誰よりも、その人の気持ちがわかるから。

「いいかい。甲板で外の空気を吸ったら、すぐに戻ってくるんだよ」

不本意な顔のフレイに見送られ、何とか操舵室を後にすることができた。さりげなく出口まで追ってきた藻洲が「くれぐれも気を付けて」と水のボトルを手渡してくれる。まだぼんやりしているグレッグと、一瞬だけ目が合った気がした。

すぐ脇にある階段を下りてみんなと距離ができると、次第に解放感に満たされた。思えば船に乗ってからというものずっとフレイがそばにいて、息苦しいことこの上なかったのだ。自分を偽《いつわ》らなくていいという暗い喜びは、普段どれだけ偽っているかを教えもする。

いっそのこと感情のないロボットだったら楽なのに。本当のわたしの中では、息を吐くのと同じくらい自然に自分の夫を罵《ののし》る言葉が湧いて出る。汚い。許せない。大嫌い。

熱を持った生身の身体《からだ》から、今にもとりすました機械音声が聞こえてくるようだった。

「ピー。エラーです。『従順』に問題が発生しました」

子どもの頃は親の言うことに従い、結婚してからは夫の言うことに従う。それがわたしに求められる生き方だ。写真を隠し持つ相手すらいないことを思えば、母よりもわたしの方がみじめなのかもしれない。わたしはこうしてずっと、すべてを誰かにコントロールされる世界から逃げ出すことができずに生きてきた。

そしてただ一人、同じ閉塞感を共有していた親友は、十五歳の春に急逝《きゅうせい》した。

ねぇ、ライラ。あなたが生きていてくれたらいいのに。別々の学校に進学しても、永遠の別れを知らされたあの朝までは、望めばいつだって会えると思っていた。仲良くなったきっかけは、名前があまりにも似ていたから。十歳で初めて同じクラスになってからというもの、どちらかが呼ばれると必ず二人で振り向いたものだった。わたしのようにありふれたこげ茶とは違う、艶やかな亜麻《あま》色の髪。ライラは小さくて愛らしく、まるでお人形のようだった。

不幸な事故だったが、自殺の噂《うわさ》もあった。ライラが自分から走ってくる車の前に飛び出したというのだ。しかしわたしはそうは思わない。聞けばその車はすべての電気自動車に義務付けられている駆動音システムを搭載していなかったというし、何よりわたしたちは何があっても互いに支え合って生きていこうと誓っていた。たとえ繊細な魂《たましい》が絶望に塗り潰されそうになったとしても、彼女がわたしに黙って命を絶つことは絶対にないと今でも信じている。葬儀の後、彼女の母親から渡されたものがあった。引き出しに入っていたという小さな包みには丁寧にリボンがかけられ、中には一つ、真新しいペンダントが入っていた。細長い花びらが幾重にも重なり合うペンダントトップの花は、前年の秋にわたしがライラの誕生日に贈ったブレスレットと同じモチーフだった。ローダンセの花言葉は、「終わりのない友情」。添えられたカードには「マイラへ　お誕生日おめでとう」と見慣れた丸文字で書かれていた。

思春期のほとんど全部を分かち合った。彼女の存在だけが、わたしの心の拠《よ》り所だった。あまりにも大きな喪失感は、わたしから表情だけでなく感情も奪った。必要だと判断すれば笑ったふりはできるけれど、あれ以来ほとんど、心が動くということがなくなってしまった。

今のわたしがはっきりと感じるのは、「嫌悪」、「不快」、「怒り」。そしてそれすらも、自分の内側に押し込めて人には見せないようにしている。それでも時々、自分を覆《おお》う厚い膜の中で、ひと際温かく響くライラの口癖を聞くことがある。

――マイラ、あなたならできるわよ。

ライラは愛情と甘えの混じった声で、よくそう言った。わたしを励ます時にも、難しい宿題や課題を丸写しにしようと企んでいる時にも。

わたしが甲板ではなくデッキ1、いわゆる機関室まで下りてきたのには、フレイに見つかりたくないのとは別に、もう一つ理由があった。昨夜、わたしたちの部屋を出る前に、例の若いクルーが年嵩の男に訊いたのだ。

「そういや、あいつはあのままでいいんですか？」

「あいつって？」

「ほら、下の……」

そこまでしか聞き取れなかったが、もしかすると直前になって計画に反対した誰かがどこかに拘束されているのかもしれない。船員は屈強な男性ばかりではなく、中には若い女性もいた。

その後覗き見た甲板に、緊張した顔で料理を運んでいたレストランスタッフの女の子が見当たらなかったこともあり、それ以来わたしの頭の中では捕らわれている彼女のイメージが先行してしまって、助け出さなくてはという思いがくすぶって離れないのだ。見つけたからといって彼女が生きて帰れるかはわからないが、それでも死に向かう時間をたった一人で閉じ込められたまま過ごさなくてはならないとしたら、それはあまりにも残酷《ざんこく》なことだ。

わたしの思い込みで、実際は全然違うのかもしれない。いや、違う方がいい。それでも拭《ぬぐ》いきれないその思いは、わたしなどに何ができるのかという思いより強くわたしを動かした。

　実のところ、八人で船内を探索した際に発見できることを期待していたのだが、あの時は「それなりの人数が隠れられるような場所」を確認するのが目的のようになってしまっていたので、倉庫やレストランなどは念入りに見たものの、小さな部屋やスペースはさらりと流されてしまった。夜中のことを口にするつもりのないわたしはそれに対して意見のしようもなかったし、そもそも非選択子《ノンセレクテッド》であろう人物を救出したいと言ったところで、彼らが同調してくれるとは思えなかった。

　この国の憲法は、あらゆる民族を平等であると規定している。しかしそれはあくまでも「民族」の話であって、選択子《セレクテッド》／非選択子《ノンセレクテッド》間の差別意識とはまったく別の話だ。選択子《セレクテッド》は生物学的視点から自分たちが「優等」であると信じており、「劣等」である人々に対し社会的上位に立つ資格があると考えている。

　わたし自身は自分のことを優等だと感じたことがないので、正直この価値観には疑問があるし、非選択子《ノンセレクテッド》だからといって見下したり軽んじたりするのはおかしいと思っている。

　そもそも遺伝子選択というのは提示された中から条件のいい受精卵を選べるというだけで、両親から作られた受精卵そのものの性能を上げられるわけではない。だとすれば選択子《セレクテッド》よりも優秀な非選択子《ノンセレクテッド》が誕生することを否定する根拠はまったくなく、非選択子《ノンセレクテッド》だからといってひとくくりに劣等とするのは大きな間違いなのではないだろうか。

　しかしこの話は非常にナーバスな問題を含んでいるので、もう亡くなった父方の祖母には「この話をするのはおばあ様と二人の時だけ」と約束させられていた。当時はわからなかったが、祖母はわたしを守ろうとしてくれていたのだろう。選民意識を持つ者たちは、それを否定しようとする者に対しては過度に攻撃的、排他的になる傾向があるのだ。

そしてまた、非選択子《ノンセレクテッド》は選択子《セレクテッド》にとって、ただ聞き分けよく自分たちに仕える、格下でおとなしいだけの存在というわけではない。

かつて第一世代の時代に、遺伝子選択の排斥《はいせき》運動が起こったことがある。「命を選ぶな」、「人間は平等だ」――。声を上げたのはほとんどが貧困層の人々で、発端はもちろん遺伝子選択の是非《ぜひ》に対する倫理的見解の相違だったのだが、その背後にはずっとくすぶっていた「富裕層が貧困層を一方的に支配する社会構図への不満」があった。

デモはやがて暴動となり、それを阻止しようとする富裕層の中にも、「自分たちに反発する『ならず者』は攻撃して当然である」という考えが広まった。そもそも富裕層の人間には地球を救ったのは自分たちだという自負があり、「生かしてもらった分際で逆らうな」という思いが腹中にある。自衛のためといいながら過剰な報復行為に及ぶ者が出て、結果的に数十名の死者を出した。その後、双方を厳しく罰する法律ができて事態は鎮静化したが、それ以降、富裕層と貧困層の間には生活水準や社会的地位だけではなく、より深い意識の溝が生まれた。

実際、選択子《セレクテッド》に対して不満を持っている非選択子《ノンセレクテッド》は今も一定数はいるはずで、それらは表出されないだけで、確実に潜在する。選択子《セレクテッド》の方でもそれをわかっているから、身近に置いて便利には使うが、心の底では忠誠を疑い、彼らを油断のならない存在だと思っている。根底に流れるその不信感が、両者の距離を遠ざけ、何かあれば簡単に互いを敵意の対象としてしまうのだ……。

やはり、わたしが探し出すしかないだろう。「下」といってもどの程度か不明だが、乗客に見つからないように隠しているのならデッキ2より下の可能性が高い。特にこの機関室は入り組んでいて死角が多く、もしかしたらと気になった場所が何箇所もあった。「係員以外立入禁止」と注意書きのある出入り口をくぐり、客室とは別世界のような景色の中にそっと足を踏み入れる。

機関室は他のデッキと違って高さがあり、上中下の三つに分かれた階層がそれを貫《つらぬ》く吹き抜けを中心に一つの空間を形作っている。吹き抜けの中央にはひときわ巨大な機械――主機関というらしいが、どちらかというと小さな建造物といった方がよさそうだ――が鎮座していて、その周囲をぐるりと手すり付きの回廊が巡っていた。本来は機械の稼働音で騒々しい場所なのだろうが、今はしんと静まり返って、外の波の音まで聞こえてきそうだ。

無機質で寒々しい眺めに、ふいに不安になる。機関室には上のデッキのような親切な案内板などないし、上段や中段の回廊沿いに「制御室」や「操作室」などの部屋が設けられていたことくらいしか記憶に残っていない。通路を兼ねた区画が回廊の奥にも複雑に連なっていて、枝分かれや合流を繰り返しながら伸びる様はまるで迷路だった。

どこを見たのかわからなくなりそうなので、上段の回廊を左舷船首側から反時計回りに見ていくことに決め、わたしは端にある「機関制御室」に半身を突っ込んだ。重要ないくつかの部屋は独立した造りになっているらしく、四方を壁に囲まれ、出入り口の扉が二か所に付いている。ここはそれなりの広さがあるので、八人で来た時にも中に入って一通り調べていた。さまざまな大きさのモニターや計器が壁を埋めつくしており、反対側にもパネルやボタンがずらりと並んでいる。画面のほとんどは消えていて、点《つ》いているものも羅《ら》列《れつ》する数字やアルファベットの意味はわからない。やはりこの部屋ではなさそうだ。時間には限りがあり、探したい場所はあまりに多い。きびきびと動かなければ、機関室を回りきることすらできないだろう。

回廊に沿って、吹き抜けを迂回《うかい》するかたちで船尾に向かって進む。廊下と呼ぶには広いスペースに見たこともない大小の機械やタンク、様々な太さの配管、色分けされたハンドル、丸や四角の計器、スイッチなどが所狭しと並んでいる。窓がないので朝も夜も様子は変わらないのだろうが、快適に作業するには暗すぎるように感じるのは、藻洲の言っていた通り照明が非常用電源の仕様に切り替えられているせいだろうか。サロンなど、部屋によっては電灯のスイッチを入れる必要があったが、機関室内は基本的に明かりが点けっぱなしになっているようだ。上段を一周し終えて中段に下りる。機械のジャングルをさまよい続けても、彼女は一向に見つからない。デッキ2から見た方がよかっただろうかと、今さら迷いがこみ上げる。

下段フロアの後方には腕を回しても届かないような太い円柱が横たわり、網のトンネルで囲まれた一角があった。さらに進み、扉のないドア枠のような穴を何度かくぐり抜けると、やたらと頑丈そうな鉄扉《てつぴ》に先を塞がれた。ここまで来たのは初めてだが、だんだんと空間が狭まる感じからして、船の最後尾が近いのだろう。この先にプロペラがあるのかもしれないが、まかり間違って水密ドアを開け、船内に水を入れてしまっては大変なことになる。

引き返そうと背を向けたわたしの足を止めたのは、扉の奥から聞こえてきた羽々しい音だった。何の音だろう？　プロペラに関係があるのかと思ったが、どこか投げやりで緩慢《かんまん》なリズムはもっと人為的な感じがする。扉に耳を付けてその冷たさに驚いたが、じっと我慢しているとやはり何かが聞こえた。鈍い音と振動の伝わり方からして、少なくともこの扉の向こうがすぐに水だということはなさそうだ。

耳を離し、改めて扉の全容を眺める。ドアノブ代わりの重たいハンドルを回すのは、わたしにとってなかなかの重労働だった。

――何かがいる。

ほんのわずかな空気の震えを気配というなら、それを感じた気がした。しかし同時に感じたのは、ツンと鼻を突く不快で尖った臭いだった。排泄物《はいせつぶつ》や汗、もしかすると吐しゃ物も混ざっているのかもしれない饐《す》えた刺激臭が、強烈な存在感でわたしの鼻先に届いた。

脳内で警報が鳴り響く。昨日まで身ぎれいにしていた女性ではありえない。もちろん捕らわれているのが彼女でなかったとしても、わたしたちのために抵抗してくれた誰かがいるなら助けたい気持ちに変わりはないが、少なくとも今そこにいるのはわたしが探していた人物ではないようだ。それがどんな生き物であるにしろ、まともな存在ではないに違いない。

腹を空《す》かせた凶暴な猛獣だろうか？　閉じ込められて、猛烈に気が立っているとか？　危険な何かは八人が集まる場所に現れるものとばかり思い込んでいたので、こんな所でたった一人で遭遇する心の準備はできていない。開きかけた扉にしがみついた時点で、わたしは半ば戦意を喪失していた。

体が固まってしまい、中を覗くことも扉を閉めることもできないまま、掌《てのひら》にじっとりと汗だけが滲《にじ》んでいく。実際にはほんの数秒だったのかもしれないが、自分の身体から恐怖という感情が小さな粒子となって空気中に放出されていくのが見えるような気すらした。

その時、苦しそうな咳《せき》が聞こえた。性別まではわからないが、どうやら人であるのは確かなようだ。意外なことに、力のない咳に危険な要素は感じられない。どうする？　急に飛びかかってきたりはしないだろうか？　意を決して扉の向こうを覗き込むと、小さな部屋の奥、床の隅に見えた黒い塊が頭をもたげ、二つの目がチカリと光を反射してわたしを見返した。

――男の子？

小さく縮こまりうずくまってはいるが、そこにいるのは十代半ばの少年のようだった。

がらんとした正方形に近い空間には、設備と呼べそうなものは何もない。天井に申し訳程度につけられたライトの貧弱な明かりだけが、その周囲をぼんやりと照らし出している。

虐待《ぎゃくたい》された野良猫のようにぐったりとしている少年は、細身ではあるが肩の線がしっかりとしていた。すらりとした手足を折りたたんで床に座り込んでいる姿勢は窮屈そうで、体勢の不自然さに目を凝《こ》らすと、後ろ手に拘束されてその先を壁につながれているようだった。金属製の小さな洗面器が一つ、彼からギリギリ届きそうな所に転がっている。可能性として考えられるのは、さっき聞いたのは彼が後頭部を壁に打ちつける音だったということだ。

薄暗がりからこちらを見る目は、はじめの一瞬こそ罠にかかった野生動物のような獰猛《どうもう》さを宿していたが、わたしの姿を認めると攻撃性が抜け落ちたように消え、今ではただ虚《うつ》ろにわたしの手の中のボトルに向けられている。

――どういうこと？

自分の目にしている状況が理解できないまま、わたしは慎重に中に入った。

恐る恐る近づいて少年の横に回り込むと、もう少し様子がわかった。両手に掛けられた手錠には鎖が通されていて、それが壁を這《は》うパイプに巻き付けられている。ユニフォームを着ていないこと、垢《あか》じみた姿が一日やそこらの汚れではないらしいことからすると、彼はこの船のスタッフではなさそうだ。相手が動けないのをいいことに、わたしはまじまじと観察した。

黒髪や黒い目は同じでも、惺や藻洲とは顔のタイプがまったく違う。オリーブ色の肌に彫りの深い顔立ちはボナゴースなどの大陸南部に多く、この子も十中八九は非選択子《ノンセレクテッド》だと思われた。選択子《セレクテッド》は縁組みや商機を求めて大陸中央の五大都市圏に集まる傾向があり、あの辺りにはほとんどいないのだ。乾燥のあまりひび割れて白い皮がめくれあがった唇は、彼が脱水状態にあることを如実《にょじつ》に語っていた。

「あなたは……誰？　どうして手錠なんか掛けられているの？」

思い切って問いかけたものの少年は答えず、それが衰弱のためなのかもわからない。惨状から察するに、出航した日からずっと拘束されていたのではないだろうか。クルーでないならば、忍び込んで捕まった犯罪者という可能性もある。正体がわからない以上どんな可能性もゼロではないが、いずれにせよ「あいつ」が指していたのはこの少年のことだという気がした。

傍《かたわ》らの洗面器は空だった。もしかすると少年は水分としてこれに入れた水だけを与えられ、犬のように口をつけて飲んでいたのかもしれない。話しぶりからしてあの若いクルーが補充していたのだとしても、最後に与えられたのはもうだいぶ前なのだろう。そしてある時、その水も尽きた……。もし本当にそうだとしたら、想像するだけでもぞっとするような仕打ちだ。

「いいわ。どうせすでに棺桶《かんおけ》に片足を突っ込んでいるのだもの。あなたが何者なのかは知らないけど、最後に人助けをして、あとは運を天に任せることにする」

わたしは自分に宣言し、ボトルのキャップを開けてさらに少年に近づいた。少年ははっと目を見開くと、期待に満ちた顔で口を開け、顔を上に向けた。口の横には傷があり、こびりついていたかさぶたがピキリと裂けたが、今は痛みなど気にならないほど喉《のど》が渇いているらしい。こぼれないように、一気に入れ過ぎないように、少しずつボトルを傾ける。

二口、三口。ごくごくと喉を鳴らす少年の口に、ゆっくりと水を注いでいく。夢中で水を飲む姿は、生存本能に忠実に従う動物そのものだった。満杯だった水の三分の一ほどをあっという間に飲み下すと、少年は荒い息を繰り返した。

「もっといる？　全部飲んでいいわよ」

近づけたら口を開けるので、結局空になるまですべてを飲ませた。

声を発さないのは喉がどうにかしてしまったのか、元から口が利けないのか。耳は聞こえているようだが、会話の内容を理解している感じがしない。公語がわからないだけなら声を出すことはできるはずだが……。しかし少なくとも、わたしには彼が凶悪な人物のようには見えなかった。遠慮する気もなく全身を眺め回していたわたしは、彼の顔に視線を戻して驚きに目を瞠《みは》った。

そこに見えたのは、月を映す真夜中の泉のような瞳だった。ぼんやりとここではないどこかを見つめる眼は、しっとりと暗く濡れ、光を閉じ込めている。わたしは息が止まりそうになった。こんなふうに輝く瞳を見たのは生まれて初めてだったから。

——泣いてる……？

男性はもちろん他人が泣いているところなど、わたしはライラの他には見たことがなかった。そのライラにしても、仲のよかったお兄さまが家を出ることに決まって、わたしと二人きりになった時のたった一度だけだ。「人前で泣くなんて、広場で下着姿になるのと同じことよ」と母は言っていた。学校へ上がる歳にもなればそれは恥ずべきことなのだと当然のように躾《しつ》けられてきたわたしは、ライラが亡くなった時も人前では泣くまいと必死で我慢した。その代わりに丸々三日間、部屋から出ず、学校にも行かなかった。

しかし、拭うこともできずに涙を流し続ける少年を見てわたしの頭をよぎったのは、まったく別のもっと馬鹿げた考えだった。そんなに泣いてはせっかく体に入れた水が出てしまう……。わたしは悪臭すら忘れ、溶けかけの氷のようなきらめきに吸い込まれんばかりに見入っていた。

それは今までに経験したことのない感覚だった。身じろぎもせずに目を奪われながら、自分の鼓動が大きくなっていくのを感じる。濡れた目が思い出したようにこちらを向き、わたしは知らぬうちに伸ばしかけていた手をビクリと引っ込めた。もし少年があのまま遠くを見ていたら、彼を抱きしめてしまっていたかもしれない。

この時わたしの中で何が起きたのか、わたし自身にもよくわからない。余計な言動はしないことを信条に生きてきて、迷った時には気付かなかったことにしようと決めているわたしが、なぜ拘束された身元不詳の少年にこれ以上関わろうなどと思ったのか。

それでも気付いた時には、彼を助けるための方法を探していた。

手錠の鍵というのはだいたい共通だと聞いたことがある。一つ一つが違う作りになっているわけではなく、そもそも複雑な構造を要するものではない。たしか、以前読んだ本では主人公が手近にあったクリップで簡単に開錠《かいじょう》していた。ヘアピンでもあればよかったのだが、残念ながら今日のわたしは肩までの髪をそのまま下ろしている。何か細長い物があれば……。あることに思い至り、わたしは少年を残したままその場を後にした。

機関室の中段に、確かにその部屋はあった。入り口の小さな金属プレートには「工作室《しつ》」と表示されている。木の板でできた無骨な作業台の奥には壁に沿って棚や引き出しが設えられており、ここになら使えるものがありそうだった。ドライバー、テープ、どこに使うのかわからない金具やねじ類。鍵穴に差し込めそうな形状のものを探し、結局わたしが手にしたのは、床に落ちていた小さな安全ピンだった。

勢い込んで戻ってきたわたしを、目を上げた少年は不思議そうな顔で見つめた。つかつかと歩み寄ると、その表情にサッと警戒が走る。

「大丈夫よ。できるかわからないけど、とりあえずよく見せて」

言ったことの意味はやはり伝わっていないようだが、それでも少年は鍵を開けるジェスチャーを見ると察したように体を捻《ね》じり、手錠を差し出した。まずは鍵穴を検分する。体勢が辛そうな少年には悪いが、彼の拘束が体の前でなくて助かった。あまり近くでじっと見られていては、やりづらくて集中できなかったに違いない。小さくてすべるので摑みにくいが、持ってきた二本のペンチを使って安全ピンを伸ばし、曲げる。長さや角度を何度か調整するうちに、だんだんそれらしい形になってきた。わたしの特性《ネイチャー》である「器用」がこんなところで役に立つとは思っていなかった。

選択子《セレクテッド》は往々にして、幼少期から日々の学習とは別に特性《ネイチャー》に特化した教育を受ける。中でも才能群の特性《ネイチャー》を持つ者にその傾向は顕著《けんちょ》で、わたしの場合は手先の器用さを磨くための料理や刺繡《ししゅう》がそれだった。もっとも結婚する前も後も自分で食事を用意することなどほとんどないのだから、必要のない飾り切りのスキルを磨くのは我ながら不毛なことにしか思えなかったが。

他にも折にふれ精巧模型やステンドグラス、ミニチュアブック制作などに勤《いそ》しんだけれど、今でも続けているのは洋裁だけだ。ミシンだけは実家から馴染《なじ》んだ物を持ち込み、型紙を起こすところから自分の部屋着などを作ったりしている。昔は母の許しが得られる範囲で。今は夫の好みに合う範囲で。

――器用さがあれば、「かすみ草の街」では充分やっていける……。

手元に集中しながらも、わたしの心はいつの間にか違う場所に飛んでいた。他人の特性《ネイチャー》を予想する以外に、わたしにはもう一つ癖がある。時折現実とは違う『別の世界』に心が旅をするのだ。白昼夢というほどではないけれど、ふとした時にするその空想はいつでもわたしを温かく癒《いや》す。きっかけはライラの言葉だった。ある時、学校の帰り道で舗道の落ち葉を蹴《け》り上げたライラが、ついでのように言ったのだ。

「自分で食べていける方法があればいいのに。そうしたらすぐにでもここを飛び出して、遠いところへ行くのにな」

そんな可能性があるのかと真顔になったわたしに、そうなったらあなたに会えなくなることだけが心残りね、と彼女は笑った。おそらくそれはただ思い付いたことを口にしてみただけだったのだろうけれど、ライラがいなくなってから、わたしはそのことについて繰り返し考えるようになった。別の場所で、まったく違う生き方をしている自分。自分の力で生活していくには、お金に換えられるだけの労働力や技術を提供できなければならない。

しかし考えてみれば、それは多くの人たちが普通にやっていることなのだ。わたしにもきっとできる。本格的な洋裁の仕事まではもらえなくても、つくろい物で日銭を稼いだっていい。

　実際に今いる場所から逃げ出すことはできないが、想像の中のわたしは自立した女性として自分の暮らしを守ることができた。想像の産物であるその世界、自分の責任と意思で自由に生きられる心の中の世界を、わたしは密かに「かすみ草の街」と呼んでいる。そこは流行など関係ない、静かで小さな街だ。バラのように華がなくても構わない。日々にささやかな喜びを見つけながら生きられるなら、わたしにはかすみ草で充分なのだ。

　鍵穴にイメージ通りの形になったピンを差し入れると、ものの数秒でカチリとロックが外れる音がした。手錠が床に落ち、安堵《あんど》の息を吐いた少年が顔をしかめて両腕を交互にさする。手首には赤黒い線が幾筋もついており、痛そうな様子からするとそれなりに深い傷になっているのかもしれなかった。わたしが無意識に伸ばしかけていた手をまたしても途中で止めたのは、少年がふいに顔を上げたからだった。

　睫毛《まつげ》が濃い影を落とす目が、真っ直ぐにわたしを見ている。やつれきった顔からは感情を読み取ることができず、思い出したように臭いを強く感じた。年下の少年とはいっても、よく見れば体の大きさはわたしとさほど変わりない。まったく人気のない場所で見知らぬ人間と向き合うにしては、彼との距離はあまりに近かった。後ずさる姿に恐怖を見て取ったのか、少年は危害を加える気はないと言いたげに両方の掌を見せたまま、ギクシャクとした動作で立ち上がった。つられて腰を上げたわたしよりも、彼の方が少し背が高い。

少年は束の間迷ったような顔をしたが、謝意を伝えるように小さく顎《あご》を引いてみせると、そのままよろよろと部屋を出ていった。

あっけにとられて見送ったわたしの頭にあったのは、またもや馬鹿げた考えだった。

練習さえすれば、わたしは他の鍵類のピッキングもできるようになるのではないか……。

もちろんそんな必要はまったくないし、手ごろな先生が見つかるとも思えない。


いずれにせよ、わたしが勝手な使命感から助けようとしていたスタッフの女の子は無事に下船していたらしい。ほっとすると同時に全身から力が抜けたような気分だった。

ラウンジに入ったわたしに駆け寄ったフレイは、怪訝《けげん》な顔で鼻をひくつかせた。

「遅かったじゃないか。甲板にもいないし、どこに行ってたんだ？　何だか君……こりゃ何の臭いだ？」

はなから説明する気などなかったわたしは、会話を拒否したまま部屋に戻って着替えをした。

実を言えばわたし自身、あの少年の臭いが移っていることには充分すぎるほど気付いていたし、我慢してもいた。真水を無駄にしないよう最小限の湯でシャワーを浴びて新しいシャツとスカートを身に着けるとようやくすっきりしたが、ラウンジに戻ったところで出ていく藻洲とすれ違い、その顔の険しさに思わず振り返った。藻洲のあんな顔は初めて目にする。わたしは近くにいたイエリーを捕まえて小声で訊ねた。

「何かあったの？」

「惺がいないんですって。あの人に限って迷子ってこともないでしょうから、そのうち帰ってくるでしょうに」

藻洲はフレイのように妻を支配したいタイプではなさそうだし、姿が見えないことを純粋に心配しているのだろう。そう思ったわたしに、イエリーはまったく違う見解で同意を求めた。

「金魚のフンって、金魚がそばにいないと不安になるのね」

どうであれ、一人であれだけ船内を歩き回ったわたしも無事に帰ってきたのだ。いずれ何かが起こるにしても、今のところ惺は無事なはずだと、この時はまだわたしも思っていた。

それを見つけたのは、どこかにもっと食料があるかもしれないと下のデッキを見に行ったメイヴィルと、その後を追っていったミアだった。メイヴィルが息を弾ませて飛び込んできた時、みんながとうに食事を済ませたテーブルで、わたしだけがわずかなパンと野菜くずのようなサラダの夕食をぐずぐずとつついていた。昼食はとらなかったが、それほど空腹は感じていない。あれから戻っていない惺と藻洲の分は、テーブルの隅によけてあった。

グレッグとフレイはわたしたちにラウンジに残るよう言ったが、この船内で起こっていることを把握できないことの方が怖かったし、気になることもある。わたしが一緒に行くと言い張ると、一人で残されるのを不安に思ったのか結局イエリーもついてきた。

エスカレーターを駆け下りるにつれ、デッキ4のエントランスホールで腰を抜かしたようにへたり込んでいるミアがはっきりと見えてきた。ミアの向こうにもう一人、抜け殻のような顔をした藻洲が床に座り込んでいる。藻洲がじっと見つめている〝何か〟が視界に入っても、それが何だかすぐにはわからなかった。しかし理解した瞬間、ついにその時が来たのだという衝撃に心臓が飛び跳ねた。それにしてもまさか、こんな形で……。

大きなビニールで梱包されてはいるが、それはまぎれもなく惺だった。もしかすると藻洲は蘇生《そせい》を試みたのかもしれない。繭《まゆ》のように彼女をすっぽりと覆う透明なビニール袋の、顔の部分が引きちぎられたように開いている。しかしそれでも彼女が死んでいるのは一目瞭然だった。出血している様子はないが、口を薄く開いた土気色の顔にはまったく生気がなく、首には彼女の命を奪うのに使われたらしい荷造り用のビニール紐がそのまま残っていた。

「見ない方がいい」

　視界を遮ろうとするフレイを避け、わたしは一歩、もう一歩と梍に近づいた。元の顔と違うように感じるのは、閉まり切っていない両瞼《まぶた》の下に眼球がないからだ。わたしは吐き気をこらえるために束の間天井を睨みつけ、呼吸を整えてから周囲を見回した。

　メイヴィルとミアが来た時にはすでにこの状態だったという。前に来た時と特に変わったところはなく、争った形跡などもない。元より藻洲が梍を手に掛けたなどとは思わないが、こうなれば明らかなことがあった。

「……誰かがいるんだ。僕たち以外に」

　フレイの言葉にそれは間違いないわと内心で答えながらも、わたしは少年のことを誰かに言うつもりはなかった。もしもこれが「刑の執行」の始まりなのだとしたら、わたしが解放しなければ手錠に繋がれたままだったあの少年は犯人ではあり得ない。それに、仮に手錠を外してから上のデッキに来たのだとしても、こんなことをするだけの時間はなかったはずだ。それでもわたしが何と言ったところで、彼の存在が知られれば消去法で容疑者にされてしまうような気がした。

　しかし改めて考えてみれば、この大きな客船の中で人が一人隠れるなど、きっと造作もないことなのだ。現に少年ははじめの探索では見つからなかったのだし、自ら姿を隠そうとしている者ならなおさら、そう簡単には見つけられないだろう。

「いや。悍の消えた時間にアリバイのない人間が、この中にも一人だけいる」

そう言ったメイヴィルは、わたしにひたと目を向けていた。

「わたし……？」

驚いて目を剝《む》いたものの、確かにわたしにはこの中で唯一、居所が知れなかった時間がある。

「くだらないことを言うのはよせ。虫も殺せないマイラにこんなことできっこない」

幸いなことに、反論したフレイだけでなくグレッグやイエリーもわたしを疑ってはいないようだった。それはわたしを見た二人がそろって肩をすくめた仕草でわかった。

少し気持ちが落ち着くと、わたしはようやく今一番声を掛けるべき人物に思い至った。一言も発することなく呆《ほう》けたように座り込んでいる藻洲のそばへ行き、そっと肩に手を触れる。

「なんて言ったらいいか……。奥様のこと、残念だわ」

藻洲が見つめている先にもう一度目をやる。恐ろしいことには変わりないが、さっきよりは多少冷静に見ることができた。念入りに手入れされた肌は、血色を失ってもなお滑《なめ》らかだ。

わたしは祖母の葬儀の日のことを思い出した。もう動かない、少し前まで人間だったもの。病に負けて棺《ひつぎ》の中に納まった祖母は、生前より一回りも二回りも縮んでしまったようだった。そしてその隣で、自分まで死んでしまったように動かなかった母。父に嫁いでからずっと複雑な環境で暮らしてきた母にとって、おそらく唯一の安らぎを与えたのが祖母だった。あの穏やかな人柄からどうやって父のような息子ができたのか不思議だが、ともかく同じ屋敷内に住んでいた祖母は後妻である母に向ける笑顔を絶やさず、時に壊れかける心を守ろうと努めていた。祖母が亡くなった時には九歳だったわたしにも、何となくそれがわかるほどに。

祖母はもちろん、わたしにとっても温かな希望の光だった。悲しくて胸が張り裂けそうだったけれど、そばを離れようとしない母に遠慮して心ゆくお別れはできなかった。それもまた悲しくて、自分の部屋に戻ってから声を殺して泣き続けたのを覚えている。

それでも祖母の亡骸《なきがら》は静かな威厳に満ちていた。藻洲が惺を大切に思っていたのだとしたら、こんなふうに傷付けられた彼女の姿を見てどれだけ衝撃を受けていることだろう。

藻洲はどんよりと焦点の合っていない目で呟いた。

「リンク・ダンチは人の命を何とも思ってない。彼の前には法律も正義も意味がなく、自分以外の人間なんてゴミくずも同然なんだ」

妻が「あの爺さん」と呼んだ男を、その仇《かたき》になってなお「彼」と呼ぶところに藻洲の人間性が見えた気がした。もしかすると藻洲は、仕事上の関わりでリンク・ダンチに直接会ったことがあるのかもしれない。

「刑の……執行……」

張り詰めた空気の中で、ずっと押し黙っていたミアがすごいことを発見したとでもいうようにわたしたちの方に顔を向けた。

「こんなことをした人殺しは、つまり刑の『執行人』てわけね」

そういうことになるのだろう。まさかこんなふうに死刑が執行されるとは誰一人思っていなかったに違いないが。ミアの言葉を完全に無視して、待てよと目を光らせたのはメイヴィルだった。

「救命ボートは残ってるんだよな」

「だったら何だ、それで逃げるのか？　自分が大海原のどこにいるのかもわからず、まともな食料も大量の水を積めるタンクもないのに？　それこそ死にに行くようなもんだ。この船にいた方が救出される確率は高い」

メイヴィルはまだその考えを捨てきれないようだったが、グレッグは諭すようにこう続けた。

「自分からわざわざ命を縮める道を選ぶ必要はないだろう。こっちには男が四人もいるんだ。全員でかかれば勝算はある」

救命ボートについては確かにそうかもしれないが、勝算についてはどうだろう。リンク・ダンチもしくは「執行人」は、こちらの人数などはじめからわかった上で計画を立てているのだ。それともこんな状況でポジティブになれるグレッグの逞《たくま》しさを褒めてやるべきなのだろうか。

イエリーはと見れば、エスカレーターの中ほどに腰かけたまま、黙ってこちらを見下ろしている。その顔はまるで、近づかなければ自分は無関係でいられるとでも思っているかのようだ。

事態はいよいよ動き出し、こうしてわたしたちは、海上の監獄《かんごく》で死刑を待つ囚人となった。


七人になったわたしたちは、再びデッキ7のラウンジに戻ってきた。惺をあのままにしてきたことをどう思っているのか、藻洲は先ほどからずっと、俯《うつむ》いて黙りこくっている。

「お手洗いに行きたいの。ついてきてよ」

どんなに恐ろしい状況でも、生理現象はついて回る。イエリーに声を掛けられた時、実は同じことで迷っていたわたしは少なからずほっとした。この船の数少ない利点の一つは、トイレが階段と同じようにあちこちにあることだった。

「どうしてマイラに言うんだ。グレッグと行けばいいじゃないか」

フレイの言葉に鼻を鳴らしたイエリーは、「行こうとしてるのは女性用のお手洗いよ。あなた方が二人でボディーガードをしてくれると言ってもお断りするわ」と高らかな声で啖呵《たんか》を切り、自分の夫の方を見もしなかった。「女性同士、仲良くしましょう」と調子よく腕を絡めながら、ちらりとミアを見てささやく。「同性の仲間は大切だけど、根暗な変人はごめんだわ。あなたなら、まぁ……気心も知れてるし」

表面上のにこやかさと隠す気のない毒は、彼女の中ではまったく矛盾《むじゅん》なく同居できるらしい。

わたしたちの気心が知れているかどうかは別として、殺人の起きた船内で一人きりになるのはわたしも避けたい。かといってフレイに付き添ってもらうのは嫌だったので、ちょうどよかった。

歩き出したイエリーは、こんな時でも紅《あか》く艶やかな唇を歪ませて笑う。

「ねぇ、あの人ってみじめすぎると思わない？　あんなふうに旦那にまで無視されるんじゃ、私だったら死にたくなっちゃうわ。きっとあの夫婦、何かあるんでしょうねぇ」

「死にたくなっちゃう」とはこんな状況で不謹慎極まりない言いようだが、わたしは何も言わなかった。メイヴィルとミアの間に何らかの事情があるのだとしても、赤の他人であるわたしたちには関係がない。わたしはそもそも野次馬根性というものが嫌いだ。人には触れられたくないものがあって当然だし、人のことに踏み込み過ぎない節度こそがわたしの安全地帯を守ってくれる。わたしが話に乗ってこないので、イエリーはつまらなそうに話題を変えた。

「あなたがいない間、男どもが無駄に動かしたのは口ばっかり。結論から言えば、クロム財閥の手にかかれば不可能はないんですって。冗談じゃないわよね、こっちだってそれなりの家の出身なのよ。私の父が必ずこの船を見つけ出すわ」

確かにイエリーの実家は有名な資産家で、豪邸には数十人もの使用人がいるのだと聞いたことがある。この危機感のなさやむやみな自信は、きっとそんな家で両親に溺愛《できあい》されて育ったことによるのだろう。わたしは適当に相槌《あいづち》を打つかたわら、用心深く左右に目を走らせた。

「殺し屋って、もっと手っ取り早く銃とか使うのかと思ってたわ」

手を洗って洗面台に向き直ると、イエリーは唇を尖らせて性懲《しょうこ》りもなくグロスを塗り直し始めた。鏡に映る美しい顔を見ながら、わたしは両方の目をくり抜かれていた悍のことを思わずにはいられなかった。いったいどんな人間が、何のためにあんなことを……。悪寒を感じて再び辺りを見回すわたしに、上下の唇を擦《こす》り合わせたイエリーがあっけらかんと言った。

「ジュエリーショップが空だなんて、本当に残念」

デッキ4の、通路に面したショップのことを言っているのだろう。何度か前を通ったが、まだ商品が搬入《はんにゅう》されておらず、棚には何も並んでいなかった。

「万が一死ぬなんてことになるなら、グレッグの全財産を使い切ってからにしたいのに」

わたしは何も言わず、ただ曖昧《あいまい》な笑みを作った。死を前にして宝石やアクセサリーに何の価値があるのだろう。いや、それでも彼女にとっては、自分を飾ることは他の何よりも大切なことなのかもしれない。

「だいたいあの人、何かあったら私を助けてくれるか怪しいわ。どちらか一方しか生き残れないとしたら、私を囮《おとり》にして逃げ出すかもしれない。卵子ならもうたくさん採ってあるし、産むのは私じゃなくても構わないんだもの」

夫の薄情を嘆くような口調だが、長い睫毛を指先で整えているこのイエリーこそ、いざとなったらわたしを盾にするに違いない。躊躇《ためら》うことなくわたしを突き出し、自分だけ走って逃げるタイプだ。その時はさすがにハイヒールを脱ぐだろうか。いや、むしろヒールは武器になるのかもしれない……。そんなことを考えているわたしに、イエリーはにっこりと向き直った。

「考えてみれば、あなたと二人きりでこんなふうにおしゃべりするのは初めてね。でももう長いことお友達なんだし、あなたに私の特性《ネイチャー》を一つ教えてあげるわ。『適応』よ。どこでも楽しくやっていけるなんて、最高でしょう？」

この状況で「どこでも楽しく」とはよく言えたものだ。わたしからすれば、彼女の的外れな態度は目の前の危機に「適応」できていないようにしか見えないのだが……。

わたしは余計なことは言わずに頷いてみせ、盾にされるリスクを少しでも減らそうとイエリーを急《せ》かした。

「さぁ、少しは寝ないと」

わたしの肩に手をかけたフレイは、他の面々に向かってごく当然のように宣言した。

「僕らは客室に戻るよ。大丈夫、ドアは開かないように何かで押さえるから」

フレイはいったいどういうつもりなのだろう。まるでお開きになったパーティーから帰る時のような声を出して、到底正気とは思えない。イエリーもそうだが、あまり過保護すぎる環境で育つと、危機感というものが正しく発達しないのかもしれない。

「でも、あの……。みんなと一緒にいた方が安全なんじゃないかしら？」

「いや。二人で話したいこともあるし、一度僕たちの部屋に帰ろう」

この期《ご》に及んで少女の件を言い訳したいのか？　裏切られたなどと今さら思わないのに。

手を引かれても動こうとしないわたしに、フレイは諭すように笑いかけた。

「なぁ、マイラ。不安なのはわかるが、わがままを言うのは君らしくないぞ」

いつも通りの歪んだ強引さ。その笑顔が大きいほど、声が優しいほど、わたしの気持ちはあのブックカバーのように固く塞いでいく。わたしを放っておいて。そっとしておいてほしい。

渋々ながら部屋に戻りドアが閉められると、わたしたちは束の間真顔で見つめ合った。

「さっきのことは本当に、ただの誤解なんだ。君が気分を害するようなことは何もなかったんだよ。わかってくれるね？」

返事をしないわたしを見て、フレイは困った人だと言いたげに眉根を寄せた。

この人は、優しい夫を演じている時の自分が大好きなのと同じ熱量で、わたしにも従順で可愛らしい妻であることを望んでいる。そして腹の底では、理想の夫婦ごっこの足を引っ張りがちなわたしを、とんだ外れくじだと思っている。

こんな生活がいつまで続くのだろう。…………死ぬまで？

そう思った瞬間、急に頭の中がカッと熱くなり、沸騰《ふっとう》したようになった。伸びきったゴムが切れるように、水の表面張力が限界を迎えたように、自分の中で抑え込んできた感情が唐突に、一気に爆発した。

――――この男とこれ以上一緒にいるくらいなら、一人で殺人鬼と鬼ごっこをした方がましだ――――。

その前触れのなさは自分でも驚くほどだったが、隠しようのない本心はもう元の場所には納まりそうにない。惺のように死ぬのはもちろん嫌だが、あんなふうに無念の死を遂げるまでこの男の支配下にあるなんて、もっと嫌だ！

脱皮というのはこういう感覚なのかもしれない。まるで憑《つ》き物が落ちたように、わたしは今までのわたしを捨てる決意をした。どうせ死ぬのだったら、残された時間だけでも嫌なものは嫌だとはっきり拒み、すがすがしい思いで人生を終えてやる。大きく息を吸い込み、思い切って肩に置かれた手を振り払った。

「触らないで。あなたの思うわたしらしさなんて、もうまっぴらよ」

フレイは心底驚いたように目を丸くし、それから徐々に、いわれなく傷つけられた被害者よろしく顔を曇《くも》らせた。しかしわたしはもう、彼の茶番に付き合う気はなかった。もしも生きてこの船を降りることができたなら、その時はきっと自由な人生を手に入れよう。フレイだけでなく自分の実家とも縁を切って、どこか遠くの知らない町で、小さな幸せに微笑みながら生きていくのだ。死ぬ気になれば、きっとやれないことなどない。

――かすみ草の街……。

心の中で小さく呟き、わたしは二度と引き返すことのできない言葉の引き金を引いた。

「初めて会った時から、一度だってあなたを愛したことはないわ」

そもそも、第一印象からして悪魔のような男だった。顔合わせの日、豪奢《ごうしゃ》なレストランの外廊下に写真でしか知らなかった顔を見つけ、化粧室に向かう足を止めた。凝った彫刻が施された柱の陰から観察したのは純粋な興味からだったが、彼はあろうことか、足元にすり寄ってきた人懐こい仔猫を思い切り蹴り上げたのだ。

食事中ずっと押し黙っているわたしを「恥ずかしがってしまって」と表現した母は、フレイの両親というよりは父の機嫌をうかがいながらテーブルの下でわたしの太ももをつねった。両親には愛されなくても、もしかしたら優しい人と結ばれるかもしれない。そんな儚《はかな》い夢は虚《むな》しく散り、あの日フレイはわたしの中で絶望の象徴となった。

「嫌いなの、あなたという人間が。見せかけの思いやりに真心を感じたことはないし、何より許せないのは……わたし知ってるのよ、あなたがシーナに……」

今度はフレイの顔からそぎ落としたように表情が消えた。何も感じていないからではなく、その件について触れさせる気はないという意志表示。わたしがそのことを知ることはないと、高《たか》を括《くく》っていたに違いない。殴られるだろうか。怖くなって後ずさり、距離を取る。今まではっきりと手を上げられたことはないが、それは本性を隠していたからであって、この男の理性の証明にはならない。わたしは昨夜フレイが使ったままになっていたワイングラスに手を伸ばし、テーブルの角に叩きつけて縁を割った。わずかに残っていた赤ワインの雫《しずく》が床に落ちる。それはまるで、フレイの人生にたった今付けられた、初めての汚点のように見えた。

わたしは自分が興奮状態にあることを自覚していたが、同時にひどく冷静であることも感じていた。重くて硬いワインボトルではなくグラスを手に取ったのは扱いやすさを考慮してのことだったし、もしもフレイが侮《あなど》って近づいてきたら、追ってくる気を失う程度には怪我を負わせる覚悟ができていた。

わたしはドアへ向かってじりじりと下がった。

「来ない方がいいわ。あなたを傷つけることを、わたしは何とも思わないから」

本気なのが伝わったのか、フレイはじっとしたままその場を動かない。

後ろ手に伸ばした左手がドアノブに触れ、わたしはついに新しい人生へと踏み出した。

DAY2
HUNTING AREA

デッキ5には軽く汗を流すためのスタジオやジムコーナー、ジャグジーやミストサウナのあるスパなど、多くの娯楽施設が集められている。その中で一つだけ離れて船首寄りに位置するシアタールームで夜を明かすことに決めたのは、ここならベッドがなくても柔らかい椅子《いす》で休むことができると思ったからだ。どこかの客室のベッドでうっかり熟睡してしまうよりは、ここでシートに身を沈めている方が安全に思えた。映画館に比べればこぢんまりとした空間だが、後方には小さいながらも二階席があり、そこに上がるための室内階段が左右に付いている。

二階の最前列、真ん中の席で目を覚ましたわたしは、首と腰を伸ばしながら時間を確かめた。すでに朝の八時を回っている。期待していた以上にクッションが良かったせいで、周囲に気を配りながら仮眠するつもりが、いつの間にか無防備な眠りに落ちてしまったらしい。

まだ、無事に生きている……。

はっきりと覚醒《かくせい》するにつれ、意識はまたたく間に恐怖に支配された。強張《こわば》っている身体《からだ》を屈めて、手すりの隙間《すきま》から一階をうかがい見る。このシアタールームは入ってきた時からオレンジがかった控えめな明かりが点《つ》いていた。はじめは暗く感じたが、目が慣れれば室内の大まかな様子は見て取ることができる。静まり返った一階、二階ともに変わったところはなさそうだ。深く息を吸うと、新しいシートが放つ化学物質のにおいが鼻につき、なおさら落ち着かない気分になった。

乗客だけが残された衝撃の朝から丸一日が経過し、その間に惺《せい》が殺された。考えてみれば、その後誰に何が起きたとしてもわたしには知るすべがない。フレイから離れたかっただけで一人になりたかったわけではなく、正直なところ今では少しばかり後悔していた。

みんなの元に戻る……？　あんなことを言ったわたしを、フレイはどんな顔で見るだろう。

しかし想像しようとしただけで、フレイを拒絶する気持ちが他のすべての感情を塗り潰した。絶対に嫌だ。あの男のそばで生きながらえたとしても、それで得られるのはわたしが望むものではない。それでもやはり、たとえば藻洲《もず》だけでも一緒にいてくれたら、ずいぶん心強かっただろうと思わずにはいられなかった。

今この船内にいるのは、残り七名の乗客と少年と執行人の、合わせて九人だと考えていいのだろうか。いや、雇われている殺し屋が一人とは言い切れないが……。

一人で三日間も捕らわれていた少年の姿を思い出すと、胸が痛んだ。

あの少年はいったい何者なのだろう。涙に濡れた黒い瞳が脳裏に甦《よみがえ》る。なぜあんなふうに鎖に繋《つな》がれていたのだろう。そして今頃、どこでどうしているのだろう。流しを見つけて水を飲むことはできても、食べ物を手に入れるのは簡単ではないはずだ。あの部屋からは出してあげることができたが、彼もこの悪夢のような船に閉じ込められていることに変わりはない。

　ふいに一階後方にあるドアが開いた気配を感じ、わたしは慌《あわ》てて通路にしゃがみ込んだ。ふかふかの絨毯《じゅうたん》が足音を消してはいるが、廊下から差し込む光と動く影からして誰かが入ってきたことは疑いようがない。荒い息と、もう一つかすかに聞こえるのは……何の音だろう。鳥の羽音のような、素早く軽やかな音だ。

　慎重に下を覗《のぞ》くと、駆け込んできた人影はさかんに両腕を振り回し、肩の辺りに執拗《しつよう》に付きまとう大きな鳥から必死に身を守ろうとしていた。猛禽《もうきん》類に特有の鋭い嘴《くちばし》や爪で頭を突かれるたび、小さな悲鳴が漏《も》れる。

　――藻洲⁉

　背格好や黒い髪、見覚えのある服でそれとわかった。なぜ彼が一人で鳥に襲われているのか知らないが、手すりから身を乗り出して呼び掛けようとしたその時、もう一人別の誰かが中央シートの間に身を潜めたのが目に入った。出入り口は後方にしかなく、一度スクリーンの下まで行った藻洲は折り返すように向きを変えてそちらへ近づいていく。あれは誰だろう。よく見えないが、黒っぽいニット帽を被っているように見える。乗客の誰かでも少年でもないとすれば、答えは一つしかない。危険を知らせようと今度こそ声を上げかけたところで、通路の段差に足を取られた藻洲が転倒した。もしかすると、つまずいたのではなく意図的に足をかけられたのかもしれない。ニット帽の男はそうなることがわかっていたようなスムーズな動きでうつぶせになった藻洲の背中に膝《ひざ》を乗せ、迷いのない動作で首に腕を回した。それら一連の出来事のあまりの速さに、まるで二人のいる場所だけ時間が早送りで流れているようだった。

やめて、やめて……やめて！

願いは届かなかった。静寂に「ゴキッ」という音が響き渡ったが最後、藻洲が人形のように脱力する。二人の体格にはさほど差がないように見えたが、男は絶望的に手際が良かった。

――死刑の執行。

悍の遺体を見た時とはレベルの違う衝撃だった。あまりの恐怖に体がまったく動かず、全身が毒針でも刺されたように痺《しび》れている。心臓は勝手に動いてくれているが、静かに息を吸い込むのには多大な努力を必要とした。

――あれが執行人。きっとわたしも殺される。きっとわたしも……。

二階から見ているということもあるが、ニット帽を深く被っているせいで顔はほとんどわからない。体に張り付くようなタートルネックにワークパンツをはき、手袋をしている。

わたしはへなへなと座り込み、意味もなく天井近くの非常灯を見つめた。無意識のうちに現実から逃避しようとしていたのかもしれない。

「よくやった。食べていいぞ」

低い声が誰に向かってそう言ったのか、はじめはわからなかった。

食べる……？　手すりの隙間に恐る恐る目を戻すと、そこには想像を絶するおぞましい光景があった。執行人が仰向けにした藻洲の瞼《まぶた》を押し上げ、鳥がその下の目玉をついばんでいる。まさか、惺の遺体に目がなかったのは……。わたしは再び非常灯に目を向け、胸を押さえて深く呼吸した。執行人は乗客の一人がわざわざ他のみんなから離れてこんな所に隠れているとは思っていないのだろうが、今嘔吐《おうと》などしたら、わたしがここにいることに気付かれてしまう。

じっと吐き気と闘っていると、しばらくしてガサガサと何かを広げるような音がした。そうか、ビニールだ。あの男は藻洲のことも、惺と同じようにビニールで包むつもりなのだ。

ふいに近くで聞こえたバサバサという音にはっとする。その姿を捉《とら》えた時には、鳥がわたしの頭のすぐ上にある手すりに止まったところだった。一階にいるところを上から見ていた時より、ずっと大きく感じる。頭から尾羽までで、わたしの腕の長さくらいあるだろうか。割れたワイングラスは昨日のうちに捨ててしまった。身を守るすべもなく数十センチという距離で睨《にら》まれ、目を逸《そ》らすことすらできない。ついさっき藻洲の目玉をえぐり出した嘴をこちらに向け、化け物のような鳥は今、わたしの目に狙いを定めている……。

耐えきれず声を漏らしかけたわたしは、後ろから誰かに口を塞がれたことに同じくらい驚いた。わけがわからないまま、目と鼻の先に鎮座する凶器——先の曲がった鋭利な嘴——を見つめることしかできない。激しく混乱し、パニックの波に飲み込まれそうになる。

「プシーラ」

小さなささやきが耳に届いた。男性の声だ。知らない言葉だが、それが「静かに」という意味であろうことは何となく想像がついた。敵意がなさそうなことに少しだけ安堵《あんど》し、体ごと抱え込まれたまま息を殺す。よく慣らされている様子からして、この鳥は鷹《たか》かもしれない。「鷹狩り」という言葉を聞いたことがあるが、鷹も犬のように、獲物の存在を主人に知らせたりするのだろうか。吠《ほ》える代わりに鳴くとか？　それともおとなしく命令に従うだけ？

下の階から「シェム！」と呼び掛けるような声がすると、それに反応したのか鷹はぴょこんとジャンプして体の向きを変えた。シェムというのがこの鳥の名前なのか、何かの合図なのかはわからない。もしかすると「獲物がいるなら狙え！」という意味かもしれない。どうかいなくなってくれますようにと全力で祈っていると、鷹が再びジャンプしてくるりとこちらに向き直った。小さな光を宿した鋭い目でわたしを見つめ、次の瞬間には羽を広げて……。

——来る！

今度こそ悲鳴を上げそうになった口に後ろの人物の指が入ってきて、顎《あご》ごと強く押さえつけられた拍子にその指を噛《か》んでしまった。鷹はわたしたちの頭上を飛び越え、空中でUターンするとそのまま一階部分へと下りていった。

動悸《どうき》が治まらず、わたしはしばらくそのままの体勢で固まっていた。ビニールのがさつく音と重たい物を引きずるような音がして、やがてそれらもシアタールームの外へと消えた。

それでもわたしは動けなかった。藻洲が死んだ。悍に続いて、あの親切だった藻洲が。消化できない出来事に呆然《ぼうぜん》としていたが、口を覆《おお》っていた手の力が緩んで、ようやく我に返った。手が離れると同時に振り返る。何となくそんな気はしていたが、そこにいたのはやはり機関室で手錠に繋がれていた少年だった。もう悪臭はせず、今は別人のようにきれいになっている。

「……あなた、口が利けるのね？」

わたしは掠《かす》れた声で訊《き》いた。しかしすぐに言葉が通じないらしいことを思い出して、目の前の少年を指さし、次に口の前で握った手を開いてみせる。あまり冴《さ》えたジェスチャーではないが、小さな頷《うなず》きが返ってきた。その間にも、わたしは注意深く彼を観察した。シャワーを浴びたのだろう。薄暗い中でも脂《あぶら》じみていた髪が一本一本の輪郭《りんかく》を取り戻しているのがわかった。考えてみれば不思議ではない。スパやプールのみならず、各客室にはシャワーがあり水も出るのだから。洗濯に出されていた服にでも着替えたのか、胸元に切替えのあるストライプの半袖《そで》シャツはいつかメイヴィルが着ていたものだった。どこで見つけたのか新しそうなデッキシューズまで履《は》いている。

それだけではない。昨日はせいぜい十代半ばの少年だと思っていたのに、小綺麗《こぎれい》になった姿は十七、八の青年のように見えた。あまりにげっそりと憔悴《しょうすい》していたので実物よりも小さく、幼く見えたのかもしれない。人心地ついた感じからすると、どこかで食料を見つけて腹を満たすことができたのだろうか。

はっと思い出し指を確かめるが、歯形がついているようなことはなかった。どちらかというと手錠でついた手首の傷の方が痛々しいけれど、それでもわたしのせいで痛い思いをさせてしまったことに変わりはない。

「ごめんなさい」

申し訳なさそうな顔と声で謝意が伝わったのか、青年は身を縮めるわたしに首を振り、平気だというように手をひらひらと振ってみせた。表情のない顔を見て怒っているかもしれないと思ったのだが、どうやらそうではないらしい。彼は何かを言いかけたが結局口にはせず、床を二回指さしたかと思うと、振り返りもせずに階段を下りてそのまま姿を消してしまった。

今の身振りが伝えようとしていたのは「ここ」？　それとも「下」？　わたしはどうすればいいのかわからないまま、一人でシートに座り直した。

いったい彼はいつからここにいたのだろう。わたしが寝ている間に気付かないほど静かに入ってきたのか、それとも実はわたしより先にこのシアタールームのどこかに潜んでいたのか。

あの青年は鷹に驚いているようには見えなかった。あれほどの至近距離で凶暴そうな鷹が睨みをきかせていたというのに、むしろ冷静だった。前にもあの鳥を見たことがあるのだとしたら、彼をあんなふうに拘束して閉じ込めたのも、やはりあの男なのかもしれない。

一つ確かなのは、彼がわたしの命を救ったということだ。もしもあそこで声を出していれば、間違いなくあの男に見つかってそのまま殺されていただろう。すぐに去ったのは、これで貸し借りはなしということか。恩は返したし、もうこれ以上役に立ちそうにないわたしと行動を共にするつもりはないということかもしれない。

しばらくぐずぐずしていたが、執行人が戻ってこないとも限らないのでわたしも移動することにした。一階に下りてみて改めてぞっとする。ついさっきそこで人が一人亡くなったというのに、そんな痕跡《こんせき》が何一つないことが逆に恐ろしい。何にせよ、これでまた一人きりになってしまった。もう一緒に行動してくれと藻洲に声を掛けることもできない。

移動といっても、まず向かったのは隣にあるトイレだった。電気を点けなくても廊下からの明かりで何となくは見えるので、そのまま入ることにした。

吐き気をこらえきれず便器にもどしたが、昨日の夕方以降何も入れていない胃からは濁った胃液しか出てこない。藻洲を助ける方法はなかったのかと自問してみたところで、自分に何ができたとも思えなかった。藻洲も惺と同じように、「処理」の終わった物体としてエントランスホールに転がされるのだろうか。そこまで考え、ふと疑問が浮かんだ。あのビニールの「梱包」にはどんな意味があるのだろう。船を汚したくない？　何かそういう指示が出ているのだろうか。そうだ、それならば包丁やナイフがなくなっていたことも辻褄《つじつま》が合う。抵抗するための武器を取り上げるだけでなく、出血による余計な後始末を避けることにもなるからだ。つまり執行人は、すべての乗客を周囲を汚すことなく片付けるつもりなのだ。にわかには信じがたいが、それもあの男にかかればのろまな羽虫を叩き潰すようなものなのかもしれない。

それにしても、リンク・ダンチはなぜわざわざこんな面倒な計画を立ててわたしたちを殺そうとするのだろう？　殺したい相手がいるのなら、手っ取り早く一人ずつ殺させればいい。大金を使ってイベント仕立てにするのは、楽しむためか、それとも何をしても捕まらない圧倒的な権力を味わっているのか……。わたしがいくら考えたところでわかるわけもないが、リンク・ダンチが普通の人間の神経を持ち合わせていないことだけは間違いない。

内臓がひくひくと痙攣《けいれん》している。出せるものがなくなるまで便器に顔を突っ込んで、十分近くそうしていた。胃は痛いし顔もむくんでいるだろうが、吐くだけ吐いたせいか気分はむしろすっきりした。

　洗面台で苦くなった口をゆすぎ顔を洗うと、いっそ肚《はら》が決まったような気分になった。背筋を伸ばし、なるようにしかならないと自分に言い聞かせる。生き残ることができたらもちろんそれが一番いいが、もし死ぬことになるのだとしても、ライラの所に行くのだと思えば何を怖がることがあるだろう。

　しかし皮肉なもので、張り子のような強がりはあっという間に打ち砕かれることになった。

　とりあえず機関室を目指そう。できれば狭くて入り組んでいて、あの鷹が飛びにくいような場所がいい。そう決めて階段に足を踏み出しかけた時、まさにその鷹のものらしき鋭い鳴き声が階下から聞こえ、余裕を取り戻したつもりでいたわたしは心臓が跳ね上がるほど驚いた。

「食い足りないんだな。よしよし、ちゃんとした食事にしよう。それにしてもお前の食料はもう少し多めに持ってくるべきだったたな」

　執行人に違いない。声がだんだんと階段を上がってきているような気がして、わたしは慌ててトイレに引き返した。ヒールのある靴じゃなくてよかった。スエードのソフトモカシンはゴム底になっていて、気を付けさえすればそれほど足音はしない。万に一つわたしが生き延びる道があるとしたら、いつ来るかわからない助けが来るまでひたすら逃げ続けることだ。女性用だから入ってこないなどとは思っていないが、下手《へた》に動くよりは執行人がこの辺りを離れるまでじっとしていた方がいい。

じりじりする思いで壁の一部になりきっていると、入り口のすぐ近くを人が通りすぎる気配がした。鷹の羽音は聞こえないが、腕か肩にでも乗せているのかもしれない。

ほっとしながら十五分待ち、念のためにさらに五分ほどそこにいた。

残りの乗客はおそらく、みんなまとまってラウンジにいるのだろう。……では藻洲は、一人で何をしていたのか。惺の遺体を放っておけなかった？　エントランスホールに行こうとしたが誰にも賛同してもらえず、一人で向かう途中で執行人に出くわしてしまったとか？　いずれにしても、みんなはまだこのことを知らないのではないだろうか。

一人でいることの危険性について、改めて考える。もちろん怖い。あんなものを間近で見て、執行人が近くを通って、この船の中で一人でいるのは本当に怖い。それでもわたしの答えは変わらなかった。フレイのところにだけは、絶対に戻らない……。

ようやくトイレから出たわたしは、執行人がいなくなった先ほどの階段から機関室に下りた。巨大迷路のような機関室で機械の隙間に埋もれているのが、やはり一番安心に思える。適当に階段を下り、中段の左舷《さげん》側、背の高いタンクやポンプが並んでいる辺りで足を緩めた。ここなら程よくごちゃごちゃしていて隠れやすいし、あまり狭い部屋の中よりはこれくらいの空間の方が圧迫感を感じなくてすみそうだ。

壁を這《は》ういくつものパイプは、そんな必要があるのかと思うほど複雑に曲がりくねっている。腰を下ろすのによさそうなスペースを見つけ、首を伸ばした時だった。

静まりかえった通路で後ろから肩を叩かれ、わたしは本当に数センチ跳び上がった。恐る恐る振り返ると、むしろそんなわたしの驚愕《きょうがく》に困惑したといった顔であの青年が立っていた。

何と静かに現れるのだろう。ここには足音を消してくれる絨毯《じゅうたん》はないというのに、耳を澄ましていてもまったく気付かなかった。こんな調子ではあっという間に殺されてしまうと自分に失望するわたしに、青年は手を動かして何事かを伝えようとした。

「上」、「歩く」……「探す」？　もしやわたしのことを探したと言っているのだろうか？

あの時床を指さしたのは「ここにいて」もしくは「ここで待ってて」という意味だったのかもしれない。だとしたら、あの場に戻ったかもしれない彼がうっかり執行人と鉢合わせたりしなくて本当によかった。

翻訳《ほんやく》機能の付いた携帯型端末が手元にあればよかったのだが、フレイのものは回収されてしまったし、もしも今持っていたとしても通信環境が整っていなければ役に立たない。

ちなみにわたしも独身時代には自分のものを持っていたが、結婚した時に半ば強引にフレイに取り上げられてしまった。――「家にいるなら必要ないだろう？」――物わかりのよい妻を強要する微笑《ほほえ》みに、あの時はただ、それ以上のものを含めて諦《あきら》めることしかできなかった。

肩をすくめた青年が、片手に持っていた布袋を持ち上げてみせた。よく見ればそれは洋服の袖を結んで作った即席の手提げ袋だったが、そこには水で戻して食べられる非常食のエビピラフとチキンライス、そして新しい水のボトルが入っていた。わたしたちが見つけられなかっただけで、どこかに防災用品や非常食のコーナーでもあるのだろうか。

それらを目にした瞬間、わたしは自分の空腹に気が付いた。ついさっきげぇげぇもどしたのが嘘《うそ》のようだが、胃が空っぽなことには違いなく、今にもお腹《なか》が鳴りそうだ。青年はわたしの反応に満足したような顔で、「あっちで食べよう」というふうに後方を指さした。

推測するしかないが、彼はわたしに渡すためにこれを取りに戻ったのかもしれない。手錠を外したことへの礼のつもりならもう充分なお返しをもらったが、わたしはありがたくこの申し出を受けることにした。

行く場所にあてでもあるのか、青年は迷いのない足取りで通路を曲がっていく。ヘルメット着用のイラストが描かれた一角を抜け、さらに奥へ。ちょっとした物音が大きく反響する金属だらけの空間で、自分の足音にも神経質なほど気を配っているわたしに比べ、青年は猫のような軽やかさで歩を進めていく。

極端に幅の狭い階段を下りる途中で、足がすべった。傾斜が急な上に一段の踏み幅も狭い。危うく転げ落ちそうになりとっさに手すりにしがみついたが、無意識に片手を下腹部に当てている自分に気付くと妙な気分になった。わたしという女は、産みたいと思っているわけでもないのに流産を恐れているのだろうか。異変を察知して振り返った青年が何かを言っている。「大丈夫か」と訊かれた気がしたので、とりあえず頷いてみせた。

たどり着いたのは、機関室内で働くクルーの仮眠室のようだった。青年が手慣れた様子で電気を点ける。小さなベッドとさらに極小の洗面台があるだけの部屋は、屋敷でわたしが使っているウォークインクローゼットよりも狭いかもしれない。照明の明度が低いせいで熊の冬眠穴のような雰囲気で、隠れられる場所がベッドの下のスペースくらいしかないのが気になったが、場所的に奥まっているから大丈夫だという根拠の薄い理屈で自分を納得させる。しかし実際、機関室の中をくまなく見たつもりだったのに、わたしはこの部屋のことを見落としていたのだった。

青年がエビピラフとチキンライスを並べて掲げたので、好きな方を選んでいいならとエビピラフを指さした。どうやら水を入れてからピラフが食べられるようになるまで、三十分ほどかかるらしい。

驚くほど細長いマットレスに並んで腰を下ろし、わたしはその間に自己紹介を試みた。

「マ、イ、ラ」

自分を指さして名乗ってから、もう一度顔全体、体までを大きく指し示す。まさか鼻のことだとは思うまいが、念のためだ。意図を理解したらしい青年も、自分を指さして名前を教えてくれた。

「テ、グ」

彼の声は、見た目の印象とは違い、低めのハスキーボイスだ。

「テグね？　わかったわ」

「あなた」と指さし、「わたし」の「口を塞いで」見せ、「ありがとう」と胸に手を当てて助けてくれたことへの感謝を伝えると、テグからも手錠を外すジェスチャーと「ありがとう」の返礼があった。シアターホールよりは多少明るい部屋で、わたしは改めて彼を観察した。

真っ直ぐで濃い眉に、意志の強そうな三白眼。瞳は全体が重さを感じさせるような漆黒《しっこく》で、中心にある瞳孔《どうこう》と周りを取り囲む虹彩《こうさい》の境目がわからないのがどこか神秘的だ。あの時はそこまで思い至らなかったが、涙に濡れた目を見てわたしが引き込まれてしまったのは、このエキゾチックな瞳のせいだったのかもしれない。目の下にはまだ痛々しいクマがあり白目も充血していたが、その目はむしろ澄んだ印象を抱かせた。こざっぱりとはしても唇はやはり荒れていて、無造作に顔にかかる髪は見るからにぼさぼさで垢《あか》抜けない。しかし洗練とは程遠い素朴《そぼく》な佇《たたず》まいは、よく言えば実直そうな感じがした。

遺伝子情報として明らかにされなくとも、人は誰しも何かしらの特性《ネイチャー》を持っている。わたしはいつも、目の前の人の言動を観察することでそれを推測してきたが、言葉が通じない上にどちらかというと表情の乏しい彼から読み取れるものはあまりにも少なかった。それでもどうやら、彼はわたしのことを味方、あるいは仲間だと認識してくれているようだ。わたしとしても、互いに命を救い合った恩人だと思えばそのことに関して異存はない。

しかし、これからどうなるのだろう。急に弱気の虫が頭をもたげ、両腕で膝を抱いた。もしも助けが来るとして、本当にわたしはそれまであの男からもフレイからも逃げ切れるだろうか……。

ため息をこらえていると、テグがふいに開いた掌《てのひら》を空中に突き出した。拳《こぶし》を握ってくるりと回すと、何もなかったはずの掌に小さなプラスチックスプーンが載っている。ついさっきまで非常食のパックに付いていたものだろうが、思ってもみなかった行動に一瞬理解が追いつかない。

——これって……手品、よね？

意外な茶目っ気を見せたテグの顔には、口元にだけ辛うじて、それとわかるほどのかすかな笑みが浮かんでいる。人によっては「口の端を歪めている」と表現するかもしれないかなり控えめな笑顔を見て、ようやくわたしも笑うことができた。

暗い顔をしていたわたしを和《なご》ませようとしてくれたのだろう。手錠に繋がれて泣いていた姿からは想像もできなかったが、思いのほか知的な目は今では本来の輝きを取り戻しているように見える。もしかすると彼は、無愛想なわけではなくて少しばかり人見知りなのかもしれない。

　空腹のせいか、ピラフはどんな一流レストランの料理よりも美味《おい》しかった。昨日までは食べたものの味もろくに感じなかったのに、フレイがそばにいないと食欲まで湧くのかと、現金な自分がおかしくなる。次にいつ食事が取れるかわからないので、せめて口に入れるものすべてをエネルギーに変えようと、よく嚙み、味わった。

　食べている途中でわたしのお腹が鳴ると、テグの口の端がまたしてもくいと上がった。「社交」が作り出す、漂白した歯を見せびらかすための笑顔ではない。笑顔と呼ぶにはあまりにささやかな表情だが、わたしはこの独特な笑顔に好感を持った。

「わたしは、二十五歳。あなたは？」

　少々大げさな身振りで年齢を訊《たず》ねると、一度は右手で「一」と示しかけたテグはふと動きを止め、束の間視線を彷徨《さまよ》わせた後で突然わたしの手首を摑《つか》んだ。こちらの驚きにお構いなしに腕時計を覗き込み、何かに納得したような顔をして「二、〇《ゼロ》」と示す。年齢を教えるのに時間を知る必要はないだろうと不思議な気持ちで腕時計に目をやり、ようやく自分の思い違いに気が付いた。彼が確認したのは時間ではなくて日付だ。わざわざ確かめてから答えたのなら、もしかしたらこの数日の間に二十歳《はたち》の誕生日を迎えたのかもしれない。いずれにしても驚きだ。これで二十歳とは、きっと彼は故郷でも童顔な方だったのではないだろうか。

食事が済むと、テグはわたしのお腹を指さし、次に自分のお腹の上を掌で大きくなぞった。お腹が一杯になったか訊ねられたのかと思ったが、どうやらそうではなく「お腹に赤ちゃんがいるのか?」と訊いているようだ。わたしはあの時階段で、そんなにわかりやすくお腹をかばっていたのだろうか。

「イエス、ノー」。両方やってから、首を傾《かし》げて肩をすくめる。「わからない」と伝わっただろうか。テグはわたしの指輪にちらりと目をやって曖昧《あいまい》に頷いた。

彼がなぜあんな目に遭《あ》っていたのかは、訊こうと試みてはみたものの、まったく成果が得られなかった。どうやってこの船に乗ったのか。あの男を知っているのか。思いつく限りの身振り手振りで訊ねたが、テグは困ったような顔をしてわたしの知らない言葉を返すばかりだった。

そもそもテグは何者で、普段は何をしているのだろう。瘦《や》せている方だろうが、引き締まった身体をしているので、何か体を動かす仕事かもしれない。繊細な雰囲気もありつつ、どっしりと自然体なところはどこか老成した落ち着きを感じさせる。彼は大事なものをきちんと大切にして生きてきた人なのではないだろうか。何となくそんな気がした。

見られていることに気付いたのか、テグが首を傾げて眉を上げた。何でもないというふうに首を振り、慌てて視線を足元に落とす。言葉を交わせないからこそ、彼もわたしと同じように相手の表情やちょっとした仕草に込められた意味を読み取ろうとしている。しかし本心を気にかけられることに慣れていないわたしには、そんなテグの目はいささか真っ直ぐすぎる。

バリバリと乾いた音がして隣を見ると、テグが自分の頭や腕を引っかいていた。あの部屋で何日も不潔にしていたせいで、シャワーを浴びてもあちこちが痒《かゆ》いのかもしれない。しかし爪を立てる手つきのあまりの遠慮のなさに、そのうち皮膚《ひふ》が破れて血が出てくるのではないかと心配になった。わたしが手を押さえるとテグは驚いた顔をしたが、「掻《か》く、肌、ダメ」というジェスチャーを三度繰り返すと、渋々というふうに頷いた。

こんな弟がいたらどんなだっただろう。そんなことを考え、ありえないと思い直す。少なくともうちの父親から、あんなにきれいな涙を流す人間は生まれない。

テグが近くのトイレや毛布が入っている棚などを案内してくれたおかげで、彼の言語ではトイレを「コヌ」と言うらしいことを早めに知ることができた。これは大事なことだ。なぜならわたしには、その場所だけはジェスチャーで表すことができないから。

お腹も満たされ一人ではなくなったことに束の間の安らぎを得はしたが、会話ができないのが辛かった。内容が少しでも複雑になると、どう伝えればいいのかわからない。

先ほどのお返しというわけでもないだろうが、今はテグがしんと静かな目でわたしを見ているのを感じる。例えて言うなら、わたしという人間を見定めている目。彼は今、頭の中で何を考えているのだろう。わたしは人を観察する癖があるくせに、自分がじっと見られると落ち着かない。それに、都市部の非選択子《ノンセレクテッド》にはこんなふうに不躾《ぶしつけ》なほど真っ直ぐに選択子《セレクテッド》を見る者はいないから、わたしが戸惑うのも無理はなかった。

二人でじっとしているのが段々と気詰まりになってきた頃、彼が何の前触れもなく、唐突にわたしの髪に手を伸ばした。わたしはぎょっとして、思わずビクリと体を引いた。

――何？　急に何なの？

ゴミが付いているから取ってあげよう、という手つきではなかった。明らかにわたしの髪に触れることが目的の、自然で迷いのない動き。それでも彼の方でも驚いたような顔をしているのは、わたしの反応が思っていたのと違ったからだろう。しかし次の瞬間には、彼はすでに何事もなかったように平然とした顔に戻っていた。

何を考えているのだろう。身近に選択子《セレクテッド》がいなかったにしても、女性に突然触れようとするなんて。それとも彼の育った地方では、猫の毛並みでも確かめるような気軽さで目の前の女性の髪に触れるのだろうか。

乱れた鼓動を必死でなだめるわたしにひょいと目を戻すと、テグはおもむろに上を指さした。

複雑な経路を、来た時とは逆に、スムーズにたどっていく。迷わないようにするのが精一杯のわたしとは違い、どうやら彼は一度通った道はだいたい覚えているらしい。非選択子《ノンセレクテッド》ながら、彼の一つ目の特性《ネイチャー》がようやくわかった気がした。「空間認知」、もしくは「空間記憶」と言ってもいいかもしれない。

　階段をデッキ3まで上がったところで、窓から差し込む日差しが見えてほっとした。やはり日の光というのは大事だ。ずっと地下室のような暗がりにいたら、体内時計がおかしくなってしまいそうな気がする。テグが踊り場に表示された「D3」の「D」の部分を指し、続いて手で「5」と示す。デッキ5に行ってみるつもりなのだろうと理解し、わたしも頷いてみせた。

　テグがしゃがみ込んだジムの前の廊下は吹き抜けに面しており、ワンフロア下のエントランスホールがよく見えた。惺の隣にはやはり藻洲がいた。そして驚いたことに、さらにその隣には同じように「梱包」されたイエリーがいた。

　惺と藻洲が体を真っ直ぐ伸ばしているのに対して、横を向きこころもち体を丸めたイエリーは、まるで子宮の中で羊水に浮かぶ胎児《たいじ》のようだった。グレッグは一緒にいなかったのだろうか。辺りを見ようと手すりから身を乗り出しかけた時、フレイの声が驚くほど近くから聞こえ、わたしは慌てて体を引っ込めた。

「くそ、一人ずつ血祭りに上げようってんだな。そうはさせるか」

　フレイとグレッグはちょうどわたしたちの真下にいたようだ。死角になっていて気付かなかったが、フレイの声が大きくなるとともに二人の姿が見えるようになった。どうやら思っていたのと違う展開に動揺し、エントランスホールの中をぐるぐると歩き回っていたらしい。メイヴィルとミアは、一緒にいないのか姿が見えなかった。

「なぁ、イエリーは本当に、どこへ行くとかまったく言わなかったのか？　なぜ急に一人で消えたんだ？」

訊いているのはフレイだ。答えるグレッグの方はいまひとつ歯切れが悪い。

「だから、さんざん説明しただろう。あの時最初にトイレに入ったのはイエリーだ。次に俺、最後にお前。俺が思うにイエリーは、女性用トイレから出てきた時点でどこか様子がおかしかったんだ。そしてお前を待ってる時に、突然廊下の先に何かを見つけたみたいに駆け出していった」

「どうして止めなかったんだよ」

「もちろん止めたさ。なんなら途中まで追いかけもした。でもすぐに角を曲がって、階段を下りて……見えなくなった」

おそらく三人は、一人になるのを防ぐためにまとまって行動し、トイレに行く時も待つ者が一人にならないよう気を付けていた。それはわかるが、イエリーが何らかの理由で駆け出したとして、グレッグがイエリーに振り切られることなどあるだろうか。グレッグは他の何かによほど気を取られていたのか？　そしてイエリーは、いったい何を見てグレッグが追いつけないほど必死に走ったのだろう？

「ふざけやがって。いったいどんな手を使ったっていうんだ」

　フレイの怒りは、イエリーを殺されたことよりも執行人に好き放題されているという事実に向いているように見える。この様子だと二人もまだイエリーの遺体を見つけたばかりなのだろう。しかしグレッグが顔を覆っていた手を下ろした瞬間、わたしはそこに不可解なものを感じた。取り繕《つくろ》う前のほんの一瞬、その顔に浮かんでいたのは悲しみや嘆きではなく、どちらかというとこの場にはそぐわない感情のように思えたのだ。何だろう……もどかしいが、すっきりと当てはまる言葉が見つからない。

　フレイがグレッグの肩に腕を回してエスカレーターを上ってくる。階の移動にこのエスカレーターを使うのは、おそらく心理的な安心感を求めてのことだろう。エレベーターは到着階で待ち伏せされるリスクがあるし、エントランスを見渡すように作られたエスカレーターは、他の階段よりも格段に見通しがいいのだ。柱の陰《かげ》に身を潜め、二人がデッキ5を通過してさらに上へと上っていくのを見届ける。しばらく待ってから、わたしは動くつもりのないらしいテグをその場に残し、一人でエスカレーターを下りて遺体の列に近づいた。

　悍とは違い、藻洲とイエリーのビニールは破られることもなく、透明な膜はすっぽりと彼らをくるんでいた。イエリーの美しかった顔からも眼球が失われていることがわかったが、不思議なのはその髪が濡れていることだった。服はそうでもないようだが、髪はぐっしょりと水分を含んでおり、それもまた羊水を連想させる要因の一つになっているのかもしれなかった。溺死《できし》という言葉が思い浮かび、水に苦手意識のあるわたしはたじろいだ。頭をどこか、水を溜めた洗面台か何かに沈められて……？　そう思うと見る影もない顔がなおさら苦しげに見える。脱げたハイヒールが無造作にビニールに入れられているのも悲しかった。

いずれにしてもこれで犠牲者は三人だ。そしてやはり、間違いない。あの男……死刑執行人は、船内を汚さずに始末をつけるつもりなのだ。殺したその場だけではなく、死体安置所に決めた、このエントランスホールも含めて。もしかするとリンク・ダンチは、すべてが終わったらすぐにでもこの船を使うつもりなのかもしれない。私的な刑場でわたしたちを皆殺しにした後、何食わぬ顔でこの船を使うだなんて、呆《あき》れて言葉も出ない。

考え事に集中しすぎていたのかもしれない。いつの間に引き返してきたのか、気付いた時にはデッキ7に戻ったとばかり思っていたフレイがすぐ間近にいた。顔を見た瞬間に身を翻《ひるがえ》して逃げようとしたのだが、その前に手首を摑まれ、捕まってしまった。

「マイラ……心配したんだぞ」

あなたに心配してほしいなんて思ってない。そんな思いが顔に出ていたのか、フレイの顔も険しくなる。

「危険だってことはわかってるだろう。僕と一緒にいるんだ、いいな」

素直に頷かないわたしにさらに苛立《いらだ》ったフレイは、声を荒げて傍《かたわ》らのイエリーを指さした。

「君もああなりたいのかっ？」

わたしはこういう、形だけの疑問形が嫌いだ。「何やってるの!?」「どういうつもり!?」相手を責めるためだけに放たれる、質問のふりをした威圧的な言葉たち。

なおも黙ったままでいるわたしを、フレイは強張った顔で無理やり抱きすくめた。夫婦ごっこに入った亀裂《きれつ》はもはや修復不能だろうが、これは支配する存在がないと強がれないほど不安だという、彼の弱気の表れだろう。

腕をふりほどいて振り返った時には、デッキ5にテグの姿はなかった。もしかすると彼は、一人でふらふらしていたわたしを無事に夫の元に送り返せたと思ったのかもしれない。

しかしそれも仕方のないことだ。愛のないまやかしの夫婦関係など、あれほど澄んだ眼をした青年にはきっと一生わからない。もちろんそれでいいのだし、その方がいいに決まっている。

わたしはその後を、フレイとグレッグと共にラウンジで過ごした。三人の死を悼《いた》む気持ちはあっても、あの場所で目玉のない遺体と過ごす気にはなれなかったし、フレイの鋭い眼光はわたしに逃げることを許さないと告げていた。

グレッグが言うには、メイヴィルとミアは今日の午前中からずっと別行動をとっているのだという。やることがあるとかで、全員で一緒にいるのが一番安全だと主張するグレッグと大喧嘩《げんか》になったのだそうだ（それを聞いている間、わたしはどんな顔をすればいいのかわからなかった）。「指図を受ける気も、許可を取る気もない」と言い張るメイヴィルにしびれを切らし、しばらく放っておいたが、気付いた時には自分たちの部屋からもいなくなっていたらしい。

「どういうつもりか知らないが、『自分の身は自分で守る』と言っていた。まとまっていた方がいいからといって、全員であいつに振り回されるわけにもいかないからな」

グレッグが納得のいかない顔をしているのも無理はない。特に腕っぷしが強いわけでもなさそうなメイヴィルが、殺人鬼のいる船内で「自分の身は自分で守る」と……？　いくら選択子《セレクテッド》には「自分に限っては大丈夫」という根拠のない自信を持ちやすい傾向があるにしても、どうも腑《ふ》に落ちない。何か特別な武器でも携行しているのならわかるが、惺の遺体が見つかった時にもそんなことは言っていなかった。それに、元々団体行動が苦手そうだったとはいえ、安全を捨ててまでやりたいこととは何だろう。

フレイはさっきからずっと、隣の席で不機嫌顔のマネキンのように固まっている。わたしはといえば客室に物を取りに行くことも許されず、フレイがわたしをいつでも手の届く距離に置いているのがわかりすぎるほどわかるので身動きが取れずにいた。わたしなどを気に掛けるよりも、妻を亡くした親友に寄り添う演技をした方がいいのではないかと皮肉の一つも言ってやりたくなる。それとももう、演劇ごっこは完全に終わりにしたのだろうか。

することもなくぼんやりと腰かけたまま、気付けばまたテグのことを考えていた。

彼の瞳は、涙に濡れていなくてもインク壺《つぼ》になみなみと湛《たた》えられた黒インクのように潤いをまとっている。言葉が通じれば、あの瞳に浮かぶわかりにくい感情も多少は理解できるかもしれないのに。

選択子《セレクテッド》は幼少期から、当然のこととして公語で教育を受ける。都市部で暮らす非選択子《ノンセレクテッド》にも公語を話せる者は多くおり、地方から流入してきた非選択子《ノンセレクテッド》は聞きかじりでも独学でも、とにかくなんとか公語を学ぼうとする。それを習得しているかいないかで、就ける仕事や給与に格段の差がつくからだ。生まれ育った地域に固有の言語しか使えないのは教育レベルが低い証《あかし》だというのが、今や世界共通の認識だろう。わたしが普段関わる非選択子《ノンセレクテッド》は公語が通じる者ばかりなので、まったく会話の成立しない非選択子《ノンセレクテッド》とコミュニケーションをとったのはほとんど初めてだった。

彼は機関室のあの部屋に戻ったのだろうか。出航時から拘束されていたのだとすれば、最初からこの船内で始末するつもりで連れてこられたのかもしれない。だとするとなぜ殺されなければならず、そもそもこの船に乗せることにどんな意味があったのだろう。もしまたフレイから逃げて合流することができたら、わたしと一緒にいてくれるだろうか。

考えることのすべてが疑問形のまま答えを持たないことに虚《むな》しさを覚える。テグのことだけではない。メイヴィルたちのことや、なぜイエリーは一人になったのか、今ではすっかりいつも通りの顔をしているグレッグのさっきの表情は何なのか。疑問を挙げたらきりがない。

二人とは言葉が通じるが、わたしはテグといた時よりもむしろ無口になった。

言葉が通じるからといって意思の疎通が円滑だとは限らないし、言葉にしてみたところでわかり合えないこともある。孤独というのは心の孤立だ。周りに人がいるかどうかではない。思えばわたしは、ライラを失ってからずっと孤独だった。

とりとめのない思いを巡らせていると、ふいに遠くから水音が聞こえた。何かが勢いよく水面に落ちたような音だ。しばらくするともう一度、さらにもう一度。気が抜けたようになっていたフレイとグレッグもさすがに目を見合わせた。ほとんど無意識にわたしの手首を握ったフレイが、耳をそばだてたまま口を開く。

「それなりに大きなものが海に放り込まれたんじゃないか。もしかするとメイヴィルが遺体を海に投げ捨てたのかもしれない」

わたしは反射的に窓の外に目を向けた。いつの間にか日は沈み、残照も空の端に消えかけている。今日という日の終幕が近づいていた。

「何のために？」

グレッグのシンプルな問いにフレイは口ごもり、それでも言にくそうに言葉にした。

「臭いに耐えられない、とか」

確かに、一番はじめに死んだ悍の遺体はすでに異臭を放ちはじめていた。亡くなってすぐにビニールで包まれたせいで湿気が籠《こも》って傷《いた》みが早いのかもしれないし、きらんと死後の処置を施していない体から排泄物《はいせつぶつ》などが漏れ出しているのかもしれない。温度や湿度を考えれば、あとの二人がそうなるのも時間の問題ではないかと思われた。

「自分で運んで捨てる方がよほど臭いだろう。しかし、あいつの考えることはわからんかならな」

そこにイエリーが含まれていることをまったく気にしていないようなグレッグの言葉がやはり引っかかる。今まで一緒にテニスや食事をしてきた中ではそれなりに仲が良さそうに見えたが、この夫婦も所詮《しょせん》は張りぼてに過ぎなかったのだろうか。

それでも腰を上げたのを見てエントランスホールに行くのかと思いきや、グレッグは「腹が減ったな」と呟《つぶや》いて厨房《ちゅうぼう》からクラッカーとオリーブ、いくつかのプラムを持ってきた。呆れはしたものの、多くはない量をきっちり三等分にする姿を目にして、もしかするとこの人は妻の死を受け入れられていないだけかもしれないと思い直す。浮気性の夫だったかもしれないが、少なくとも彼は妻の美しさに対しては敬意を払っていた。

グレッグはそれからわたしに、惺と藻洲の部屋に食べ物がないか見に行ったことを語った。確かに惺が口にした「助けが来た時、あなたは生きているかしら」という言葉にはどこか思わせぶりな響きがあり、隠し持っている食料がないかどうかを確認したくなった気持ちもわかる。しかし実際には何も残っておらず、それどころか荷物自体が意外なほど少なかったという。「秘密の蓄えとして、高級食材でも隠してあるんじゃないかと期待したんだがな」そうぼやきながらグレッグは、一口ずつ大事そうにクラッカーをかじった。

「どういう順番なんだろう。恨みの深い順ってわけでもなさそうだし」

フレイが呟いた時、説明されなくてもそれが殺されていく順番のことだとわかった。

「簡単なことさ。一人になったら狩られる。群れから離れた羊が狙われるんだ」

わたしはその答えにいよいよ違和感を覚えた。それがわかっていて、どうしてグレッグはなんとしてもイエリーを止めようとしなかったのだろう。束の間訊こうか迷ったが、グレッグが投げやりにフォークを放り出すのを見て、結局やめてしまった。フレイが念を押すようにわたしを見たのは、勝手な行動をすれば死ぬのだと言いたかったに違いない。

午後八時を過ぎた頃、長い悲鳴が聞こえた。妖鳥が敵を威《い》嚇《かく》するような不気味な金切り声は、おそらくはミアの声だ。下というだけでどこから聞こえたのか正確な場所はわからなかったが、わたしたちは直感に従ってとりあえずエントランスホールへ向かうことにした。

そこで目に入ったのは、予想に反して数を増した遺体だった。ミアがその中の一番新しい一体にすがりついて泣いている。

　何か理由があるのか、メイヴィルの体はそれまでの三体とは違ってつぎはぎしたビニールに乱雑に包まれており、目玉は両方とも無事なようだった。ミアは執行人に追われて逃げたのか、髪も服も乱れて酷《ひど》い有り様だ。途中でメイヴィルとはぐれたのかもしれないが、もしかするとミアの必死の抵抗が、執行人にとって何か不測の事態を引き起こしたのかもしれない。

「どうしたの？　何があったの？」

　わたしの言葉には答えず、ミアは誰もが思っていることを今さらのように口にした。

「こんなことになるなら、来るんじゃなかった……」

　メイヴィルの頭部は見てわかるほど陥没《かんぼつ》しているが、出血はわずかなようだった。窒息《ちっそく》、頚椎《けいつい》損傷、溺水《できすい》ときて、今度は頭部への打撃だ。あの男には、殺しのバリエーションを誇示したいという欲求でもあるのだろうか。

　この惨状に静かに眉根を寄せていたグレッグが、メイヴィルを見下ろしていた目を上げてフレイに言った。

「なぁフレイ、救助がいつ来るかは賭《か》けになるが、こうなったら救命ボートで海に出ることをもう一度本気で検討した方がいいかもしれないな」

もちろん死神のような殺人鬼から逃れるためだ。少なくとも持ち出した食料と水が尽きるまでは、救助を待つ猶予《ゆうよ》を与えられることになる。

すると聞き分けの悪い子どものように泣きじゃくっていたミアが、がばっと顔を上げた。嗚咽《おえつ》まじりだが、泣き声よりも二オクターブほど低い声で呪いのまじないのように呟く。

「救命ボートならもう使えないわよ。一つは底にひびが入ってるし、あとの三つは海に流しちゃったから」

グレッグの顔が一瞬で紅潮し、ミアに向ける険悪な目つきがさらに尖った。「何だって？」

「メイヴィルが私を置いていくなんて言うから……こんなに愛してたのに」

そう言ってミアは再び怒りを撒き散らすように泣き出した。

デッキ5に吊るされていた救命ボートは、単純な離脱操作で本船から切り離されて海上に落ちるようになっていた。するとさっきの音は、ミアが誰も乗っていない救命ボートを海上に着水させた音だったのだ。おそらくは一つ目を壊すのに手こずり、残りの三艘《そう》は切り離すことにした。これで左右にあった合計四艘の救命ボートは、すべて使えなくなったということだ。

「ゴ、ゴムボートがあったはずだ！」

「あっちに穴を開けるのは簡単だったわ」

「なんてことを……」「なんて女だ！」

　フレイとグレッグの声が重なる。執行人の魔の手から死に物ぐるいで逃れたのであろうミアへの同情も完全に消し飛んだようだ。グレッグが思い切り頬《ほお》を張ると、ミアは飛ぶようにして床に倒れ込んだ。肩を怒らせて鼻息を吹くグレッグに、もはや「主導《ネイチャー》」の特性は見えない。後を追って容赦《ようしや》のない蹴《け》りを食らわせ、今度は拳で殴ろうと腕を振り上げた。

　思わず駆け寄ったわたしの手を振り払い、床に転がったまま笑い出したミアは、上半身を起こすと完全に据わった目をグレッグに向け、子どもを叱る保育士のような声を出した。

「ねぇ、いいの？　私にこんなことすると毒蜘蛛《ぐも》にやられるわよ」

「毒蜘蛛……。いったい、何のことだ？」

　ミアは突如《とつじょ》として別人になってしまったかのようだ。メイヴィルがいた時とはもはや顔つきが違うように思えるのは、わたしの気のせいばかりではないだろう。

「さっき部屋を見たら、メイヴィルが連れてきた蜘蛛がいなくなってたの。あれに噛まれたら、早ければ一時間で死に至るわよ。まだ研究中でこまめに餌《えさ》をやる必要があるから鍵付きのケースに入れて飼育してたんだけど、きっとあの人、最後に鍵を閉めなかったんだわ」

　メイヴィルの研究内容は、薬ではなく毒物だった？　では、「リンク・ダンチと敵対している兄の方に力を貸した」とは……。驚くと同時に、財閥《ざいばつ》の派閥争いなどよく知らないわたしにもようやくわかったことがあった。

「なんてこと……。まさか、メイヴィルは毒で人殺しを……」

メイヴィルはリンク・ダンチと敵対する人物に、治療薬などよりもっと効率的な方法で手を貸していたのだ。リンク・ダンチ本人が生きているということは、彼に近しい別の人物が文字通り毒牙に掛かったのだろう。

「人聞きが悪いわね。人の手で毒を盛ったら殺人事件だけど、毒性生物に噛まれたのであればそれは不幸な事故なのよ」

都合のよい屁理屈《へりくつ》を真顔で唱えるミアに、もはや正常な判断は期待できそうにない。

「そんなことはどうでもいいが、いつ遭遇するかわからないなんて冗談じゃない。そいつはいったい、どんな蜘蛛なんだ」

そんなこと……？　罪を咎《とが》めるニュアンスをまったく感じさせないグレッグは、わたしと同じようには感じていないらしかった。見ればフレイも似たようなもので、どうやらメイヴィルがしたことの予想がついていなかったのはわたし一人だったようだ。

「有毒成分はマムシと似ているけれど、普通は重篤《じゅうとく》な症状にはならないわ。だけど彼が改良に成功して……あの人は本物の天才なの。すごいのよ」

うっとりしているミアは、夫の才能にすっかり心酔しきっている。

もしかすると、メイヴィルはその毒蜘蛛を使って執行人から身を守ろうとしていたのだろうか。しかし思うようにいかず、殺されてしまった。そして毒蜘蛛は船内に野放しになった……。

「だから、どんなだって訊いてるんだ。見た目は？」

「見た目？　そうね、普通に黒っぽいけど、脚《あし》が黒とオレンジの縞々《しましま》になってる」

「大きさは？」

「脚まで入れて四、五センチってところかしら。でもジャンプ力は相当あるわよ」

「もし噛まれたらどうしたらいいんだ」

「どうしようもないわ。ひとたび毒が体内に入ったら絞り出すこともできない。まだ完成してないから血清なんかも当然ないし。でもとにかくすばしっこくて凶暴よ。少しでも身の危険を感じたら、即座に反撃してくるはず」

生き生きと目を輝かせるミアも、メイヴィルの研究をずっとそばで見てきたのだろう。毒の研究。そしてメイヴィルが妻を見る、あの冷たい目……。

わたしは突如として自分の中に生まれた思い付きに戦慄《せんりつ》した。

「ミア……。あなたは、誰を……？」

尻すぼみになったわたしの言葉に食いつくように、ミアは身を乗り出してこう言った。

「あら、私が誰を殺したか聞いてるの？　彼の母親よ。管理庫から消えた毒薬で自殺したことになってるけど、メイヴィルは私を疑ってた。でも慎重にやったから、最後まで証拠は挙がらなかったわ。あの女が私になんて言ったかわかる？　『やっぱり嫁選びは妥協しちゃ駄目ね。あんたの卵子を使うより、他から買った方がよさそうだわ』って……」

卵子や精子の売買は違法だが、一部では高値で取り引きされていると聞いたことがある。

「あんな女、死んで当然よ。私と彼の仲を邪魔するから天罰が下ったの」

腐ってる……。こんなにも腐臭を放つ愛情があることを、わたしは知らなかった。

声を失うわたしを眺め回し、ミアは底意地の悪い目を光らせた。

「ああもう、本当に厭味《いやみ》な女ね。あんたのその、自分だけは清廉潔白《せいれんけっぱく》でございますと言わんばかりの取り澄ました顔を見てるとムカついて仕方ないのよ。あんただって誰か、死ねばいいのにと思ってる奴がいるでしょう？　あんたの中にも私と同じ汚いものが渦巻いてるの。いい加減に認めなさいよ！」

死ねばいいと思ってる……？　いいえ、嫌悪と殺意は違う。それでもわたしはフレイの方を見ることができなかった。

「言っておくけど、研究には私だって貢献したのよ。蜘蛛も世話をした私に恩義を感じてるらしくて、ちゃんと言うことを聞くんだから。死にたくないなら私に対する態度を改めた方がいいんじゃない？」

敵意のこもった視線を向けられたグレッグは、そんなわけがないという顔にわずかな可能性を検討する思考の片鱗《へんりん》を張り付けてミアを見返している。

「信じてないみたいね？　いいわ、試してみましょうよ」

ミアの笑みが深くなり、グレッグの顔が強張る。

「いらっしゃい。この男からよ、殺してしまって！」

ミアはそう言うなり羽織っていたカーディガンのポケットに手を突っ込み、グレッグに黒く小さな塊《かたまり》を投げつけた。

「やめろ、うわっ」

顔を背けながら尻もちをついたグレッグに当たったのは、何かから剝がして丸めたらしいビニールテープのゴミだった。

「くそっ。なめた真似しやがって……」

恐怖に引きつった顔をしたグレッグはそのままの体勢でまだ後ずさりをしている。

「本当はこっちのポケットよ。ほら！　違った、ここだわ、ほら！」

茶番を楽しむ高笑いはまぎれもなく狂気の産物だった。ミアは遊び足りないのか、今度はわたしに目を向けた。視線と視線が正面からまともにぶつかる。

「――それで、邪魔者を消したらあなたの欲しかったものは手に入った？」

わたしは勝ち誇った顔のミアを見つめ、沈んだ気持ちで訊いた。悲しくてたまらなかった。

結局のところ、彼女が手に入れたのは「母親の仇《かたき》」という疑いと憎しみだ。濁った感情に決断を委《ゆだ》ねた結果、彼女はとるべき方法を、そして人としての道を誤った。わたしが偉そうに言えることではないし、ミアも本当はとっくにわかっている。それでも悪びれずに強がる彼女に問わずにはいられなかった。

「……私の、欲しかったもの……？」

「ええ。あなたが心の底から望んでいたのは何？　尊敬する夫からの愛情？　唯一無二のパートナーとして認められること？」

それが何であったとしても、これから先、メイヴィルがそれを示してくれることは決してない。

「せっかく本当に愛せる人と結婚できたのに……」

人生って難しいわね、という言葉は口にできなかった。そんなに簡単に言ってはいけない気がして。あまりにも軽く、ミアの生きてきた軌跡そのものを否定してしまう気がして。

目を泳がせたミアは「欲しかったもの……」ともう一度反芻《はんすう》し、やがてその場にくずおれた。硬い床を這うのは身を震わせる彼女のうめき声ではなく、その体から溶け出していく呪いのようだった。

藻洲は自分のことを、人を見る目があると言っていた。ではミアのことは？　こんなに歪んだ愛情が彼女の中に淀《よど》んでいたことに、果たして気付いていただろうか……。

「……さぁ、おいで。あまり遅い時間になる前に、僕らは部屋に戻ろう」

柔らかく響く声に耳を疑い、わたしは慄然《りつぜん》としてフレイを見返した。

視線の先には、新婚の夫がこれから甘い時を過ごそうと新妻を誘っているような笑顔がある。

終わったのではなかったか。二人の時間、完璧な夫婦の時間はもう過去のものになったはずだ。それともこの男は昨日わたしが言ったことを覚えていないのだろうか？　まさか欠片《かけら》も？

そういえば毒蜘蛛やメイヴィルの母親の話をしている間も、フレイはただじっと、表情も変えずにその場に突っ立っていた。まるで自分が望む以外のことは脳から締め出すと決めたかのように。挫折した経験がない人は、打たれ弱いという。優越意識の塊であるフレイにとって、自分が置かれているこの危機的状況は、現実として受け止めがたいのかもしれない。

またもや精神の均衡《きんこう》を失いつつある人間の危うさを感じて、二の腕に鳥肌が立った。おかしい。もう誰も彼も、すっかりおかしくなってしまった。こんな人たちと一緒にいる方が、一人でいるよりよほど恐ろしい……。

わたしは二度、三度と首を振って拒否を示したが、フレイにとってはそんなことに何の意味もないようだった。箱に閉じ込められたような人生から飛び出してやると決めたのに、このままではこの強引な腕にまた絡めとられてしまう……。

ホールが揺れている。一瞬地震かと思ったが、ここは海上だということをすぐに思い出した。では波か、とシャンデリアを見上げてみたが、細かな装飾は特に大きく動いてはいない。

どういうことかと思ったのも束の間、揺れの原因が自分自身だということに気が付いた。胸の中で騒ぐ鼓動が、もたれているエスカレーター脇の柵に伝わって、体が揺れているような錯覚を起こしたのだ。

その時どこからか「ピィー」とかすかな音が聞こえ、わたしは耳を澄ました。乾いた小さな音は窓の隙間を風が吹き抜けたようでもあるが、風の音ならこんなふうに一度だけきれいに鳴ったりするだろうか。

他の三人はまったく気に留めていないようだが、わたしはすぐに一つの可能性に思い至った。テグが口笛を吹いたのだ。とっさに見上げたデッキ5に姿は見えないが、嫌ならそこを去れと言われているような気がした。彼がわたしを見守っているとは思わないけれど、少なくともそれは竦《すく》んでいたわたしに勇気を与えてくれた。

——マイラ、あなたならできるわよ。

ええそうね、ライラ。わたしなら大丈夫。

視界の端で経路を確認する。幸いフレイとの間にはまだ数メートルの距離がある。

エレベーターの方を指さして「蜘蛛が！」と叫ぶのは、別段難しいことではなかった。

フレイの注意が逸れた隙に、疾風のように駆け出すことも。通路の先の、船首側の階段を目指す。なるべく見通しの悪い所、あの腕に捕まらない所へ。必死に逃げながら、自嘲《じちょう》の思いがこみ上げた。夜な夜な夫を撒く妻。でももう、決して戻らない。絶対に。

いつの間にか頭の中は、床に伏して泣いていたミアのことでいっぱいになっていた。愚《おろ》かなミア……。決して人生を上手《うま》く泳ぎ渡っているとはいえない自分のことを棚に上げ、彼女の憐《あわ》れな業《ごう》を思わずにはいられなかった。掴まった階段の手すりから思いがけない冷たさが伝わってきて、離した手を握りしめる。ふいに祖母の言葉が思い出された。「本当の賢さというのは、賢《さか》しく立ち回ることとは違うんだよ」……。

あぁ、おばあ様。どうすればあなたのように優しく賢い人になれたのか、せめてわたしが理解できる歳《とし》になるまで生きていてほしかった。

そういえば、病床を見舞ったわたしにおばあ様が謝ったことがあった。あの「ごめんね」は何に対して発せられたのか、結局最後まで訊けなかった。代理母という父の選択を許したこと？　それとも不安定に揺れる母の心に翻弄《ほんろう》されるわたしを、これ以上守れずに逝《い》ってしまうこと？

無意識に機関室に向かっていたわたしは、デッキ2まで下りたところで足を止めた。今のところ足音は聞こえないが、フレイが追ってこないとも限らない。もしもテグがまだあの部屋を拠点にしていて、わたしがこのまま下りたせいでフレイを機関室におびき寄せてしまったら、結果としてテグに危害が及ぶかもしれない。

一度隠れて様子を見よう。一瞬だけ迷い、階段から少し離れた部屋に飛び込んだ。どうせ時間なら持て余しているのだ。残りの人生がどれほどあるかは別として。

拗《す》ねたことを考えながら電気を点けると、オフィスなのかクルー用のレクリエーションルームなのか、十数人は入れそうな空間にいくつかのテーブルと椅子が並んでいた。

乗客用とは違って飾り気のない椅子を数脚寄せ集め、わたしはその陰に力なく腰を下ろした。

ぼうっと床のタイルの模様を眺めているうちに、気付けば一時間近くが経《た》っていた。その間に部屋のドアが開けられることはなく、外から音が聞こえてくることもなかった。何か楽しいことを想像したかったが、どうやらかすみ草の街をうまく思い描くこともできないくらいに心が疲弊しきっているらしい。しかしそれも仕方ない。この短時間に四人もの命が奪われたのだ。しかもその道のプロである執行人だけでなく、致死性の毒を持つ蜘蛛までいるという……。

ずっと船内に押し込められているせいか、息苦しくてたまらない。テグはもう機関室に戻っただろうか。窓のない機関室を思い浮かべたせいで、無性に外の空気が吸いたくなった。フレイはきっと、わたしを見失ってグレッグたちと居心地のいいデッキ7に戻ったはずだ。いつまでもあの場に留まっているとは思えないし、そろそろ大丈夫だろう。

念のため下りてきたのとは違う階段で上がり、人がいないのを確かめてデッキ4の外甲《かん》板《ぱん》に出た。船尾側の方が窓が少なく内部からの死角が多い気がして、体を縮めて移動する。

風が強い。潮の香りも。この濃密な風が、胸の不安を奪っていってくれたらいいのにと思う。

最後部のスペースの手すりに、グレッグが持ち込んだロードバイクがワイヤーロックで繋がれているのが小さく見えた。この船の甲板は外周をぐるりと回れるジョギングトラックになっていて、グレッグは出航からの三日間、人が少ないのをいいことにサイクリングコースとして使っていた。潮にやられてあっと言う間に錆《さ》びそうなものだが、もしかすると彼は、はじめからあの高級そうな自転車をこの旅だけで使い捨てにするつもりだったのかもしれない。

その少し手前に、甲板から引っ込んだ造りになっている備品置き場を見つけ、中に入った。ここなら上の階から見下ろされても視界に捉えられそうにない。目隠しを兼ねている衝立《ついたて》のような壁が風を遮《さえぎ》り、そこだけやけに静かな気がした。

重ねられているテーブルや椅子、閉じたパラソルなどの間に分け入るようにして床に直接座り込むと、隙間から見える空には満天の星が瞬《またた》いていた。甲板を等間隔で照らす小さな灯《あか》りがなければ、もっとくっきりと見えるのかもしれない。それでもこれまで見たどの星空よりずっと美しかった。今になってこの美しさに気が付くなんて、何という皮肉だろう。本当は人生だって、わたしが知ろうとしなかっただけで、もっともっと美しかったのかもしれない。

いつからか勝手に諦めていた。こんなふうに生きてきたこと、こんなふうに死ぬことが、悔しくてたまらない。心躍《おど》るようなことはほとんどしてこなかった。唯一よかったと思えるのは、ライラと出会えたことだ。夏休みに彼女の家に泊まりに行った時のことは今でもはっきりと覚えている。ベッドに入っても全然眠くならなくて、互いの言うことやることに笑い通しだった。あの時ばかりは本当に、世界が自分たちのためにあるかのように楽しかった。

もしも命が尽きる時に記憶を一つだけ持っていけるなら、わたしはこの記憶がいい。わたしに歩み寄ってくる時の、小鳥が弾むような歩き方。ご機嫌な時の鼻歌。一度でいいから恋がしてみたいと、うっとり閉じた睫毛《まつげ》の長い目。ふざけて肩を叩いてくる時は、普段の愛らしさとはギャップを感じるほど力が強かった。

ライラに会いたい。死んだら彼女に会えるだろうか。

ライラ、ライラ、ライラ……。涙がとめどなく溢《あふ》れてくる。

気配に気付いて顔を上げると、目の前にテグがしゃがんでいた。心配そうに覗き込む瞳が、暗い中でもわずかな光を反射してきらきらと光っている。どうしよう、涙が止まらない。

　一人だったから、人がいないと思ったから泣いたのだ。それがすぐには止められないだけで、わたしは決して人前で泣いたわけではない。自分にそう言い訳をしながら、心のどこかで彼にならば見られてもいいではないかとも思っていた。だってわたしも、彼の泣き顔を知っているのだから。だからもう少し、今だけは温かい腕の中で泣くことを許された幼い頃のわたしでいさせてほしい……。

　するとテグが「おいで」というように腕を広げた。昔、おばあ様がしてくれたのと同じように。両腕に優しく包まれ背中をとんとんと撫《な》でられると、嗚咽《おえつ》は抑えられなくなった。温かい。彼の腕の中にいることにかすかな緊張はあるけれど、不思議と違和感はない。

　なぜだかわからないけれど、テグといるととっくに色褪《あ》せて消えてしまったはずの痛みが胸の中に湧き上がる瞬間がある。まだ少女だった頃、同級生の女の子に嫌がらせをされてとても悲しかったことを、帰宅しても母に言えなかった。味方であってほしい母がわたしに寄り添って慰めてくれるのか確信が持てず、そうでなかったら余計に傷付くのは明らかで、どうしても勇気が出なかったのだ。本当は母から訊いてほしかった。落ち込んでいるわたしの様子に気付いた母が「どうしたの、何かあったの？」と言ってくれるのを待っていた。願いといえるほど、切望といってもいいほどの熱量で心の底から待ちわびていたけれど、わたしを横目で一瞥《いちべつ》した母は興味のなさそうな低い声で「おかえり」と呟いただけでさっさとリビングから出ていった。結婚して家を出てからも、痛みとは一人で抱え、時の経過とともに薄らぐのを待つしかないものだった。ライラがくれたペンダントを「君には似合わない」の一言で捨てられた日。誰よりも「善《よ》い夫」であろうとするフレイは代わりに自分の妻に相応《ふさわ》しい品を与えることを忘れなかったが、親友からの最後の贈り物を隠れてこそこそゴミ箱から拾い上げた時に、わたしの心の一部は壊死《えし》してしまった。

テグといるとそういう、自分でもそこにあることを忘れていたかさぶたを無意識に剝がしてしまったみたいに心のあちこちが痛くなって、本来なら隠して守っておくべき繊細な部分が無防備にさらされてしまう。思えばそれは、あの薄暗い部屋で泣いているテグを見た時からなのかもしれない。

かすかに聞こえる掠れた声が、知らない言葉で知らない歌を歌っている。あまりに小さくて耳元でなければ聞こえなかっただろうが、その素朴な旋律は心地よく耳に届いた。

もしかするとこれは、テグの故郷の子守唄《こもりうた》か何かなのかもしれない。寝付けなかった夜、おばあ様が子守唄を歌ってくれたことがあるのを思い出し、わたしは深く息を吸い込んだ。気持ちを落ち着けてリラックスしたい時は、ゆっくりと大きく呼吸して、その呼吸に集中するといい。おばあ様はそう教えてくれた。

目の前にあるテグの胸から、ココナッツのような匂いがした。着ている服に付いた洗剤の香りなのか、誰かがシャワーブースに残していったボディソープの香りなのかはわからないが、フレイの作り込まれた香りとは全然違う。こっちの方が断然いい。

低くて優しい声。不思議だ。言っていることはまったくわからないのに、とても安心する。嫌なことや怖いことが全部溶けて小さくなり、そのまま消えていくようだった。

気付けばテグの腕に鳥肌が立っていた。この時間、半袖を着ている彼には外は寒いのかもしれない。中に入った方がいいだろうか。しかし何だか心地良くて、もう少しだけこのままでいたい気もする。

名前と歳しか知らない、出会ったばかりの青年。でも彼はとても優しい人だ。神様は人生の最後に、一人で泣かなくていいようにわたしにプレゼントをくれたのだろうか。

プレゼント……そういえば………。

ふわふわした気分で思いを巡らせているうちに、思考は知らぬ間に夜の闇《やみ》に溶けた。

DAY 3
HUNTING AREA

かすみ草の街でライラが笑っている。「お腹《なか》が痛い」と言いながら、体を二つに折って鈴のような笑い声を上げている。本当におかしいわねと、わたしも隣にいる誰かに笑いかけた。

そんな幸せな夢の終わりはいつも唐突《とうとつ》で、川の底に沈みかけた木の実がふいに流れに浮き上がるように、抗《あらが》いようもなくふわりと意識が引き戻される。

周囲はうっすらと明るくなっていた。ほの白いというよりは、まだほの青い光。頭を預けていた肩から顔を上げると、隣には記憶に違わずテグの寝顔があった。不自然な体勢は疲れるだろうに、温めるようにわたしの肩に腕を回したまま一晩眠っていたらしい。首の付け根に、強く掻《か》き過ぎてできた傷が赤い筋になっているのが見えた。それにしても、あんなに優しい夢を見たのは久しぶりだ。テグの柔らかな温《ぬく》もりと心に沁みるような子守唄《こもりうた》のおかげかもしれない。夜通しここにいて風邪をひかなかっただろうか。申し訳ないことをしてしまったと思ったが、近くに毛布や体に掛けられそうなテーブルクロスなどは見当たらなかった。

朝の五時過ぎ。この船が港を出て、六日目の朝が始まっていた。こんなふうに異常な状況で足止めされてからでいえば、三日目ということになる。夢から醒《さ》めてしまえば、どんなに嫌でも非情な現実と向き合わなければならない。

わたしの身じろぎに目を覚ましたらしいテグが、「んん」と声を漏《も》らして目を擦《こす》った。

手錠でできた傷が痛むのか、右の手首には包帯代わりの布が巻かれていた。

寝ぼけまなこと目が合うと、彼は「おはよう」の代わりに小さな笑顔をくれた。よく知りもしない青年の笑みに不思議なほど心が安らぐのを感じ、もはや懐かしいような気持ちでわたしも笑みを返す。硬い床の上に座り続けていたせいでお尻も腰も痛みを訴えており、わたしは体を伸ばそうとゆっくり立ち上がった。

はっ、と息が漏れるような音に振り返ると、座ったままのテグが目を見開いて固まっていた。視線を追ってスカートを見下ろしたわたしの口からも、思わず「あ」と声が出る。お尻の辺りに付いている鮮やかな赤い色は、紛れもなく月経が来たことを知らせていた。

遅れていただけだった……。心からほっとしたわたしは、脱力してもう一度甲板《かんぱん》に座り込んだ。生理が遅れたのは、おそらく激しい怒りとストレスが原因だったのだろう。今ももちろん別の意味で強烈なストレスにさらされてはいるが、それでもとりあえず……よかった……。

くつくつと笑いがこみ上げるのと同時に目と鼻の奥が熱くなり、涙が滲《にじ》んだ。

笑いは次第に大きくなり、ついにわたしは天を仰ぎ、声を上げて笑った。望まない子ども、愛せないかもしれない子どもが自分の中に息づいていなかったという安堵《あんど》。そのあまりの大きさが、わたしの中の理屈や理性を吹き飛ばしてしまったようだった。

テグはぽかんと口を開けたままわたしを凝視している。きっと頭がどうかしてしまったように見えるのだろう。しかしわたしにとっては、こんな姿を見られてしまった恥ずかしさよりも、妊娠していなかったという喜びの方がはるかに大きかった。こうなってみてなおさらはっきり、自分があの男の子どもを産むことをどれだけ恐れていたかを感じた。

気持ちの高ぶりが収まって、ようやく驚きだけではなさそうなテグの表情に気付いたわたしは、彼にも事実を伝えることにした。

「違う。赤ちゃん、いなかった」

血の色を目にしたテグの頭には、もしかすると流産という言葉がよぎったのかもしれない。心配をかけてしまっただろうかと明るい顔を向けるが、テグの顔は強張《こわば》ったままだ。

「わたし、悲しい、じゃない」「ほら、笑顔でしょ」

しかし仮にこれがただの生理だと伝えることができたとしても、わたしが流しているのが嬉《うれ》し涙だということまで理解させることはできないだろう。その証拠にテグは今、戸惑った顔でわたしの左手の指輪を見つめていた。

「ええ、わたしは結婚してるわ。でもね、もううんざりなの。彼と家族を作るだなんてわたしには耐えられない。そうよ、こんなもの、もういらないんだわ！」

心と同時に体も軽くなったようだ。すっくと立ち上がったわたしは、外した結婚指輪を力いっぱい遠くの波間へと放り投げた。テグはあっけにとられた顔で飛んでいく指輪を見送ったが、どうやらわたしが悲しんでいないことは理解してくれたようだった。

さて、これからすべきことがいくつかある。わたしはすがすがしい気分で考えた。

たまたま汚してしまったが、元々量はそんなに多い方ではない。幸いシミはまだ小さいし、オフホワイトとはいえこのロングスカートはひだのあるデザインなので洗えばそんなに目立たない。あとは……。自分の荷物を取りに行けないなら、目指すべき場所はデッキ3にある衛生室ということになるだろうか。殺人鬼との遭遇だけは何としても避けたいが、今いる備品置き場から衛生室まではそう遠いわけではない。

大丈夫。妊娠に比べれば、生理ぐらいどうとでも対処できる。すっかり前向きになった気持ちが、わたしに行動力を与えてくれた。

フレイが屋敷のメイドであるシーナを妊娠させ、強制的に中絶させたのは今年に入ってからのことだ。そしてわたしがシーナ本人からその話を聞いたのは、この旅に出るわずか三日前の出来事だった。

春先に体調を崩したと言って数日休んでから、彼女は明らかに様子がおかしかった。礼儀正しい中にも控えめな朗《ほが》らかさがあったのに、沈んだ顔をしてわたしと目を合わせようとしない。心配で声を掛けても大丈夫だと言い張るばかりでらちが明かず、他のメイドの目を盗んで部屋で問い詰めるとようやく本当のことを教えてくれた。ついに打ち明けてくれた時、背を丸めた彼女はおこりにでも罹《かか》っているようにぶるぶると震えていた。

フレイはわたしがシーナを可愛《かわい》がっていることなど知りもしないだろうが、わたしは結婚後まもなくあの家にやってきたシーナに新参者同士の親近感を持っていたし、何よりシーナはどことなくライラに似ていた。歳《とし》は五つ下だが、生真面目で繊細そうな目がふとした時にライラを思わせる。友人とは言わない。対等ではなかったし、そんなふうに接したら彼女を困らせてしまうのはわかっていたから。親しくしすぎて彼女が責められることのないよう、表面上は意識して距離をとってきた。時々こっそりおしゃべりをして、誕生日にはごくささやかなプレゼントを贈り、しかしわたしとしては妹に対するような気持ちで彼女の幸せを心から願ってきた。

「決して望んだことではありません。仕事を失いたくなければと強要され、一度だけ関係を持ったんです」

同じ屋敷内でそんなことが起きていたことも衝撃だったが、彼女がこのままここで仕事を続けたいからどうか事を荒立てないでほしいと床に額を擦りつけた時には驚きで声が出なかった。こんな目に遭《あ》っても、彼女は今の職を失いたくないと本気で思っているのだ。

わたしは彼女が時々屋敷に来る庭師見習いの青年に想いを寄せていることを知っていて、淡くキラキラと輝く、雨上がりの花びらのような恋心を羨ましく思っていた。貧しい非選択子《ノンセレクテッド》であればこそ、手に入らない物は多くとも、愛する人の手を取ることだけは許されていると思っていたのに。

彼女のやつれ切った顔を見て、こみ上げたのはいたたまれない思いだった。こんなにそばにいたのにあの獣《けもの》から守ってやることができなかった。それどころか、癒《いや》しや温もりといった彼が妻に望むものをわたしが与えられなかったせいで彼女が犠牲になったのだとしたら……。忸怩《じくじ》たる思いに、いっそこ《こ》のまま消えてしまいたいとすら思った。わたしには、彼女に許しを請う資格があるのだろうか。そんな思いの中で、突如《とつじょ》として降って湧いた自身の妊娠疑惑だった。

衛生室に行くと説明することをさっさと放棄したわたしは、ただスカートの皿と船の中を続けて指さし、必要な物を取りに行くとほのめかすにとどめた。一緒に来てくれるよう頼んでいいのかは微妙な気がしたが、テグは特に迷う様子もなく腰を上げてくれた。早朝とはいえ、人がいないのを確かめながら、慎重にデッキ3を目指す。さすがにリプキンを漁《あさ》るところを見られるのは恥ずかしいので衛生室の外で待っていてくれるようお願いすると、テグなりに察するものがあるのか神妙な顔で頷《うなず》き、わたしの後ろ姿が見てはならないものであるかのようにこちらに背を向けた。

衛生室の引き出しには、幸いなことに生理用品が一式揃《そろ》っていた。失敬してベッドを囲むカーテンの中で身だしなみを整え、スカートのポケットにナプキンを詰め込む。入りきらなかった分を袋のまま握りしめてカーテンから出た時、なんとなく察知した違和感に動きが止まった。

視線がなぞるように室内をたどり、ようやく気付いたのは、閉めたはずのドアがわずかに開いているということだった。テグだろうか……？　そう思いたいが、そうでない可能性ももちろんある。何の音もしなかったのに……。息を潜めてベッドの下に隠れようと屈んだところで、棚の陰《かげ》から見知った顔が現れ、わたしはほっと息を吐いた。

「グレッグ。脅かさないで」

テグはどうしたのだろう。執行人が接近したなら何らかの方法で教えてくれたのだろうが、相手が乗客だったので身を隠して様子を見ることにしたのかもしれない。

鼻を突くアルコールの匂いに、グレッグが手にしているボトルを見やる。知らない銘柄《めいがら》だがおそらくはウイスキーだろう。勝算がどうのと言っていたのに、一人で、しかも酒を飲んでいるなんて。その姿はすでに執行人との対決を放棄しているようにしか見えなかった。

正直なことを言えば、執行人に対抗できるとしたらグレッグかもしれないと少し期待していた。しかし恐怖に耐えきれずアルコールに走ってしまったのだとしたら、テニスやゴルフで鍛えた体ほど、その心は強くなかったのかもしれない。

フレイは、ミアはどうしたのだろう。ミアはともかくとして、グレッグがフレイと仲たがいするとは考えにくい。まさかもうすでに殺された？　それともやはり、執行人には乗客を一人ずつばらばらにするための何らかの策があるのだろうか。

　極限状態で正しい判断ができなかったからといってグレッグを責めるつもりはないが、問題なのは、酔い方の質《たち》が悪そうなことだった。

「やぁマイラ、会えて嬉しいよ。間もなく死ぬ者同士、最後に仲良くしようじゃないか」

　とろんとした目に妙な熱が浮かんでいるのを見て、わたしは心底ぞっとした。――あの時の女の子。セックスドラッグ――。この人は、ナプキンの袋を握りしめた親友の妻と、どう仲良くするつもりなのだろう。

　まさかという思いで見つめるうち、わたしはまたもやその表情に違和感を覚えた。酔いに任せて欲望に溺《おぼ》れているわけではない。その奥に見えるのは、迷い……苦悩……？

　グレッグは何かを隠している。そう思った時、ふいにイエリーの亡骸《なきがら》を前にしたグレッグの表情の答えがわかった気がした。あれは「安堵」だ。しかし、いったいなぜ……。

「皮肉なもんだな。知ってるかい？　俺はこの船に乗る以前からずっと、君と一人きりになれる機会を待ってたんだ。そして同時に、この瞬間をこの上なく恐れてもきた……」

　どういう意味かはわからないが、理性を失った眼でわたしを見つめるグレックは異様にギラついた空気をまとっている。しかしやはり、それだけではない。ふらつく体だけでなく、彼の中でも何かが揺れ動いているのを感じる。

　じりじりと近づいてくるグレッグの迫力に気圧《けお》されながら、ベッドを背にして後ろに下がることもできない。わたしは自分に落ち着けと言い聞かせ、とにかく会話を引き延ばそうという一心で賭《か》けに出た。

「――それで結局、イエリーは最後まで知らなかったの？」

「安堵」という言葉から連想し、まったくの当てずっぽうで放った一言だった。

何のことを？　そんなこと、わたしだって知らない。浮気にドラッグを使うような男に隠し事がないわけがないと、思いつきでかまをかけただけだ。しかしわたしの出まかせを耳にしたグレッグは、驚愕《きょうがく》も露《あらわ》に顎《あご》を落とし、穴の開きそうな目でわたしを見つめた。

「まさか、君は知っていたのか……？」

そこに溢《あふ》れた驚きと喜びにわたしは内心たじろいだが、今はそれを悟られてはならない。

「どうして⁉　いったい、いつ気付いたんだ？　俺が選択子《セレクテッド》でないことは、書類の書き換えに関わった一部の人間以外知りようがないはずだ。フレイは……いや、あいつは知らないだろう？　知っておくびにも出さずにいられるような奴《やつ》じゃない」

本当のことを言えば、それを聞いたわたしの方こそのけ反らんばかりに驚いていた。しかしこれまでの人生を感情を押し殺しながら生きてきたわたしは、ギリギリのところで平静を装い、黙って彼を見つめ続けた。

「イエリーが非選択子《ノンセレクテッド》を蔑《さげす》む発言をするたびに、君の顔には痛みのようなものがよぎった。だから思っていたんだ。君も、もしや非選択子《ノンセレクテッド》なんじゃないのか？　それなら……君は、君だけは、本当のことを知っても俺を非難しないいんじゃないかと……。君に打ち明けて秘密を分かち合うことを、何度夢想したことか」

　わたしはただ、人が人を差別して見下すのが嫌だっただけだ。親から不良品扱いを受けてきたわたしにとって、自分を完璧だと思っているイエリーの言動は嫌悪を覚えずにはいられないものだったから。表に出さないように気を付けていたつもりだったのに、事情を抱えたグレッグは敏感にわたしの中のそういった感情を読み取ってしまったらしい。しかしこれでようやく謎が解けた。だからイエリーが口汚く誰かを罵《ののし》るたびに、グレッグはわたしのことを見ていたのだ。

　肯定も否定もしないまま、わたしは静かに問いかけた。

「……あなた自身は、いつ知ったの？」

「学校に上がる時、証明書を前にした両親が夜中にこそこそ話してるのを聞いたんだ。避妊に失敗したあいつらは、妊娠がわかるとすぐに遺伝子検査をした。できが悪くなかったからと書類を改ざんしてそのまま生んだらしいが、それでも非選択子《ノンセレクテッド》は非選択子《ノンセレクテッド》だ。万が一イエリーになどばれてみろ、大変な騒ぎになるのは目に見えてる。『私は騙《だま》された』と世界中に吹聴《ふいちょう》されて、俺の人生はお終《しま》いだ」

　わたしはいつか聞いたことのある過去の事件を思い出した。第二世代が子どもの頃、すでに生まれている非選択子《ノンセレクテッド》の我が子に選択子《セレクテッド》証明を買おうとした親たちがいた。実行に移されたのが何件だったのか正確には公表されなかったが、その子たちが成人する頃になって書類の偽造に関わった人物が暴露したことにより、集団自殺の騒ぎになったはずだ。当人や家族にとっては人生を左右するほどに重い意味のあることだったのだろうが、だからこそなおさら、その事件は遺伝子選択のあり方について世界を騒がせ、震撼《しんかん》させた。

「真実を知って、親父が時々俺に向ける、どんな顔をしていいかわからないっていう表情の意味がようやくわかったよ。母さんに押し切られたものの、きっとあいつは後悔してたんだ」

しかし本来、グレッグの特性《ネイチャー》が秀でているのであれば何の問題もないはずなのだ。遺伝子を選択する目的は優れた子どもを得ることであって、検査を重ねた体外受精であること自体が自然妊娠に勝るわけではないのだから。第一世代である祖母自身、どう生まれるかよりもどう生きるかが大事だと言っていた。そしてそんな考えを父にきちんと伝えてこなかったことを長年後悔していた。わたしの中に根づいている選択子《セレクテッド》至上主義に対する疑問は、おそらくそんな祖母の影響を受けているのだと思う。

誰も、どんな親の元に生まれるかは選べない。そしてどんな環境に生まれたとしても、どういう人間になりその人生で何をするかは、必ずしも出自に左右されるわけではない。

それでも、イエリーが口にしたであろう非選択子《ノンセレクテッド》への中傷を思えば、グレッグの抱えてきた葛藤《かっとう》は想像を絶するものがあった。引っかかるのは、グレッグが両親のことを「あいつら」と呼んだことだ。苦しみや怒りをぶつける対象が「産む」という決断を下した親以外に見つからないのだろうが、二人は、特に母親は、彼の存在をこの世から消すことなく守り抜いてくれた人であるはずだ。

中絶を拒否してまで産んだ愛する命に、人生の根幹に関わる大きな荷物を背負わせてしまうこと……。わたしが無意識のうちにグレッグの母親に気持ちを重ねたのは、少し前までわたし自身が妊娠の可能性に怯《おび》えていたからかもしれない。そして同時に湧き上がったのは、そうまでしてその子を産みたいと望んだ女性に対する憧憬《しょうけい》の気持ちだった。わたしは子としてそういう存在ではなかったし、母親としてもきっとそうはなれない。わたしがずっと望んできたのは、他の何よりも母の愛情だったというのに。お腹に宿った命を守り抜いた女性に自分が手に入れられなかったものを見た気がして、胸が疼《うず》いた。

グレッグがわたしの表情に何を感じたのかはわからない。それでもグレッグは、刺すような暗い目に喜びを湛《たた》えてわたしに笑いかけた。

「言えて楽になったよ。うん、想像以上に楽になった。俺がどれだけ辛かったか、君ならわかってくれるだろう？　君だけだよ、俺の本当のパートナーになれるのは……イエリーじゃない」

生まれ持った特性《ネイチャー》は本物なのに、周りに嘘《うそ》をつくことを強《し》いられ続け、グレッグの精神はとうに悲鳴を上げていたのだろう。イエリーが一人で駆け出していった時、彼は本当は止めることもできたのかもしれない。

わたしが非選択子《ノンセレクテッド》だというのを否定するのは簡単だが、あれほど容赦《ようしゃ》なくミアを殴りつけたグレッグが本気で逆上すればどうなるかわからない。明言せずにこの場をやり過ごそうと決めたわたしの肩に、グレッグががっしりとした手をかけた。

「まさかこんなにすんなり通じ合えるとはな。そうだマイラ、俺と一緒に『レペンス』へ行こう。この船を生きて降りて、二人で『レペンス』でやり直すんだ」

「『レペンス』……？」

感情の高ぶったグレッグは早口でまくしたてる。

「知らないのかい？　独善的な選民思想が根を下ろす腐った社会からの脱却を目指している集団だよ。遺伝子選択に異を唱える富裕層が、自分に賛同する者や非選択子《ノンセレクテッド》を集めてコロニーを作ってるんだ。大陸の南端にあるんだが、出資者は世界中にいる。実は俺もずっと、匿名《とくめい》で寄付をしてきた」

「レペンス」という言葉に覚えはないが、そういえば昔、似たようなことを聞いた気がする。自身は超富裕層の選択子《セレクテッド》でありながら、遺伝子選択に反対を表明し、この国のどこかに同志を集めている人がいると。

「さぁ、君の答えを聞かせてくれ。それに、君が今までどう苦しんできたか……」

「グレッグ、痛いわ。まずは落ち着いて座りましょう」

しかしグレッグは、話を聞かせてくれと言いながら容赦ない力でわたしをベッドに押し倒した。足を屈めて蹴《け》ろうにも、太腿《ふともも》の上に乗られてしまい、まったく身動きが取れない。

「さあ言えよ、マイラ。私も非選択子《ノンセレクテッド》です、あなたと行きたいですって」

喜びに溢れた目が爛々《らんらん》と輝き、わたしを覗《のぞ》き込む。今にも興奮と期待が実体を伴《ともな》ってわたしの上に滴《したた》り落ちてきそうだった。

助けを求めようと大きく息を吸った時、前触れもなくガコッと音がした。グレッグの顔が大きく揺れたかと思うと目が焦点を失い、わたしはグレッグの全体重がのしかかってくることを覚悟して顔を背けた。しかし実際には、目を閉じたわたしの上からグレッグの体が引き上げられた。

いつからそこにいたのか、グレッグの襟首《えりくび》を摑《つか》み、氷のような目で見下ろしていたのはフレイだった。反対の手には小ぶりのダンベルが握られている。何が起きたのか理解するのに数秒かかった。あれはおそらくジムコーナーに置かれていた軽量ダンベルだろうが、あんなものでも凶器としては十分なのだ。

「他でもない、僕の妻にあらぬ疑いをかけるのはよしてくれ。そもそも前途有望な僕がこんなことに巻き込まれたのはお前のせいだっていうのに、さんざん友達づらしといて今さら非選択子《ノンセレクテッド》だって？　死んでも償《つぐな》いきれるもんじゃないぞ」

だから仕方ないと言わんばかりの口調で言い捨てると、フレイは完全に脱力しているグレッグの頭部にもう一度、渾身《こんしん》の力でダンベルを叩きつけた。

「それで僕が『殺すなら、生きる価値のない非選択子《ノンセレクテッド》をいくらでも殺せばいいのに』と言ったら急に怒り出したんだな。おかしいとは思ったんだ。『マイラにふさわしくない』とか、『だから拒絶されたんだ』とか、わけのわからないことを言ってラウンジを出て行って、すぐに戻るかと思ったらそのまま戻ってこなかった。でもそういうことなら、お前は死んでも仕方ないよな。なにせ非選択子《ノンセレクテッド》なんだから」

ゴミでも捨てるように床に転がされたグレッグを目で追い、声も出せないまま体を起こすと、サンディブロンドの頭髪の下にみるみる黒っぽい血だまりが広がっていくのが見えた。

友達でしょう、などという言葉は胸の奥でかき消えた。冗談はやめてくれ、という返事が聞こえたような気がしたのは、きっと幻聴だろう。

わたしは開いたままのグレッグの目から何かが消えていくのを見ながら、ぼうっと考えていた。執行人はここを掃除するだろうか？　そしてこの男は、たった今自分が人を殺《あや》めたことをわかっているのだろうか……。非選択子《ノンセレクテッド》だから死んでもいいと、生きるに値《あたい》しないと、本気でそう思っている……？　人間の中身を可視化して評価したがる世界、選択子《セレクテッド》だ非選択子《ノンセレクテッド》だと命に線引きしたがる世界の馬鹿《ばか》らしさに、急に目の前が暗くなった気がした。

　震えが止まらないわたしの目に、出入り口近くのパーテーションの向こうからこちらを覗いているテグの姿が映った。異変に気付いて入ってきたものの、思いがけない展開にどうすべきか迷っているに違いない。フレイがわたしの夫であることはおそらくわかっているのだろうし、フレイがグレッグを殴ったのも、純粋にわたしを守るためだったように見えなくもない。

　それでも漆黒《しっこく》の瞳と視線がぶつかり、息を詰めるように送られてくる眼差《まなざ》しがわたし自身の意思を問うていることに気付いた時、わたしはエントランスホールで聞いた口笛に背中を押されたことを思い出した。

「大丈夫かい、マイラ」

　歩み寄ろうとしたフレイが、わたしが何かに気をとられていることに気付いて振り返る。答えはとうに決まっている。この一瞬を逃すまいと、わたしは床を蹴って駆け出した。

　しかしテグが口を開いたのが見えた次の瞬間、服の端を摑まれてバランスを崩したわたしの体は横倒しに転んでいた。こちらに向かって腕を伸ばすテグの姿はもはやパーテーションに隠れてはいない。テグの存在に気付いたフレイは信じられないというように目を瞬《また》かせ、わたしたち二人を何度も見比べた。

「ちょっと待て。そいつがイエリーたちを殺した殺人鬼か？　お前は殺人鬼と顔見知りなのか？」

つい今しがた自らも殺人を犯したフレイが、そんなことなど忘れたように「殺人鬼」という言葉を繰り返す。

「違うわ。彼は藻洲《もず》が殺されるところをわたしと一緒に目撃してるもの」

わたしは確たる証拠を上げたつもりだったのだが、それを聞いた途端、すでに据わっていたフレイの目が微妙に色を変えた。

「……俺といない間、ずっとこの男といたってわけか？」

ずっと「僕」だった呼称が「俺」に変わった。それだけのことで、仮面の下に隠れ続けていたもう一人のフレイがついに顔を覗かせたような気がした。今気付いたというように床に落ちているナプキンの袋を見やり、引きつった顔に冷たい笑みを浮かべる。

「驚いたな。淑女の恥じらいはどこへ行ってしまったんだ？　それとも、すでに一緒に生理用品を取りに来るほど親しい間柄なのか」

これは決して嫉妬《しっと》などではない。貞淑《ていしゅく》であるべき自分の「良妻」にこんなことは許されないという激しい怒りだ。余計な刺激はしない方がいいと足を踏み出しかけたテグを手で制すると、フレイの目つきが一段と険しくなった。

「よりによって非選択子《ノンセレクテッド》の若い男を俺の知らないところでたらしこんでたってわけか。内気で大人しい女を装って、中身はとんでもない淫乱《いんらん》だな。でもな、本性がどんなに汚《けが》らわしかろうが、お前は俺のものだ。帰ってこい。でなければ本当に許さないぞ」

浴びせられたそれこそ汚らわしい言葉の中で、「本当に」という短いフレーズが引っ掛かった。今ならまだギリギリ許してやるという意味を含みつつ、これ以上は後悔する羽目になるぞと脅すための、押し付けがましい念押し。しかしそういうことは、その一線を越えることにひるむ相手に言うものだ。今のわたしは違うということが、この男にはなぜわからないのだろう。

「執着」という言葉が浮かんだ。わたしを所有物のように言うのは、わたしを父から買ったつもりでいるからだ。そして彼の内側で激しく燃え盛っているのは、その対価に能《あた》わず、望んだものを与えてくれなかった女に対する怒りの炎だった。

わたしの薬指に指輪がないことに気付いたフレイはさらに激高した。

「おい、指輪をどうしたんだ！　捨てたのか？　お前はそれで、俺を捨てたつもりか⁉」

周囲の空気が震えるほどの声に、心が委縮する。怖い。この男が怖い。フレイに対して、初めて嫌悪感よりも恐怖心が勝った。

テグはフレイの言ったことの意味はわからないはずだが、狂ったように怒鳴りつけ、ついにはわたしの髪を鷲《わし》づかみにしたのを見て鋭い声で何事かを叫んだ。

「おいおい、まさか公語が話せないのか？　俺よりこんな男の方がいいなんて、本気で言うつもりじゃないよなぁ」

頭を振り回されると視界が大きく揺れた。力ではまったく敵《かな》わない。情けない声が口から漏れた時、すぐ近くで風が起こり、突然体が自由になった。テグがフレイに飛びかかったのだ。

倒れ込んだ床に、硬いものが落ちる振動を感じた。目をやると取り落とされたダンベルがパーテーションの方に転がり、フレイとテグがもつれ合っている。拳《こぶし》が互いを打つが、顔を殴られたフレイよりも喉元《のど》に拳を叩き込まれたテグの方がダメージが大きいのは明らかだ。息ができなくなったところに体重をのせられ、テグが後頭部を打ちつける音がわたしにもはっきり聞こえた。

その瞬間、苦悶《くもん》に顔を歪める彼以外のすべてのものが、わたしの視界から消えた。

手が届くなら何でもよかった。跳ねるように立ち上がったわたしは近くにあった丸椅子《いす》を持ち上げ、再びテグの喉を狙っているフレイの肩に思い切り振り下ろした。嫌な手応《てごた》えだったが、前のめりになって右肩を押さえたフレイの腰の辺りを、今度は全力で蹴る。タイミングを合わせて身体《からだ》を捻《ひね》ったテグがフレイの下から抜け出るのに手を貸し、わたしたちは振り返ることなく駆け出した。

同じフロアのリネン室に飛び込んでそっとドアを閉めたテグは、迷いのない足取りで正面奥のシーツが並ぶ棚に突き進んだ。ここに入るところは見られていないと思うが、鍵も掛からず窓もない部屋で見つかれば袋のネズミになってしまう。どうするつもりかと立ち尽くすわたしを手招きし、テグはジェスチャーで「ここに足を掛けろ」と急《せ》かした。

棚の真横に回ってようやく見えたのは、前後二列ずつに並べられているシーツのうち、下から三段目の棚の後列だけを引き出して作られた、細身の人間ならちょうど入れるくらいの空間だった。きっと彼は以前にもここに隠れたか、隠れようとしたことがあるのだろう。もたつくわたしをそこに押し込んでから、テグはガラガラと何かを動かしはじめた。廊下からはわたしたちを探すフレイの怒声とドアを開け閉めする音が聞こえてくる。テグはいったい何をしているのだろう。早く自分も隠れないと見つかってしまうというのに。やっと下の段のシーツをどかしはじめたようだが、そうしている間にもフレイの声は近づき、すでに隣の図書室か、その向こうのアートルーム辺りにいるようだった。

緊張に身を固くしていると、ついにリネン室のドアが開いた。ほんの四、五メートルこちらに来られたら、躊躇《ためら》いなく人を殺す男に見つかってしまう。息のしかたを忘れてしまったような気がした。テグは間に合ったのだろうか。室内を見回したような一瞬の静寂。ついで何かを蹴倒す派手な音がし、乱暴な足音は遠ざかっていった。

体の下の棚板がガタゴトと揺れ、しばらくすると横からテグの顔が覗いた。頭の側から引っ張り出してくれたのでスカートが裏返って足がむき出しになるような惨事にはならなかったが、トンと着地した瞬間にあの日特有の生臭いにおいがフワリと立ち上るのを感じた。シャワーを浴びられる状況でないことに気が滅入りかけたが、そんなことを気にしてはいられない。

床には横倒しになったカートから飛び出した洗濯物が散乱しており、そのすぐそばにはきれいに畳まれたままの大量のシーツが置かれていた。フレイがもしこのシーツの山に気付いたら不審に思ったかもしれないが、きっと倒すまではカートの陰になっていたのだろう。

「あなた天才ね」

褒めたことが伝わったのか、テグは得意げな顔をして、大きく頷いた。

重い鈍痛に鋭い差し込みが重なり、思わず顔をしかめる。お腹が痛い。だるい。そして眠い。いつもと同じだ。生理が来ることはすなわち、わたしにとっては体の不調が始まることと同義なのだ。普段なら少しでも痛みがあれば我慢などせずにさっさと薬を飲んで横になってしまうのだが、衛生室では鎮痛剤まで探す余裕がなかった。

あれから一つ下のデッキ2に下り、船員用キッチンの流しではいたままのスカートを揉《も》み洗いしていたわたしは、気遣うような視線に気付いてテグを見返した。わたしが使っている流しは大きな作業台に付いているもので、通路の向かい側にいるテグは料理の提供台らしきものに寄りかかって床に座っている。

彼が生理痛というものについてどれだけ知っているかは不明だが、先ほどから具合の悪いわたしを気にかけてくれているのがわかる。そしてきっと、夫からあんな目に遭わされたことについても。自分だってまだフレイに殴られた喉が痛くて押さえているというのに、彼は実は相当なお人《ひと》好《よ》しなのかもしれない。幸い声は出せるようだが、わたしは今度こそ申し訳なさでいっぱいになった。

　船員の食事はビュッフェスタイルになっているらしく、提供台の上は何種類もの料理を四角いケースごと並べて置ける造りになっていた。その向こうに広がる食堂スペースに目をやり、いったい何人の人間がここで食事をし、リンク・ダンチに言われるままにこの船を降りたのだろうと考える。もの言いたげな顔でこちらを見ているテグに笑顔を見せようとしたが上手《うま》く笑えず、結局、中途半端な顔で流しに向き直ってしまった。

　フレイがグレッグを殴り殺した瞬間が、残像のように脳裏にこびりついている。元々はフレイも自己防衛の手段としてダンベルを手にしたのだろうが、事態は思いがけない方向へ動き出してしまった。死が身近に迫りすぎて、みんな完全におかしくなってしまったとしか思えない。

　ぎゅうぎゅうとスカートの布地を絞っている自分の無力さに、涙が勝手に溢れ出す。情けないとは思いながらもみっともなく洟《はな》をすすると、テグが驚いたように立ち上がり、わたしのお腹を指さして首を傾《かし》げた。

　違う、お腹が痛くて泣いてるわけじゃない。心配をかけまいと口の両端を上げる。いけない、また泣きながら笑ってしまった。さぞかしおかしい女だと思われているに違いない。

それでも助けてくれるのは、わたしが手錠を外した命の恩人だからだろうか。しかしわたしがテグの手錠を外した時は、ダンベルを持った危険な男が目の前に立ちはだかっていたりはしなかった。

並んで座り少し気分が落ち着くと、改めて感謝の気持ちが湧いた。テグはあの時、わたしのために本気で怒ってくれた。亡くなった祖母とライラ以外に今までそんな人はいなかったし（わたしが幼かった頃の母ならあったかもしれないが、もう思い出すことはできない）、わたしのために人を殴り、体を張ってくれたという意味では彼が第一号だ。

わたしは兄弟の感覚というものをあまり知らないが、弟がいたらこんな感じなのだろうか。横顔にちらりと目をやって考える。そうだ、彼には兄弟か姉妹がいるのかもしれない。そしてもしも彼が弟だったなら、わたしもあの柔らかそうなくせ毛に手を伸ばして、気軽に頭を撫《な》でたり髪に触れたりしたのかもしれない。ライラの三つ年上の兄は、小さな頃からよくライラの頭を撫でてくれたという。腹違いとはいえ同じ両親の受精卵から生まれたわたしの兄がもっと身近にいてくれたなら、そんなふうにわたしを可愛がってくれた可能性もあったはずだ。寂しくて寝つけない夜、何度もそんなことを想像したのを思い出した。

ふと思う。テグは恋をしたことがあるのだろうか。年下といってももう子どもではない。親の干渉が厳しい選択子《セレクテッド》とは違い、彼のいたところでは自由恋愛が基本だろうから、そういった意味ではわたしなどより余程経験豊富なのかもしれない。

そう思うと、出会ってすぐはナイーブな少年だと思っていたテグが急に大人びて見えた。通った鼻筋に、ちょっと拗《す》ねたような唇。時々ごくりと上下する喉仏。フレイと揉み合った時についたらしい頬《ほお》の擦り傷には、わずかな血が滲んでいる。

選択子《セレクテッド》の間では、恋愛小説や恋愛映画を子どもが目にすることはあまり推奨されない。そういうものは大人になってから娯楽として楽しむもので、「愛」とは家族を慈《いつく》しむ感情であるというのが親たちの建前だ。しかしライラから密かに貸りた本にはまったく違う感情が描かれていて、わたしはそれらを読むたびに登場人物に感情移入し、頬を染めては胸をときめかせた。一緒にいたい、もっと知りたい、相手にとって特別な存在になりたい……。

テグはそれを実体験として経験したことがあるのだろうか？　燃えるような恋に胸を熱く焦《こ》がしたことが？　羨ましいのと同時に、何やら複雑な気分になった。

何かを思いついたらしいテグが勢いよく腰を上げ、あちこちの扉を開け閉めしはじめた。キッチンだからと食料を探しているのだろうか。わたしに分けてくれたような非常食を他にも持っていたのかは知らないが、とっくに食べ切ってしまってお腹が空いているのかもしれない。しかし残念ながら、わたしはここに食べ物がないことをすでに知っている。八人で船内を回った時、ここに残されていたわずかな缶詰などもすべて回収してラウンジに集めたのだ。

わかっていても、食べることを想像した途端にピークを越えて忘れていた空腹が意識された。最後に何か食べたのはいつだろう。昨日の夕方のクラッカー？　ほとんど味も感じず水で流し込んだだけだったが、あれでも多少は腹の足しになった。本当は、温かいスクランブルエッグが食べたい。クロックムッシュ、ビーフシチュー……。だめだ、考えない方がいい。

かすかな希望を忘れようと努力していると、辺りを引っかき回していたテグが「ワァ」だか「アォ」だか小さな声を上げげた。見れば目を輝かせる彼の手にはコンソメキューブの箱と四つの小さな包みが握られていた。きっとこの引き出しを調べた人物は、コンソメは調味料であって食料ではないと判断したのだろう。宝探しゲームの勝者のような顔をしているテグに、わたしも思わず満面の笑みを向けた。

電気ポットでお湯を沸かしながら、カップにコンソメを一つずつ入れる。空腹を紛らわすだけでなく、温かいものを体に入れられるのがありがたかった。あっという間にできたコンソメスープのカップを渡してくれるテグの手は相変わらず荒れていたが、その指はすらりと長い。

指先が軽く触れ合うと、テグが動きを止めた。思いがけぬ事態に動揺したわたしは奪うようにカップを受け取り、慌《あわ》ただしく瞬きしながらカップの中を覗き込む。

気のせい……ではないと思う。テグは確かに一瞬止まった。もしかして、実のところ彼もそれほど女性に免疫《めんえき》があるわけではないのかしら……。

けれどそんなことを考えているわたしを横目で見たテグが口の端だけでひっそりと笑ったのがわかって、何だか裏切られたような気持ちになる。

彼はいつでも、いっそ悔しいほどに自然体だ。そしてふとした時に、その強くも軽やかな存在感でわたしの張り巡らせた垣根を軽々と越えてくる。異性というよりも一人の人間として、その瑞々《みずみず》しく豊かな感性を眩《まぶ》しいと思う。例えば泣いていたわたしの背中を撫でて優しい歌を歌ってくれた時、そこには年齢も性別もなく、ただ柔らかな心の温もりがあった。彼はいつでも、彼らしくあろうと素直に振る舞っているだけなのだ。それでもわたしの胸は時にざわめき、不快ではない小さな波紋が静かに広がっていく。

スープの塩味が空っぽの胃袋に沁みわたる。ただのコンソメスープがこんなに美味《おい》しいものだったとは。一杯では足りず、二人ともおかわりをした。お腹だけではない。いい匂いも温かさも、体と同時に心まで満たしてくれた。少なくとも大人になってからは、何かをこんなに全身で味わったことなどない気がした。

「ほうっ」とため息が聞こえて隣を見る。大事そうにスープを飲むテグの横顔は、造りとしては整っているといえそうだった。緊迫した瞬間を脱し気が抜けたせいか、ふと頭の中に悪くない空想が浮かんだ。もし仮に、例えばの話として、かすみ草の街でわたしの隣で微笑《ほほえ》んでいるのがテグだったとしたらどうだろう。フレイとの結婚生活がモノクロームの写真だとしたら、テグのような弟のいる日常はパステル画のように淡く優しい気がした。

スープの最後の一口を飲み終え、わたしは特大の深呼吸で胸の中の空気を入れ替えた。しっかりしなくては。今は白昼夢に浸っている場合ではない。

使った食器を洗い、元通りに片付ける。これは特性《ネイチャー》というよりわたしの性分で、自分がしなければ他の誰かがすることになるのだと思うとどうにも収まりが悪い。それになんとなく、わたしたちがここでこうしていたという痕跡《こんせき》はなるべく消しておいた方がいいような気がしたのだ。後ろで見ていたテグも、いつの間にか黙ってゴミを集め始めた。

立って動くと、スカートのまだ濡れている部分が太腿に張り付いて気持ちが悪かった。コットンの生地そのものというより、透けないように付いている裏地がペッタリとして不快なのだ。

見下ろしたスカートから目を上げたところで、視界の隅《すみ》で何かが動いていることに気が付いた。その姿を認識して一番はじめに思ったのは、「本当にいたのか」ということだった。

——黒とオレンジの脚……。

あの時の状況を思えば、グレッグに抵抗しようとしたミアがとっさに口にした狂言であってもおかしくはなかった。恩を感じてうんぬんというのはもちろん眉唾《まゆつば》ものだが、いずれにしてもこの蜘蛛《くも》がわたしたちにとって脅威であることに変わりはない。足元の毒蜘蛛に気付かずゴミ箱の方へ踏み出そうとしているテグに、わたしはとっさに声を上げた。

「だめよ、止まって！」

鬼気迫るものを感じたのか、テグは危機を見極めようとするかのように鋭くこちらを振り向いた。ステンレスの配膳台《はいぜんだい》の陰からゆっくりと姿を見せた蜘蛛はその場で動きを止めたが、その距離は一メートルもない。

体は真っ黒で、脚だけが黒とオレンジの縞々《しましま》だ。しかし毒蜘蛛と聞いてイメージしていたように、全身に毛が生えていたりはしなかった。何も知らなければ、少し珍しい蜘蛛だと思うくらいかもしれない。

刺激しないようそっとこちらへ来るよう伝えると、わたしの視線を追ったテグもようやくその存在に気付いたらしい。気味の悪そうな顔をしてはいるが、蜘蛛ごときをなぜそんなに恐れるのかと不思議がっているのがわかる。

普通の歩調で引き返してきたテグに飛びかかったりはしなかったが、蜘蛛は離れるどころか不気味な脚をかさかさと動かしてついてきた。まずい。この蜘蛛の危険性を知らないテグを、どうやったら安全にあいつから引き離せるだろう。

わたしは辺りを見回し、さっき使ったばかりの小型のポットに手を伸ばした。重さからして、湯はまだ半分ほど入っている。沸かしたての熱湯ではないが、ある程度の熱を感じれば、少なくともこちらには来ないかもしれない……。

静かに歩み寄り、首を傾げて見ているテグを無視して蜘蛛との間に慎重に湯をこぼす。

どうやら作戦は成功したようだった。膝《ひざ》の高さから落ちた湯が床に跳ねた瞬間、蜘蛛は素早く三十センチほど後退した。しかし湯が尽きてしまうと、それきり同じ場所でじっとこちらの様子をうかがい、微妙な距離を保っている。

ミアはこの蜘蛛のことを何と言っていただろうか。スピードが速い？　いや違う、ジャンプ力があると言ったのだ。ジャンプ力は相当あるわよ、と。蜘蛛はそもそも身軽に飛び跳ねるものだし、今の距離が安全圏なのかわたしにはさっぱり判断がつかない。背を向けるのも恐ろしく、静かに後ずさりたかったが、テグは漂う緊張感を理解できないという顔で蜘蛛とわたしを見比べている。近くの壁に掛かった調理器具の中に穴無しのフライ返しを見つけ、そっと手を伸ばしながら考える。このまま膠着《こうちゃく》状態が続くのも困るが、テグがどう動くか読めないのも不安だ。近づいてほしくないなら追い払えばいいと、今にも蜘蛛の方に手を伸ばしかねない。

肚《はら》を決めたわたしは、「下がっていて」とテグの前に腕を出し、スカートをたくし上げながらゆっくりと床に片膝をついた。

「来るなら来なさい！」

手にしたフライ返しを顔の横で構え、腹の底から出した声はいつもより低かった。

こうなれば、互いに射程距離での宣戦布告だ。振り払うだけではない。もしも噛《か》まれても、必ず引き換えにあなたを潰す。そういう念と気迫を全力で送った。睨《にら》み合うこと数秒、蜘蛛は唐突に興味を失ったように、配膳台と床の隙間《すきま》に姿を消した。

わたしはげっそりした思いで脱力しながらも、今まで経験したことのない高揚感を味わっていた。わたしが毒蜘蛛と闘った⁉　別の人格を手に入れたような興奮状態で、頬が上気しているのを感じる。誰かを守ったことなどないわたしの、初めての奮闘だった。

それでも早くキッチンから出た方がいい。目の前からいなくなっただけで、いつまた台の下から出てくるかわからないのだから。

しかし立ち上がって振り向いたわたしが見たのは、出入り口の方を向いて固まっているテグの後頭部だった。テグの見ているものに気付いたのとほぼ同時に、「ピーイ」と笛を吹いたような高い声が聞こえた。

まさか……そんな馬鹿な……。違っていてほしかったが、そこにいたのはまさにあの悪魔のような鳥だった。

「嘘でしょう……」

わたしたちはキッチンの出入り口から七、八メートルほど奥まった場所におり、鷹《たか》はいくつか並んでいる中で一番出入り口寄りの作業台の上にこちらを向いて止まっていた。なぜ今ここにという衝撃と、まったく気が付かなかったという驚き、そして滑空している時は羽ばたく音がしないのだろうという納得が、次々に頭の中を駆け巡る。

慌てて周囲に目をやるが、今のところ見える範囲に執行人の姿はない。しかし腰までの高さの作業台は身を潜めるには充分で、すでにわたしたちのすぐそばにいるのかもしれなかった。

テグがじりじりと下がってくるのに合わせて、わたしも少しずつ後ろに下がる。蜘蛛が足元にいないことをほんの一瞬だけ確かめ、急いで鷹に目を戻す。

——どうしよう。どうすればいい？

鷹と、姿の見えない執行人と、まだ近くにいるはずの毒蜘蛛。

恐怖が許容範囲を超え、わたしは完全にパニックに陥《おちい》った。なすすべもなく突っ立ったまま、ただ茫然《ぼうぜん》と鷹を見つめることしかできない。シアタールームで見た時は赤茶っぽい色だと思っていたが、こうして見ると灰色に近く、チャコールグレーという感じだ。落ち着きなく足を踏みかえているのは、きっとステンレスとかぎ爪の相性が悪く、ツルツルとすべるのが嫌なのだろう……。

頭の中でまったく役に立たない分析をしていると、テグが突然振り向き、ものすごい速さでわたしの後ろにあったゴミ箱に手を伸ばした。ズボッという音とともに中身ごとビニール袋を外し、素早く鷹の方に向き直る。なるほど、ゴミ箱自体は大きくて扱いにくいが、四分の一ほど中身の入ったこのゴミ袋なら振り回すこともできるということだろう。

鷹が羽を広げかけ、もったいぶるように途中でやめる。まるで飛びかかるタイミングを見計らっているようだ。テグはわたしを背中でかばうように立ち、袋の口を閉じるように両手で握った。

「ピーイ」ともうひと声高らかに鳴いて、鷹がついに向かってきた。左右に広げた羽はゆうに一メートルを超えている。正面から飛んでこられると、嘴《くちばし》よりも、前に突き出した足の、鋭く尖ったかぎ爪の方が恐ろしかった。

タイミングを合わせたテグがゴミ袋で薙《な》ぐように払うと、羽を殴られた形になった鷹は体勢を崩して配膳台の角にぶつかりかけたが、寸前で激しく羽ばたいて激突を回避した。平らな床には不向きな足で着地し、弾むようにこちらを向く。

しかし驚いたことに、わたしがそうと気付いた時には、すでに羽の付け根辺りにあの毒蜘蛛が乗っていた。いつの間に跳びついたのだろう。台の下から出てきたことにも気付かなかったし、鷹に向かってジャンプした瞬間もわからなかった。

鷹が驚いたようにバサバサと羽ばたき、身体を揺すって蜘蛛を振り落とす。しかし一度床に落ちた蜘蛛は一切の予備動作もないまま再びジャンプして、今度は一直線に鷹の頭部にしがみついた。鷹は自身の頭を床に擦りつけるようにして体を回転させる。蜘蛛が離れる。両者が見合う。

わたしは息をするのも忘れて目の前の戦いに見入っていた。執行人が至近距離にいたのならわたしやテグに襲いかかる絶好のチャンスだったはずだが、あまりに目まぐるしい展開に気を取られ、そのことについて考えることすらできなかった。

蜘蛛の小ささとすばしっこさに振り回されているように見えた鷹だったが、素早さという点では負けていなかった。蜘蛛を見据えていた鷹の首がさっと動いたかと思うと、次の瞬間には細く尖った嘴が五センチあるかないかの蜘蛛の体を正確に捕らえていた。

頭を軽く振りながら、嘴の奥に蜘蛛をしっかりとくわえ直す。はみ出した脚がまだもぞもぞと動いているが、どうやら勝負はついたようだ。

激しい命の削り合いを目《ま》の当たりにして放心しているところに、余韻《よいん》を打ち消す恐ろしい声が聞こえてきた。

「シェム！」

以前にも聞いたことのあるその呼びかけは、廊下の先から聞こえてきたようだった。執行人はキッチンの中にはいなかったが、今まさに廊下をこちらへと向かってきている！

テグと手を取り合うようにして作業台の隙間に身を潜めはしたものの、中に入ってこられたら見つかるのは時間の問題だ。鷹をキッチンから追い出そうにも、物音を立てるわけにはいかないし、へたに刺激したらかえって騒ぎだすかもしれない。

つないでいるのと反対の手にゴミ袋を持ったままのテグは、置くこともできず、かすかな音もさせないように細心の注意を払ってそれを宙に浮かせている。気配を消すことしかできることはないが、鷹が今この瞬間、わたしたちに襲いかかってくるという可能性ももちろんあった。

テグが固く手を握ってくる。張り詰めた緊張の中にいるのは彼も同じだ。祈るしかない。

足音が近づくたび、空気が薄くなるような気がした。お願い。お願い。あっちへ行って！

「シェム！」

出入り口の辺りから再び声がすると、バサバサと羽音がして、鷹はそちらに飛んでいったようだった。

「何だ。何か見つけたのかと思ったら、虫を見つけて食べたのか。蜘蛛か？」

鷹が蜘蛛に噛まれたのかどうか、正確なところはわからない。しかし少なくとも、毒蜘蛛の方は死んだと思ってよさそうだ。

遠ざかる気配に耳を澄ませながら、わたしはただじっと、テグが捧げもののように掲げ続けているゴミ袋を見つめていた。

ようやくテグが動いたのは、わたしがもう大丈夫だと思った、さらに二、三分後だった。

あの蜘蛛に噛まれたら死ぬのだと伝えると、遅れて状況を理解したテグは大きく目を見開き、抵抗する間もなくわたしを抱きしめた。わたしが身を挺《てい》して毒蜘蛛と戦おうとした覚悟が今にしてわかったのだろうし、立て続けに現れた脅威から奇跡的に生き延びたということが、わたしたちをすっかり興奮させていた。

わたしの肩に顎を乗せたまま身体をぶんぶんと振るのが感謝と喜びの意思表示であることはわかったが、人との接触にあまり慣れていないわたしはやはり戸惑いを隠せない。体が揺れるのに合わせたように、今は視界にない彼の無邪気な顔や少しふざけた顔、きりりと鋭い真剣な目つきなどが次々と目に浮かぶ。

テグは本当に不思議な人だ。はじめは取り繕《つくろ》うでもなく泣いていた。その後は無愛想に見えた。しかし今の彼はくるくる変わる表情に色が付いているようで、日の当たり方によって光り方を変える窓辺のサンキャッチャーのようだ。そして何より、テグは人の顔をじっと見すぎるきらいがある。ただの癖だとしても、あんなふうに見つめられたら勘違いしてしまう女の子がいてもおかしくない。言葉が通じるなら一言もの申してやりたいくらいだ。

ようやく腕をほどいたテグは、体を離すとわたしの右手をじっと見た。何かと思ったら、その存在すら忘れていたフライ返しを、まだしっかりと握ったままだった。強く握りすぎて固まったようになった手が、ぶるぶると小さく震えている。

テグは優しい手つきで、わたしの手からそっとフライ返しを取った。そしてそのままフライ返しを顔の横に構え、先ほどのわたしの真似をした。決死の真剣勝負の武器がフライ返しだったことを揶揄《やゆ》しているのだと気付き、わたしはその肩を少し強めに小突いた。

思い切り笑った口元に八重歯が覗き、頬には小さなえくぼができた。

それはサンキャッチャーが見せた、また新しい顔だった。


今回の件があって、気付いたことがあった。

どうやらわたしは、いつの間にか明確な方向転換をしていたようだ。イエリーの父親か惺《せい》の部下か、とにかく誰かがこの船を捜索してくれているとして、それまでの時間を何としてでも生き延びる。今や敵は執行人一人ではないが、それでもわたしは決意していた。生きてみせる。自分だけでなく、テグのことも絶対に死なせない。

そうなると、わたしたちが早急に手に入れなくてはならないのは武器だった。フレイのダンベルを思い出すとぞっとしたが、裏を返せば、まったく用途の違う物でもいざという時には身を守るためのよすがになるということだ。もしもさっき執行人に見つかっていたとしたら、プロの殺し屋相手にまったくの丸腰で、いったいどんな抵抗ができただろう。

テグを促《うなが》し、船員用キッチンを出る。周囲に警戒しながら機関室の入り口まで下りてきた時、わたしの肩をつついたテグが、手錠を外す仕草をしてみせた。

「手錠……が、どうしたの？」

よく見ると、手錠そのものよりも、わたしが解錠するのに使ったものを強調しているようだ。ペンチ？　どこ？　どこにやったか？　いや、どこにあったのか？

「そう、工作室よ。あそこなら武器になるものがあるに違いないわ」

テグが工作室の存在を知っているのかはわからないが、何かしらの道具が置いてある所なら使える物があるのでは、という発想だろう。どうやら武器が必要だと考えていたのは彼も同じだったようだ。

工作室に入り、壁や棚にずらりと並ぶ道具を見やる。わたしが小ぶりの金槌《かなづち》を手にして振り向くと、テグはスパナの握り心地を確かめているところだった。他にもミニドリルやドライバーなど取り回しのよさそうな物がいくつか目に留まったが、余分に持っていたところで奪われれば相手の武器になるだけだ。必要だと思ったらまたここに取りに来ればいいのだからと、扱いやすい物を各自一つだけ持つことにした。

部屋を出ようとしたところで、もう一ついいものを見つけた。出入り口に一番近い棚の側面にボードがぶら下がっており、何かの一覧表らしい紙と一緒にペンが挟まっていたのだ。公語の通じない人と関わるのは初めてとはいえ、なぜこんなに単純なことを今まで思いつかなかったのだろう。不思議そうに見ているテグを前に、わたしは裏返した紙にペンを走らせて素早く蜘蛛の絵を描いた。

毒蜘蛛のことはもっと早くテグに伝えておくべきだった。今さら言っても後の祭りだが、そもそもその場にない物をジェスチャーで示すのには限界がある。その点、絵に描くことができれば伝えられることはぐっと増えるはずだ。わたしにはライラのように芸術的センスがあるわけではないが、ちょっとしたイラストを描くのは昔から得意な方だ。簡単なものなら描くだけでなく刺繍《ししゅう》にだってできる。

口を開けて見ていたテグがペンを寄越せというので渡したら、蜘蛛の隣に何やらムクムクしたものを描いた。目が付いているようなので、どうやら生き物らしい。

「……もしかして、羊かしら？」

再びペンを取ったわたしが羊を描き直すと、それを見たテグは嬉しそうに頷いた。羊と自分の胸を交互に指差し、「わかる？」と言いたげに首を傾げる。

「羊を飼ってるの？　あなたが？」

どうやらそういうことらしい。

わたしはすっかり嬉しくなった。何を隠そう、わたしがかすみ草の街のモデルにしているのは小説に出てきたアルプスの麓《ふもと》の小さな村だった。言われてみれば、いつも思い浮かべていた緑の草原や抜けるような青空にテグの雰囲気は見事にはまる。牧歌的な景色に、のんびりと流れる時間。子どもたちのはしゃぐ声。黒い影となった山の稜線《りょうせん》の向こうに沈んでいく夕陽《ゆうひ》。

それにしても……。テグが描いた羊をもう一度まじまじと眺める。ふわふわした毛の表現は世界共通なのだろうが、紙の上に鎮座するそれは空の雲に手足と目だけがついたようなあまりにお粗末な絵だった。今さら恥ずかしくなったのかテグが隠そうとするので、その手をどける。また隠す。最後には二人して噴き出した。

慌てて声を潜め、辺りをうかがってから、わたしはこう言った。

「でも、あなたは手品ができるじゃない」

なぐさめるつもりで何もない掌《てのひら》にペンが出てきたように真似て見せると、テグはああそれかというように笑った。元々が童顔なのだろう。あどけない顔はやはり少年のようだった。


手招きをしたテグは、先ほど下りてきたばかりの階段を上り返し、上段の端の制御室に入った。目当てのものがあるらしく、いろいろな場所を開けたり覗いたりするのを眺めていると、しばらくしてようやく何を探しているのか教えてくれた。「四角い、食べる、ここ」。どうやらわたしたちが以前に食べた非常食はここで見つけたらしい。なぜこんな部屋にと少し意外な気がしたが、もちろん食べ物が見つかるなら大歓迎だ。食料があるようには見えなかったので見落とされていたのだろう。

しかし一緒に探そうと部屋を見回すうち、わたしは今しがたテグが示した内容が含む、ある可能性に気が付いた。

彼は、「ここ」という時にデスクの上を指さした。それがもし本当にそのままの意味で、デスクの上に無造作に置かれていたということならば、その事実はまったく別の側面を持ってくる。前に乗客全員で覗いた時、そしてわたしが一人で来た時にも、少なくともすぐ見える範囲にはそれらしい物はなかったはずだ。だとしたらそれ以降に誰かが置いたということで、消去法でいえばその人物は一人しかありえない。急に不穏なものを感じて、胸の辺りがチリチリしはじめる。

さっき確認したのだが、テグをあの場所に手錠でつないだのはやはり執行人だった。紙に鷹と黒いニット帽の男と手錠を描くだけで、話は十分に通じた。

──きっとここに非常食を「置いた」のも……。

後ろでテグが小さな声を上げた。見れば背後の壁に作りつけられた配電盤のようなものの扉を開け、わずかなスペースに手を突っ込んで奥にある何かを取り出そうとしている。

その姿を目にした瞬間、頭の中で最大音量の警報が鳴り響いた。

「待って、テグ！」

蜘蛛のことがあったからだろうか、テグはすぐに止まった。今度は何があるのかという顔で、首から上だけをそっとこちらに向ける。ただでさえ言葉の通じない相手に曖昧《あいまい》な予感を説明することはできないが、それでもわたしには時間が必要だった。

考えた方がいい。動く前に。取り返しのつかないことになる前に。わたしが今引っかかっていることには、きっと意味がある……。

もしもわたしたちが食べたのが執行人の持ち込んだ食料だったとしたら。置かれたタイミングとしては、わたしがテグの手錠を外した前後か、それ以降だろう。執行人にとって、あのタイミングでテグが解放されることは想定外だったはずだ。隠しもせずに出してあったということは、たまたまそこに置いて少し離れ、戻ってきた時には消えていた？　きっと驚き、腹を立てただろう。そしてどうする？　一度食料を見つけた場所に「盗人《ぬすっと》」が再び現れることを見越していたとしたら……。

「そのままよ、そのまま動かないで」

自分を落ち着かせるためにゆっくりと歩み寄り、テグの指が今まさに触れようとしていた白い布から手を離させる。場所を交代して慎重に布の先をたどると、徐々にそこにあるものの全貌《ぜんぼう》が見えてきた。いかにも何かを隠していそうな布の反対側には金属製のリングが通され、それが引っ張られると壁に固定された防犯ブザーが鳴るように接続されていた。

あらかじめブザーを用意していたのは、元々こういう罠を仕掛けるつもりでいたのだろう。執行人は、数を減らしていくにつれ見つけにくくなる獲物を、音で探知しようと考えたに違いない。

こうなっては痛感せざるをえない。接近戦に長《た》けたプロの殺し屋が罠までしかけてくるのだ。わたしたちが生き残るためにはもっと注意深く行動し、頭を使う必要がある。仕掛けは他にもあると思った方がいいし、いつまでも運まかせでは到底逃げ切ることはできない。

どれくらいの音が出るのか知らないが、すぐ近くに潜んで待ち伏せするつもりならブザーなど必要ない。青ざめたテグを横目に思案したわたしは、多少の時間を使う価値はあると判断して防犯ブザーを取り外すことにした。

仕掛けというのは、セットするより解除する方が何倍も神経を使う。すでに準備が整っているものを作動させないように触らなければならないのに、機器の隙間は暗くて狭い。奥まで差し込んだ右腕を捻《ね》じるような体勢になった時、一年前に交通事故で肩を脱臼《だっきゅう》したことを思い出して嫌な汗が出てきた。急に右折してきた車を避けきれず、跳ね飛ばされはしなかったものの引っかけられるように転倒して、結局は救急車で運ばれた。その時脱臼したのは反対側の肩だったが、根深く植え付けられた恐怖に動かされるように腕を引き抜き、無理のない角度でやり直す。強力なテープを丁寧に剝がし、外した防犯ブザーをポシェットの奥に入れて、ようやく細い息を吐くことができた。

布の下にあったビスケットの空箱を見つめていたテグは、目が合うと申し訳なさそうに顔を曇《くも》らせた。しかし今はしょげている場合ではないし、今回のことはある意味大きな収穫になったと捉《とら》えられないこともない。なぜなら広い船内で獲物を炙《あぶ》り出すはずだった道具は、使いようによっては逆にわたしたちにハンターの位置を教えてくれることになるかもしれないからだ。

大丈夫だと笑ってみせると、テグのお腹が盛大に空腹を告げた。考えてみれば二十歳《はたち》の男の子などまだまだ食べ盛りだろう。コンソメスープは確かに美味しかったが、あれに刺激されて胃が動き出したのだとしたら、今もひもじくて仕方がないはずだ。ラウンジは危険だが、レストランの厨房《ちゅうぼう》くらいなら見に行ってみてもいいかもしれない。もちろんリスクはあるが、コンソメが残っていたように何かが見つかる可能性はゼロではない。取り出した紙にナイフとフォークの絵と「Ｄ４」と書いて上を指さすと、テグはお腹に手を当てたまま切なげな顔で頷いた。

階段を上りだしてすぐ、頭上の照明がチカチカと明滅して数秒間消えた。ついに執行人が発電機の電源まで落としたのかとひやりとしたが、そうではなかったらしくすぐに元に戻った。考えてみれば、船内が真っ暗になってしまえば、逃げるわたしたちも困るが追う側にとってもデメリットの方が大きいはずだ。暗視装置を持っているのならとうに使っているだろうし、ただでさえ隠れる場所が多いこの船で、この上暗闇《くらやみ》を増やして自ら仕事の手間を倍増させたりはしないだろう。

デッキ３まで来ると、窓の外に霧雨《きりさめ》が降っているのが見えた。潮を含んだ空気がじっとりと重いような気はしていたが、ついに天気が崩れてきたらしい。さっき一瞬だけ電気がおかしくなったのも、もしかすると雷か何かの影響だったのかもしれない。

足を止めて灰色の空を見上げたわたしは、ガラスに付いた小さな水滴に目を移し、これからは通りかかった場所にある窓の鍵をなるべく開けておこうと思った。この窓ははめ殺しで開けることはできないが、これから先、どんな小さな違いが生死を分けないとも限らない。

「ねぇ」

隣で雨を眺めていたテグが、「何?」というようにこちらを向く。

「好きな人はいるの？　恋人は？」

明るく堂々と、自分でも驚くほど大胆《だいたん》に口に出してみる。ジェスチャーのない問いかけに首を傾げてこちらを見たテグは、わたしが通じない前提で勝手なことを言ったのがわかったのか、自分も母国語で何かを話し出した。当然のことながら、訊《き》いたことの答えではなさそうだ。

最後にふふんと胸を反《そ》らしたのが、恋人の自慢でない限りは。

わたしたちが上がってきた階段はデッキ4にいくつかあるうちの一番船首寄りで、レストランはすぐ目の前だった。しかし入り口に足を向けたまさにその時、甲高い悲鳴が耳に飛び込んできて、わたしはビクリと動きを止めた。

船尾の方だ。おそらくはミアの声。エントランスホールで発したものだとすれば、さらに増えた遺体を発見したか、メイヴィルの遺体から目玉がなくなったという可能性もある。

今朝、衛生室にフレイが現れた時にはミアの姿はなかったが、その後二人が一緒にいるのかどうか、もはやわたしには予測がつかない。とうに精神の均衡《きんこう》を失った者同士、手を組むことなどできるのだろうか。いずれにせよ今の悲鳴を聞きつけたフレイが様子を見に来ることは充分ありえるし、同じフロアで行動するのは少し待った方がいいかもしれない。

視線を合わせたテグは、わかっているというふうに頷いて上を指さした。前の時と同じようにデッキ5からエントランスホールを見てみようということだろう。ホールを見下ろせる場所まで来ると、すでにミアの姿はなく、増えた遺体は予想していた通りグレッグのようだった。

お馴染《なじ》みのビニールに包まれ、秩序を乱すことなく「作品」の列に加わっている。つまり執行人は、自分が手を下したわけではない人間にも同様の処理を行ったということになる。

そしてグレッグの横にはもう一つ、何か人より小さなものが置かれていた。遠目にはわかりづらいが、テグの羽ばたくようなジェスチャーで、ようやくビニールに入っているのが鷹だということを理解する。やはりあの時、蜘蛛に噛まれていたのだ。毒蜘蛛の恐ろしさに改めて戦慄《せんりつ》すると同時に、これでもう目をえぐられることはないのだと安心する気持ちが湧き上がる。

袖《そで》を引かれて目を向けると、テグは下りてみようと言っているようだった。グレッグと鷹の方を指して手振りで何かを訴えているが、内容はさっぱりわからない。ミアがまだ近くにいるかもしれないし、フレイや執行人が今にもここに現れるかもしれない。正直気は進まなかったが、彼の目にあまりに決然とした意志が見えたので仕方なく一緒に行くことにした。人の姿がないからか、テグは物怖《ものお》じする様子もなく大胆にエスカレーターを下りていく。デッキ4に近づくにつれ、辺り一帯に漂う鼻をつまみたくなるような臭いが強くなった。生前どんな人間だったとしても腐敗は進むし、死臭はビニールの膜などで堰《せ》き止められはしないのだ。

グレッグまであと少しというところで話し声が聞こえてきて、わたしは慌ててテグをフロントカウンターの中に引っ張り込んだ。ちらりと覗いて見た限り、連れ立って歩いてくるミアとフレイは、協力関係を結んでいるというよりは互いに盾《たて》にする人間を確保していると言った方がよさそうだ。しかしわたしをぞっとさせたのは、二人が歩いてきた方向だった。もしかするとフレイはわたしたちがしようとしていたのと同じように、レストランで食料を探していたのかもしれない。そうだとしたら、あのまま中に入っていれば危うく鉢合わせするところだった。

フレイが手にしているのはおそらくあのダンベルだろう。ミアが握っている細長い棒のような物は……ゴルフクラブ？　デッキ8のミニゴルフのコーナーから持ってきたのだろうか。そう考えると、武器は案外いろいろな所に転がっているのかもしれない。

「ほら、見てよ。普通、蜘蛛の毒は霊長類や小さなマウスにしか効かないと言われているけど、うちの人は毒の威力を増強させることに成功したのよ。それなのに、せっかくここまで改良した蜘蛛を鷹に食べられてしまうなんて、本当に残念。産卵させて増やしたかったのに……」

悔しそうに身をよじるミアは、同時に誇らしさに目を輝かせて興奮している。

「それにしてもこの鷹、どこから入ってきたのよ。憎たらしいったらない。苦しんで死んだのはいい気味だけど、その様子をこの目で見たかったわ」

それを聞いて気が付いた。そうか、二人はこの鷹の存在を知らなかったのだ。ミアが執行人と遭遇した時、鷹はたまたま一緒にいなかったのだろうか。

この鷹がどれだけ恐ろしい存在だったかを知らないとはいえ、ミアに強引に連れてこられたらしいフレイはどこか上の空だ。少なくとも真剣に話を聞いてはいない。

テグはいつ見つかってもおかしくないほど頭を出して二人の方を凝視していたが、ハラハラしたわたしが何度か腕を引くとようやく気が済んだように引っ込み、紙とペンを出せと伝えてきた。何を描くのかと思ったら、わたしが前に描いた蜘蛛の絵の脚の部分だけを丸で囲み、再び鷹の方を指でさす。そうか……。頭の中に、疑問と答えが同時に浮かんだ。

――ミアはなぜ、鷹の死骸《しがい》を見ただけで蜘蛛にやられたとわかったのか。そして、蜘蛛が鷹に食べられたと知ることができたのか。

　よくよく目を凝《こ》らし、ようやくわたしにも今まで見えていなかったものが見えてきた。鷹の包みの脇に置かれた、あまりに小さな蜘蛛の脚。どうやら執行人は、律儀に蜘蛛の残《ざん》骸《がい》までをあそこに並べたらしい。デッキ5からそれを見つけたテグは、近くで確かめるためにデッキ4まで下りてきたのだろう。特性《ネイチャー》とは違うが、これもテグの能力には違いない。自然の中で羊を飼って暮らしている青年は、すこぶる優秀な視力を持ち合わせている。

「うちの子が鷹を殺したっていう証拠が欲しいわ。せめてあの死体を持って帰れたら……」

　ミアがぶつぶつ呟《つぶや》くのを聞いて嫌な予感がした。わたしの顔の前、カウンター内部の仕切り棚には、輪ゴムやクリップ、セロハンテープなどの小物が収められている。何か使える物がないかと、ミアがここに来るかもしれない。

「出ましょう」とテグに合図をしたものの、フロントを離れるには一つ大きな問題があった。両端にある出入り口は、どちらから出ても三メートルほど何の遮《しゃ》蔽《へい》物もない通路を通らなければならず、そのまま駆け抜ければフレイに見つかる可能性がある。

　するとテグはわたしをその場に留め、一人で船尾側の出口へと近づいていった。腰高のバネ式扉からそろりと出て、身を屈めたまま一メートルほど先のエレベーターのボタンを押し、小走りで戻ってくる。一瞬エレベーターに乗る気なのかと思ったが、そうではなかった。エレベーターの「ポーン」という到着音にミアとフレイが気を取られた瞬間にわたしの手を引いて反対側の出口から駆け出し、通路の先に据え付けられたロッカーの陰にまんまとすべり込んだのだ。

わたしは改めて、彼が盾でなく仲間を求めてくれたことに感謝した。わたし一人では切り抜ける方法を思いつかなかっただろうし、こんなに思い切りよく動けない。

しかし希望を感じたのも束の間、その先に待ち受けていたのは身の毛もよだつ展開だった。開いたエレベーターに誰も乗っていないのを見たフレイが「脅かしやがって」と毒づくのが聞こえた次の瞬間、背後にあるエスカレーターの中ほどから突然人影が躍《おど》り出て、目にも止まらぬスピードでミアに飛びついたのだ。

緊張を解いたところだったミアはとっさに反応できず、なぎ倒されるようにして床に転がった。シアタールームでニット帽を被っているように見えたのは実際にはスキーマスクだったようで、今は執行人の顔を黒いマスクが覆《おお》っている。ミアが振り回そうとしたゴルフクラブを、執行人はあっという間に取り上げて後ろに放った。至近距離で硬直していたフレイが我に返り、エレベーターの後方へと走り去る。手にしていたダンベルを使おうとするそぶりはまったく見られなかった。

「まさか夫婦で毒蜘蛛を持ち込んでいたとはな。研究が好きか？　実験が好きか？　俺も好きだよ。リンク・ダンチが遺伝子操作で殺人に特化した人間を作ろうなんてもの好きなことを考えなければ、俺は生まれてこなかったんだからな」

ミアに馬乗りになった執行人が楽しそうに言うのが聞こえ、わたしは耳を疑った。

殺人に特化……？　クロム財閥《ざいばつ》はたしかに遺伝子研究の分野でも先駆的な存在で、遺伝子選択の技術開発にも関わっていたはずだ。しかし殺人に特化した人間を作るというのは、受精卵が持つ特性《ネイチャー》を調べるだけではなく、その一部を選んで強化させる技術を研究しているということだろうか。たとえば「残虐《ざんぎゃく》」、「倫理欠如《けつじょ》」、「攻撃」……それともまさか、「殺人」などという恐ろしい特性《ネイチャー》が存在するのだろうか。

執行人が手袋をしたままの手をミアの顔に這《は》わせると、「イイーッ」という恐ろしい悲鳴がホール中に響き渡った。執行人の上半身に遮《さえぎ》られて見えないが、ミアが何をされているのか察した瞬間、わたしは血の気が引いて卒倒しそうになった。執行人は、自分の指をミアの両目にめり込ませているのだ。鷹が蜘蛛と相討ちして死んだのはミアのせいではないが、目に執着するのは鷹を殺されたことに対する意趣返しのつもりだろう。続いてミアの首を捻《ひね》った時、ぴたりとした服の下で人を殺すための筋肉が盛り上がったのがわかった。

これほど凄惨《せいさん》な光景に既視感を覚えるのは、藻洲の首を折った時と同じように執行人が床に伏した獲物の上に乗っているからだろうか。

テグに手を引かれながら、わたしは痙攣《けいれん》する胃と必死に戦った。吐いている場合ではない。とにかく逃げなければ。執行人が、ミアのこともビニールに詰めているうちに。

階段を駆け下りているうちに、吐き気はだんだんと治まってきた。執行人が作られた人間兵器であることをテグにも説明したかったが、遺伝子操作となると内容が難しすぎて、絵で描き表すことはできそうにない。

しかし実のところ、わたしは途中からまったく別のことに気を取られていた。

つないでいるテグの手が異様に熱い。それに暑いわけでもないのに額に汗が滲んでいる。デッキ2まで来たところで足を緩めておでこに手を伸ばすと、テグは驚いたように目を見張った。その目が少しとろんとしているのを見て確信する。やはり熱がある。しかもそれなりに高い。とっさに判断し、今度はわたしがテグを引っぱる形で船員用キッチンへと向かった。今機関室まで下りてしまっては、どこへ行くにも熱のある体で多くの階段を上らねばならない。

考えてみればあんな目に遭って体の抵抗力も落ちていたのだろうし、やはり甲板で夜を明かしたのがよくなかったのだろう。わたしのことなど心配している場合ではなかったのに……。

キッチンの奥の方はポットの湯を撒いたせいで床が濡れている。手前の作業台の脇に有無を言わさずテグを座らせ、思い付きでリネン室でのテグを真似ることにした。台の下の収納部分の扉を開き、中に入っていた調理器具などを次々出して、隣の台の収納スペースの隙間に無理やり押し込んでいく。最後に大鍋《なべ》を出してコンロに乗せると、それなりの広さの空間ができた。多少窮屈だが、これでいざという時にはテグだけでも隠すことができる。

　もう一度おでこに触れようとした時、テグが何気なく右の手首をさすった。まだ痛むのだろうかと巻かれた布に目をやって、わたしは大事な兆候を見落としていた自分の迂闊《うかつ》さに絶句した。汚れているとは思っていたが、これは外側から付いた汚れではなく、内側から滲み出した浸出液だ。見えている左手首の傷が乾いているのであまり気に留めていなかったが、可能性としては充分にありえることだった。

　そっと布を外してみると、悪い想像は当たり、黄色と黄緑色が混ざったような濃厚な膿《うみ》がべったりと傷口の周囲を覆っていた。傷の周りも赤味がかって熱を持っており、手首全体が膨れて、元の太さの二割増しはありそうだ。発熱の原因は、風邪ではなく炎症だった……。

　今思うに、あの手錠は古くはなさそうだがわずかに錆《さび》が浮いていた。それが潮のせいだとしても、傷を付けた物が錆びていたり不潔だったりした場合、傷口から菌が入って炎症を起こすことがある。おそらくテグはシャワーは浴びても、きちんと消毒したりはしなかったのだろう。

　テグは自分が発熱していることに気付いていなかったらしく、しきりと「自分は大丈夫だ」というニュアンスのことを伝えてきた。若い分体力はあるのだろうが、破傷風《はしょうふう》や敗血症を侮《あなど》ってはいけない。船員室のベッドに寝かせてやればいいのだが、ベッド以外に何もない部屋はあまりに無防備だ。薬どころか食べるものすらなく、どう回復を促せばいい？　もどかしさと焦りに苛立《いらだ》ちがつのる。とりあえず、キッチンの隅にまとめてあった空のボトルを水筒代わりにして、水分だけでも多めに摂《と》らせることにした。

執行人はミアの始末がついたらどこに移動するのだろう。どこかの客室かもしれないし、機関室かもしれない。もしくはその都度、こまめに居場所を変えている可能性もある。さっき、すぐ近くにわたしたちもいたことには気付いていたのだろうか。

時間をかけてたっぷり水を飲ませ、時計を見るともうすぐ午後三時になるところだった。まずは傷口をきれいにしよう。衛生室に行ってくると言いたかったが、上手く伝わらないのでざっくり「D3」と表現する。一人で行こうとして強硬に反対され、テグを作業台に押し込めることは諦《あきら》めた。どうやら一緒に行くしかなさそうだ。

たどり着いた衛生室の中は、ひどく荒らされていた。グレッグが倒れた辺りの床の血は何事もなかったように拭き取られていたが、箱や引き出しが乱暴に引っくり返され、流しには何かを燃やしたような跡がある。目ぼしい場所を探してもガーゼや包帯などの衛生用品が見当たらないことからすると、フレイがまとめて燃やしてしまったのかもしれない。薬も消毒も見つけられないまま、途方に暮れた気分でベッドに座らせたテグに目を向けた。

体温計くらいはあってもよさそうなのに……。無駄足だったことに肩を落としかけたところで、ふと思い出したことがあった。屈み込んでベッドの下を覗くと、やはりグレッグが手にしていた酒のボトルが転がっている。こぼれないように引っ張り出して見てみると、アルコール度数は五十七パーセントだった。消毒に使うことはできるだろうか。中身は四分の一ほどしか残っていないが、大事に使えば足りそうだ。

唯一の戦利品とそれぞれの武器を握りしめ、わたしたちは再びデッキ2のキッチンへと戻った。

まずは流しで傷口を丁寧に洗い流す。棚にあった清潔そうな布で膿を拭《ぬぐ》うと嫌な臭いがして、傷の経過が改善に向かっていないらしいことが感覚的にわかった。テグは時折顔をしかめながらも、目を逸《そ》らさずにその様子をじっと見ている。さほど痛そうでないのがむしろ心配だ。我慢しているだけならいいが、神経が正常でないとなると予後の雲行きが一気に怪しくなる。

軽く水分を拭きとりウイスキーの瓶《びん》を指さすと、テグは覚悟はできているとばかりに口元を引き締めて頷いた。水よりアルコールの方がしみるらしく、拳を固く握り、歯を食いしばっている。どうやら痛覚は大丈夫なようだ。ウイスキーを全部使って念のため両方の手首を消毒し、右手にはきれいな布ナプキンを巻き直した。

しかしきっと、これだけでは炎症は治まらない。わたしは自分の頬を軽く叩き、気合を入れ直した。だからこそ、ここに帰ってきたのだ。ある考えを実行に移すために。

塗り薬でも飲み薬でも、とにかく抗生物質が欲しい。そう思った時に頭をよぎったのは、客室の自分のバッグに入ったままになっている常備薬だった。一まとめにした中には鎮痛剤の他に、ひどい風邪をひいた時のための抗生剤も入っていたはずだ。鎮痛剤は解熱剤としても使えるし、危険ではあるがあれを取りに行くしかない。

どうしてわたしはこんなに必死になっているのだろう。ひとつわかるのは、これはテグのためというよりもわたしのためだということだ。独りぼっちでとり残されたくないという気持ちももちろんある。しかしそれ以上に、どうしても彼に生きていてほしいと願っているわたしがいた。彼が選択子《セレクテッド》でないことなど、わたしにとってはどうでもいい。何としても彼と一緒に生き延びたい。それ以外のわたしの望みといえば、彼と言葉を交わすことができたらいいのに、ということくらいだった。

頭の中で計画をまとめ、手順を整理する。まずは薬を取りに行くことをテグに伝えるためにバッグの絵を描き、上の客室を指さした。部屋番号は「７０１５」。「わたしの、バッグ。上の、部屋」。テグは潤んだ目で首を傾げた。続けて薬の絵を描くと、自分のためであることを理解したのか、行かせないというようにわたしの手を摑み、大きく首を振った。抗議のこもった目がキラキラと輝いている。

わたしは仕方なく、自分のお腹を指して顔を盛大にしかめてみせた。「お腹が痛くて我慢できないわ」、というわけだ。テグは半信半疑の顔で、まるでそうすれば痛みの具合が目に見えるとでもいうようにわたしの腹部をじっと見つめる。やはりそうだ。わたしが自分自身のために決めたことなら、テグは頑《かたく》なに止めたりはしないだろうと思った。

ただし、客室かラウンジにフレイがいる可能性が高いとなると、そのまま突入というわけにもいかない。執行人の動きは読めないが、せめてフレイに対してはリスクを回避するための手を尽くすべきだろう。

わたしは先ほど作業台の下から出した物の一つ、水回りに使うのであろう銀色のテープを手に取った。ここがキッチンであることを思えば、多分どこかにゴミ袋もあるはずだ。

場所を移動し、食堂側の六人掛けのテーブルに、近くの船員室から取ってきた毛布を広げた。三枚ある毛布の一枚を芯にして、あとの二枚で何となく人の形を作っていく。頭や肩の感じを出すのは難しかったが、テープで留めたり絞ったりしながら、キッチンにあった手ごろな大きさのボウルやタオルも使うとだいぶそれらしくなった。やはり引き出しにあった薄い水色のビニール袋を被せ、その上からもぐるぐるとテープを巻いていく。テープをほとんど使い切って、最終的に銀色のミイラのような物体が完成した。初めての作業にしてはまあまあの仕上がりで、これなら破って中を見るにもそれなりの時間が掛かりそうだった。

テグは途中から何となくわかったような顔をして見ていたが、わたしは念のために簡単なイラストで流れを説明した。途中で思わず笑ってしまったのは、わたしが描いた漫画のような顔に、テグが「ちょん」と描き足したものがおかしかったからだ。フレイの左眼の下の、小さなほくろ。レーザーで簡単に取ることもできるのだが、彼はそれが完璧すぎる自分に親しみやすさを演出していると信じており、愛着を持っている節があった。

わたしたちは仕上がったミイラを抱えてエントランスホールを目指した。静まり返った空間でついさっきまで生きていたはずのミアがビニールにくるまれているのを目にし、息苦しくなる。今や遺体は上下に二つの列を作っており、メイヴィルとミアの間にはグレッグと鷹のビニールが横たわっている。彼女が死してなお愛する夫の隣に寄り添えなかったことに、かすかな同情の念が湧き上がった。

そそくさと荷物を下ろし、デッキ5までエスカレーターを上る。テグは今のところ一人で歩いてはいるが、足取りが確かとは言い難い。ジムの前の定位置に陣取った時にはだいぶしんどそうで、本当に動けなくなる前に何とかしなくては手遅れになりそうだった。

フレイはそのうちきっと、遺体が増えていないかを確認しにエントランスに現れる。そのタイミングはわからないが、一人でじっとしていることのプレッシャーに耐え兼ねて、動きがないかどうかを見に来るに違いない。そしてあの人形《ひとがた》の毛布を目にして、誰の遺体なのか、正確にはその遺体がわたしであるかどうかを確かめようとする……。フロントにハサミやカッターがないのは確認済みだし、あれだけのテープとビニールを手で引きちぎって顔の部分を開ける時間があれば、その間に狙いをつけたいくつかの物を手に入れることはできるだろう。

スムーズにいくように、頭の中で何度もシミュレーションを繰り返す。ぐずぐずすれば危険だ。失敗したらそれこそ命に関わるかもしれない。わたしは段々と赤味が差してきたテグの顔を見つめ、玉になった汗をそっと拭った。少しずつ、しかし確実に熱が上がってきている。それでもわたしを守ろうとするように周囲に目を光らせる彼を、何としても助けたかった。

どれくらい待っただろう。フレイが姿を見せたのはキッチンでいっぱいにしたはずのボトルが空に近くなってからで、どの時点でそれが目に入ったのか、わたしが足音に気付いた時にはすでにエスカレーターを駆け下りてくるところだった。

「わたしは、行ってくる。あなたは、彼を、見張っていて」

試したわけではないので、猶予《ゆうよ》がどれくらいあるのか正確なところはわからない。できる限り素早く行動するにはむしろ一人の方がいいだろうと、テグには見張り役を割り振ってあった。

テグがしっかり頷いたのを見て安心させるように頬に触れ、静かにその場を離れた。

今やはっとするほど彼が熱いことは、顔には出さないようにしたつもりだった。

客室に入ったわたしは、真っ直ぐ寝室のクローゼットへと向かった。スカートの下に素早くゴルフパンツをはき、大きめのポシェットにバッグから出した薬や包帯代わりになりそうなスカーフなどを突っ込んでいく。リビングに戻り部屋を見回すとティーセットの横にあった果物や菓子はなくなっていたが、そこでグレッグが惺の部屋に行ったと言っていたことを思い出した。

……秘密の蓄え……隠し持っているんじゃないかと……。

わたしは直感に従ってクローゼットに取って返し、ファスナーの口がやけにきっちり閉じられているフレイのジムバッグに手を伸ばした。

——思った通りだわ。

中には見覚えのある焼き菓子や皮が変色しはじめたバナナなどに加え、全員で船を探索した時に回収した缶詰まで隠してあった。ラウンジにすべてを出し合ったふりをして、集めた食料がいよいよ尽きた時のために少量を自分用に隠しておく。いかにもフレイらしいやり方だった。

長居をするつもりのないわたしはポシェットにそれらも詰め込み、ついでにテーブルの上にあったペンとメモ用紙を手に取って出口に向かった（ペンが二本あれば二人同時に描ける！）。

ドアの所まで来て腕を伸ばしかけた時だった。

視線の先でドアノブが回るのが見え、心臓が止まりそうになった。

――――っ⁉　テグ！

大声を出しそうになったのをこらえ、顔を覗かせたテグに怪我がないことを瞬時に確かめる。フレイが戻ってくるのを知らせに来たのかと廊下を覗き見たが、どうもそういうことではないらしい。

安心すると同時に腹が立った。あの場でフレイを見張っていてくれと頼んだのに、ふらつく体でここまで来るなんて。誤解があったのか熱でぼうっとしていたのか知らないが、こんな行き違いがあってはわたしの心臓がもたない。思わず非難めいた目を向けると、テグは戸惑った顔で廊下の方を振り向いた。心細そうな顔を見て、何か事情があって計画を変更したのかもしれないと思い直す。これも彼なりに判断した結果だと気持ちを切り替えて表情を緩めると、テグは目に見えてほっとした。

最後の最後に椅子の背に掛かっていたひざ掛けを引っ掴み、二人揃って部屋を出る。

階段を下りている途中で、エントランスに響き渡った咆哮《ほうこう》がわたしたちの所まで聞こえた。息を弾ませ顔を朱に染めている姿が想像できるような声が、何度も耳に届く。ちらりとわたしを見たテグは何か言いたげではあったが、どうせ言葉にはできないのだ。わたしは知らぬ顔で通すことにし、先を急いだ。

迷った末、わたしたちは今度こそ機関室まで下りることにした。偽の遺体に使ったのが船員室の毛布であることに気付けば、フレイはデッキ2に探しに来るかもしれない。

それでもテグに肩を貸しながらあの狭い通路や階段を下りるのは難しそうなので、仮眠室ではなく中段の最後尾にある発電機の陰に腰を下ろすことにした。ここなら壁を背にして前方の警戒に集中し、身を隠したまま開けた空間に耳を澄ますこともできる。床が硬いので座り心地は悪いが、ひざ掛けを敷けば我慢できないことはない……というか、そう割り切るしかない。

ポシェットから出てきたバナナを見て嬉しそうに目を細めたテグは、それをたった二口で食べてしまった。わずかな食料を数回分に分けては食べた気がしないだろうと、あるものは出し惜しみせずすべてその場で分けて食べた。バナナが二本、オレンジが一つ、マドレーヌやフィナンシェなどの焼き菓子が三つ。サーモンの缶詰は一口だけ食べて、あとはテグに譲った。

わたしは果物ナイフさえあればものの一分でオレンジを立体的な花の形にすることもできるのだが、極度の空腹時に食べ物の美しさなど露ほどの意味もない。しかし何よりも、発熱しているテグに食欲があるということがわたしを安心させた。

抗生剤と鎮痛剤は、それぞれがアルミシート一枚、十錠ずつあった。抗生剤は朝晩の内服で五日分。鎮痛剤は痛みのある時だけ飲み、五時間以上の間隔を空けるように言われていた。途中で補充した水で、まずはテグに一錠ずつ飲ませる。本当は化膿《かのう》止めの軟膏《なんこう》もあればよかったのだが、それはないものねだりというものだろう。

　わたしを指さしたテグが「バッグ」と言いだしたので、数秒考える。

「バッグ？　……わたしの？　もしかして、このポシェットのこと？」

　客室を示す時に絵に描いたバッグは、クローゼットに置いたまま持ってこなかった。

　するとテグは不服そうな顔で薬のシートを手に取り、ずいとわたしの方に差し出した。

「あぁ、わたしも薬を飲めと言ってるのね？」

　たしかに建前としては、「わたしの腹痛のために薬が必要だ」ということにしてあった。

「これは『くすり』。『バッグ』はこれのことよ」

　絵を出して指し示すと、テグは納得した顔で頷き、手元の薬を見つめながら「く、す、り」と呟いた。わたしの伝え方がまずかったのか、あの時に間違って覚えてしまったらしい。

「ペン」

　何かと思ったら、今度はちゃんとわたしが手にしたペンを指している。

「そう、これはペンよ！」

　クイズに正解したような顔で笑い、テグは思い出したように薬を飲めとわたしを急かした。

　口実の通りに鎮痛剤を飲みはしたが、生理痛はいってみれば毎月の恒例イベントのようなものだし、この先テグにどれだけ薬が必要になるかわからない。胃に関していえばすでに痛いところをさらに荒らすことにもなるのだから、この先はなるべく飲まずにいようと思った。

わたしが立ち上がり、汚れた上に大きなかぎ裂きができているスカートを勢いよく脱ぐと、下にゴルフパンツをはいていることを知らなかったテグは目を剝《む》いた。実際のところテグの慌てる顔を見たいといういたずら心が少しばかりあったことはおくびにも出さず、わたしは素知らぬ顔でスカートのポケットをぱんぱんにしていた生理用ナプキンをポシェットに移した。最後に金槌を入れてみると、柄の部分はわずかに飛び出すものの、なんとか収まった。

これでだいぶ動きやすくなった。ひらひらのロングスカートで裾《すそ》を踏まないように気を付けながら逃げるのはそれだけでも不利だ。フレイの好みに合わせてほとんどの服はスカートだったが、念のためにゴルフウェアを持ってきていてよかった。

からかわれたことに気付き抗議の目でこちらを睨んでいるテグに、サプライズで渡したい物があった。部屋からついでに取ってきた小さな箱。彼は喜んでくれるだろうか。

「あなた、二十」とわたしはおもむろに手で示した。おめでとうと拍手をして差し出したプレゼントの中身は、精巧な花の形のチョコレートだ。どうしてもストレスに耐え兼ねた時に密かに食べようと思っていたお気に入りの店の新作で、細長い化粧箱に三つ並んで入っている。

意味を理解したらしいテグは口をあんぐりと開け、それから弾けるような笑顔になった。しかしすぐにその笑みは歪み、立てた膝に隠すように顔を伏せてしまう。次に顔を上げた時には目にうっすらと涙の膜が残っていた。向こう側にあるライトのせいか、黒い瞳が宝石のように輝いている。見つめずにはいられなかった。彼をこの目に焼き付けたい。自分の中に湧き上がった衝動に、わたしは素直に従った。

テグはあの時、腕時計で日付を確かめた。もしも手錠で拘束されている間に二十歳の誕生日を迎えていたのだとしたら、それは何と悲しいことだろう。本当なら家族か友人か、はたまた恋人か、大切な誰かに一緒に祝ってほしかったに違いない。だから今、こうして思いがけず小さな祝福を受けてこんなはずではなかったという思いがこみ上げたとしても、それはちっとも不思議ではない。それでもテグはけなげに笑顔を作り、感謝を伝えるようにわたしに頷いた。

「食べて」と勧めると、テグは指でつまみ上げたチョコレートを大事そうに眺めてから、ゆっくりと口に入れた。甘美な美味しさを味わうようにうっとりと目を閉じる。しかし彼は、次に手に取ったものを自分ではなくわたしの口元へ差し出した。

「あら、わたしが食べていいの？」

わたしが自分を指さすと、頷いて口を大きく開けてみせる。指示に従って口を開くと、幸せがそっと口の中に入ってきた。ああ、この甘さ。もはや懐かしい気すらする。

なんて美味しいのだろうと目を細め、二人で笑う。すぐに食べ切ってしまってはもったいないと思ったのかテグは最後の一つを残して箱の蓋《ふた》を閉めかけたが、思い直したのかもう一度開けてわたしに差し出した。

「いいのよ、あなたへの贈り物だもの、あなたが食べて」

確かにお腹が満たされたというのにはほど遠い。しかし三つのうちの二つをわたしが食べてしまってはせっかくのプレゼントの意味がない。首を振って断ると、しばらく迷ったような顔をしていたテグは複雑な形のチョコレートを器用に横の歯で割り、手元に残った半分をわたしの口へと運んだ。

一つの物をこんなふうに誰かと分け合って食べたことはない。他の男性にされたのなら決して受け付けなかっただろうが、わたしは少しの嫌悪感もなくテグが齧《かじ》ったチョコレートを口に入れた。同じものを同じように味わいながら、テグが眩しそうな目でこちらを見ている。だからそんなふうに見つめられたら勘違いしてしまうというのに。わたしは知らぬふりで遠くを見つめた。思わせぶりな態度は罪だ。特にわたしなど、男性に対してあまり免疫がないのだから。

名残り惜しい思いで甘みが消えるのを感じていると、テグが横に傾けた顔の下で両手を合わせた。わたしを指さし、目をつむってみせる仕草からすると「寝ろ」と言っているのかもしれない。続いて自分と、自分の二つの目を示す。「僕」、「見る」……あぁ、「自分が見張っているから、その間に寝るといい」と言ってくれているのか。睡眠をとる必要があるのはもちろん彼の方だ。優しさはありがたいが、元気になってもらわねばわたしも困る。

「わたし、眠く、ない。わたしが、見てるから、あなたが、寝て」

一度彼のことも立たせて、広げ直したひざ掛けの隅にわたしが座ると、一瞬だけ考えた顔をしたテグは素直に頷いて横になった。毛布のように大きくはないので体を丸めないとはみだしてしまう。「ポシェットを、枕にする？」と訊いてみたが、首を振ったテグは腕を枕にしてもぞもぞと体勢を整えた。少しでもゆっくり休ませたいのなら、どこかで毛布も調達するべきだっただろうか。後悔しかけているわたしの袖を引き、いつの間にかこちらを見上げていたテグが口の前で小さく手を動かす。上目遣いがおねだりの色を宿していることに気付き、わたしは訊いた。

「何？　眠るまで何か話してくれって言ってるの？」

何と言われているかもわからないだろうに、テグはコクコクと頷いた。あんな素敵な子守唄を聴いて育つと、甘え上手になるのだろうか。わたしはそんなテグを見て可愛いと思ったし、男性に対してこんなふうに感じたのも初めてだった。

「言っておくけど歌は無理よ、あなたみたいに素敵に歌えないもの。でもお話でいいなら、子守唄のお礼に聞かせてあげる」

承諾が伝わったのか、嬉しそうに笑ったテグは今度こそ安心したように目をつむった。

さて、何の話にしよう。かすみ草の街のことでもいいのだが、わたしが一番優しくて幸せな気持ちになれる話をした方が、声のトーンが子守唄に近くなるかもしれない。

「わたしの親友のライラはね……」

そう、彼女の話ならいくらでもできる。そしてきっと、優しい声になる。

「ある時お兄さまの学校の鞄《かばん》に、こっそり自分のぬいぐるみを入れたの。キーホルダーみたいに小さな、可愛らしい白熊だった。美術を専攻していたお兄さまは、それを見つけるとその日の課題だった『家族』の油絵にその白熊の絵を描いた。タイトルは『妹』。その絵がね、なんと半年後のコンクールで入賞したのよ。『妹』なのに白熊。絵がお上手だったから、ぬいぐるみを描いたんだってことは一目でわかるのだけれど、それでもその白熊はどこかライラに似ていたわ。わたしも、絵がおうちに戻ってきてから見せてもらったの。見せてもらったというか、ライラはその絵をわたしに見せたくて仕方なかったから、ほとんど絵の前に引きずっていかれたような感じだったけど。きっと本当に嬉しくて、自慢だったのね。その絵からは何というか、お兄さまが心からライラを愛《いと》しんでいらっしゃるのがとても伝わってきて……」

寝息を立てはじめたテグの前髪が、汗でおでこに張り付いている。わたしが小指の先でそっとはがすとテグは一瞬ピクリとしたが、閉じたまぶたの下で眼球が震えるように動いただけで、すぐにまた寝息が聞こえはじめた。

この髪も、少しカットすれば見違えるほど垢抜《あか》けるだろうに。今まできちんとセットしたことなどないのかもしれない。彼がスーツで着飾っているところを想像し、わたしは束の間楽しんだ。はっきりした顔だちは、意外とフォーマルスーツに映える気がする。

しかしすぐに、そんなものは必要ないと思い直した。

彼はきっと、ピカピカの革靴よりも、丈夫で動きやすいブーツを選ぶだろう。

DAY4
HUNTING
AREA

ガクンと頭が揺れ、いつの間にか自分がまどろんでいたことに気が付いた。日の光が届かない機関室には昼も夜もなく、どんよりと塗り込められたような空気の中で静かに座っていると波のように眠気が押し寄せてくる。いけない、気をつけなくては。

薬によって解熱したのか、隣で眠っているテグは多少楽になったように見えた。時計は六時四十五分を指している。一瞬考え、まだよく働かない頭で朝だと結論づける。額に手を当てて熱が下がったのを確かめていると、起こしてしまったらしく、テグが瞬《まばた》きしてこちらを見た。

「手首は？　痛い？」

問いかけのジェスチャーに首を振る。顔色が戻っただけでなく目つきもだいぶしっかりしたようで、これならなんとか大丈夫だろうと思えた。

見張りを交代してわたしを寝かせてくれるつもりらしいが、実際のところわたしは役目を果たさずに眠ってしまったし、もう朝なのを知ったらさっきまでの眠気も覚めてしまった。

「いいのよ。わたしも寝ちゃったの。それより朝の分の薬を飲みましょう」

納得していない顔のテグに薬と水を差しだすと、それでもおとなしく口にした。

抗生剤はなくなるまで時間ごとに飲ませるとして、鎮痛剤は次回から様子を見て決めることにしよう。熱や痛みでぼんやりしていては命がいくつあっても足りないが、薬の数にも限りがある。

喉《のど》が渇いていたのか、薬を飲んだついでにテグがゴクゴクと喉を鳴らすと、ボトルはあっという間に空になった。ここから一番近い水道はどこだろう。機関室は上のデッキと比べてどこに何があるかわかりづらい。もしやと思って空のボトルを振ってみせると、テグは軽い調子で頷《うなず》いて右舷《うげん》の先を指さした。

――空間記憶能力――。

わたしは確信した。ここまで迷いなく即答できるということは、やはりテグは機関室内のかなり詳細な配置までが頭に入っている。手を貸そうとしたわたしを両手で制し、テグは数時間前までふらついていたのが嘘《うそ》のように頼もしい動作で立ち上がった。対してわたしの方はすっかりおばあさんになってしまったようだ。お尻が痛い。腰が痛い。背中も首も痛い。柔らかなベッドで体を伸ばして眠る幸せが、わたしの元に戻ることはあるのだろうか。

流しがあったのは、タワーのような主機関を挟んで工作室とは反対側にあたるエリアだった。

小さな蛇口《じゃぐち》を閉め、通路に向き直った時だった。どこからかかすかな音が聞こえ、わたしたちは同時に動きを止めた。すぐ近くというほどではないが、そう遠くもない。武器を握りしめて複雑な形の機械を回り込むと、曲者《くせもの》の正体は小さなネズミだった。

こんなに新しい船にネズミがいるとは考えにくい。何よりそのネズミは真っ白で、見るからに実験用のマウスのようだった。ミアは言っていなかったが、メイヴィルは毒の研究のために、蜘蛛《くも》だけでなく被検体としてのマウスも持ち込んでいたのかもしれない。

脅かさないでよ……。こちらを見もせずに走り去っていく後ろ姿を、ため息とともに見送る。

二人で顔を見合わせた瞬間、重たい物が空を切る鋭い音が聞こえた。振り向く間もなくテグが体勢を崩し、その手を離れたスパナが床に落ちる。

背丈ほどもある機械の後ろから飛び出してきたフレイが、テグに殴りかかったのだ。手にしているのはミアが持っていたようなゴルフクラブで、脳天への直撃は免《まぬが》れたものの、避けきれなかったヘッドの端が顔に当たったようだった。よろけたテグは床に手をついて体を支えるのがやっとで、反撃しようにもスパナは機械の下にすべり込んでしまった。

「テグ！」

悲鳴に反応したテグが顔を上げた。右眉の上辺りから出血しており、目の周りや頰《ほお》を血に赤く染めながらも果敢な顔でフレイを睨《にら》みつける。

「よく仕込まれた闘犬みたいな顔しやがって。この短期間でどう躾《しつ》けたんだ？」

「やめて！」

ゴルフクラブを握り直したフレイはわたしが二人の間に入ったのを見て鼻で嗤《わら》い、手の中の金槌《かなづち》を見てもう一度嗤った。暗く翳《かげ》った目には溢《あふ》れんばかりの憎悪が見て取れる。

「あの毛布はお前がやったのか？　俺の反応は楽しめたか？」

あの人形《ひとがた》のことだ。わたしは見ていなかったが、やはりフレイは顔の部分を開けて確かめたのだろう。人の形をしたただの毛布と同じく、わたしたちも偽物の夫婦でしかなかったというのに。

「どうしてなんだ。俺は完璧な夫だっただろう？　あんなに大事にしてやったのに」

哀れな男だ。自分が演じていた「妻を愛する夫」の役に酔いしれて、現実との境目が曖《あい》昧《まい》になっている。しかしもうどうだっていい。今さら何を変えることもできないのだから。

「いいさ。そんな男をかばうなら、お望み通りお前も殺してやるよ。そうとも、俺の妻が俺を捨てて非選択子《ノンセレクテッド》を選ぶなんてことがあっていいはずがない。いっそ潔《いさぎよ》く死んでくれ」

反抗的な態度を崩さないわたしにフレイはようやく本心を口にする気になったようだが、わたしはそこでふと、ある異変に気が付いた。

「――フレイ、あなた薬を……？」

グレッグを殺した時もすでに狂気じみた顔をしていたが、今やはっきりと目つきがおかしかった。何というか……瞳孔《どうこう》が異様に開いているような気がする。

「よくわかったな。お前にやられた肩が痛むんで、グレッグの荷物を漁《あさ》ったんだ。あいつはやっぱり持ってたよ。妻同伴の旅行にアンプルまで持ち込むなんて、呆《あき》れた奴だよな」

アンプルということは注射するタイプの薬なのかもしれない。興奮作用が鎮痛剤代わりになるのか、わたしが椅子《いす》で殴った右肩にもまったくダメージを感じさせず、爛々《らんらん》と目を輝かせて仁王《におう》立《だ》ちするフレイの姿はどこか破滅的なオーラすらまとっていた。

「信じがたいよ、妻が夫を殴るとは。あんまりがっかりさせるなよ、このクソアマが！」

叫んだ口から唾《つば》が飛ぶ。醜《みにく》くむき出しになった歯がてらてらと濡れているのを見て、この人の前歯はこんなに大きかったろうか、と場違いなことを思う。

「近寄らないで」

掴《つか》みかかろうとするフレイに向かって振り回した金槌が近くの配管に当たった。甲高い金属音に続いて蒸気が漏《も》れるような小さな音が聞こえ、一瞬そちらに気を取られたフレイの頭にとっさに狙いを定める。しかし勢いよく振り下ろしたはずの金槌は、二センチほど手前で呪いにでもかかっているかのようにピタリと止まってしまった。

「…………っ」

「無理だろう？　人の頭をかち割るなんてこと、お前にできるわけがないんだ」

フレイが口の端を歪めて笑う。確かにわたしにはできそうにない。しかし。

「……できることもあるわ」

言い終わる前に素早く身を屈め、わたしはフレイの左膝《ひざ》に金槌を叩きつけた。もんどりうって膝を抱えるフレイを尻目に、まだ床に手をついているテグを立たせる。

わたしの人生が今までこんな男と共にあったのは、ある意味それに抵抗しなかった自分のせいかもしれない。しかしこの男の手によって人生の幕を閉じることまでは、絶対に許せない。

走り出して間もなく、今までに感じたことのない衝撃が背中を襲った。投げられたゴルフクラブが当たったのだと理解した時には、肩甲骨《けんこうこつ》の間で爆弾が弾けたような激しい痛みに突き倒されるようにして床に転がっていた。息が吸えないことにパニックを起こしかけたが、わたしを支えて覗《のぞ》き込んだテグの動きが思ったよりしっかりしていることに勇気づけられ、何とか冷静さを取り戻す。

頷くわたしを見て息を吐いたテグは、手の甲で目元を拭《ぬぐ》い、しきりと瞬きした。傷口から流れた血が目に入り、視界が曇《くも》るのかもしれない。傷を見てあげたかったが、後ろから迫ってくる気配に振り向いたわたしは恐怖のあまり声にならない悲鳴を上げた。

金槌で膝を殴られて、あんなふうに走れるものだろうか。手加減をしたつもりはない。もう追ってこられないよう、膝の骨を叩き割ったつもりだったのに。

わたしにつられて後ろを向いたテグだったが、拳《こぶし》を振ったのはフレイより先だった。片目で目測を誤ったのか顔面を狙ったらしい拳が側頭部に当たる。一瞬だけフレイの動きが止まり、さらに殴ろうとしたところで手首を摑まれた。テグは体ごと飛び込むようにしてフレイを押し倒し、下になったフレイが力任せに上下を入れ替えると、今度はテグがフレイの体に足を巻き付けて反動で体勢を入れ替えた。

ようやく起き上がることができたわたしはテグに加勢しようとし、そこで初めて金槌がないことに気が付いた。ついさっき、テグに手を貸す時にポシェットに突っ込んだつもりだったのに。それればかりか、かき回したポシェットの中からは水を補充したばかりのボトルまで消えていた。そういえばポシェットの蓋《ふた》をきちんと閉めた記憶がない。倒れ込んだ拍子に落としてしまったのかと足元を見回すが、機械の下にでも入り込んでしまったのか、金槌はどこにも見当たらない。

通路脇の小型の機械の上にはニョキニョキと無数のパイプが伸びており、切株に生えたきのこのように、その先端には大小のハンドルが付いている。フレイが体を起こそうとハンドルの一つに手を掛けた時、思いがけずポロリとそれが外れた。輪切りにしたオレンジのような形のハンドルが長い指に引っかかっているのを見て、わたしは夢中で飛びつき、感覚的な直感に従って関節と反対側にねじり上げた。木の枝が折れるような乾いた音が聞こえ、フレイが「ぬぉぉ」と声を上げる。「梃子《てこ》の原理」という言葉が頭に浮かんだのは、テグと駆け出した後のことだった。

船首寄りの階段を一気に下段まで駆け下りると、テグは瑕疵《かし》を探す設計者のように冷静な目で機関室の中を見回した。右手を胸に抱えるようにして追ってくるフレイの体が不均衡《ふきんこう》に傾《かし》いでいるのは、階段を下りる動作が膝に負担をかけるからかもしれない。

「マイラ！」

わたしを呼んだテグが小さな扉を指さした。確かあそこは……。以前目にした表示を思い出し、テグの意図を理解する。機関室の最深部にいるクルーが浸水や火災から速やかに避難するために設けられている、縦型のエスケープトンネル。あそこなら、指の骨が折れたフレイにはきっと追ってこられないだろう。

背中を押されるようにしてわたしからトンネルに入ると、中には想像した通り竪坑《たてこう》のように上に向かって伸びる穴と梯子《はしご》があった。すぐ後ろにあるテグの顔を振り返り、傷からの出血が止まっていることを確かめる。これなら片目しか見えずに梯子を掴みそこねるということもなさそうだ。すれ違うことが想定されていない狭い空間でひたすら手と足を上へと繰り出すが、ゴルフクラブが直撃した背中の痛みに加え、慣れない動きに腕も太腿《ふともも》もすぐに悲鳴を上げはじめ、出口までの距離は実際の何倍もあるように感じられた。

ようやく上段にたどり着いたわたしたちは、眼下を覗いて想定外の光景に目を瞠《みは》った。息を荒げたフレイの、右手の中指と薬指はありえない方向に曲がっている。しかしそんなことはお構いなしに他の指だけで梯子を握って登ってくるフレイの顔は、まるで自分の優勢を確信しているかのように笑っていた。フレイが使った薬には、副作用として向精神的な効き目があるのかもしれない。そうとでも思わなければ到底納得がいかなかった。

上がってこられるわけがないと半ば油断していただけに、わたしはフレイの異様な様子と力強い動きにショックを受けた。テグも信じられないという顔で首を振ったが、気を取り直したようにわたしの手を取ると、大樹のようにそびえ立つ太い排気管群の間を縫うように走り出した。扉をくぐって出てきたフレイは怪我をしているとは思えないスピードで、わたしたちがどこに身を潜めても執拗《しつよう》に迫ってくる。もはや薬が五感まで研《と》ぎ澄ましているとしか思えなかった。

このまま逃げ回っていてもきりがないと思ったのか、通路で唐突に足を止めたテグがくるりとフレイに向き直った。わたしも隣で身構えはしたものの、今のフレイにどうすれば対抗できるのか見当もつかない。しかも驚いたことにフレイは手ぶらではなく、いつどこで見つけたのか変形させたワイヤーハンガーのようなものを手にしていた。いびつに広がる穴を見て恐ろしい想像が浮かぶ。もしやフレイは、あの穴にわたしかテグの頭を通すつもりなのではないだろうか。そのまま首を引っ張られでもしたら……とさらに想像しかけ、ぞっとしてやめた。

ハンガーの存在に気付いていたのか、落ち着き払った顔でわたしを後ろに下がらせたテグはあまり驚いているようには見えなかった。それどころか、フレイを手招きする仕草は挑発以外の何物でもない。

売られた喧嘩《けんか》は買うとばかりにフレイが突っ込んでくると、テグはタイミングを計っていたようにさっと横合いに手を伸ばし、流しの前に置かれていた小型の室内物干しを投げつけた。軍手を落としながら宙を飛んだ金属製のフレームがフレイの頭部に命中し、まさにわたしが想像していたようにフレイの首にぶら下がる。干されていたしわくちゃのタオルに目元を覆《おお》われたフレイが大きく腕を振り回すと、ハンガーが機械に当たって硬い音を立てた。

駆け寄って物干しを掴もうとしたテグの手を振りほどき、フレイが大きく後ろへのけ反《ぞ》る。しかしたたらを踏みながら後ずさった体は、手すりで止まるには勢いがありすぎた。そのまま手すりを越えて姿が見えなくなり、数秒の後に重たく鈍い音と金属音が続けざまに響く。

手すりに駆け寄って目にしたのは、七、八メートルはありそうな吹き抜けの一番下で体の右側を下にしたままピクリともしないフレイだった。落ちた時に外れたらしく、物干しはフレイの傍《かたわ》らに投げ出されている。

――死んだのだ。歪みきった自分だけの世界でわたしを支配していた男が、その世界もろとも消え去ったのだ。

作り物のように動かなくなったフレイを見ながら、彼がこんなふうになってしまったことにも何か原因があったのだろうかと考える。まだ結婚して間もない頃、気が向いてキッチンに立ち、珍しく鼻歌を歌っているところにふらりとフレイが現れたことがあった。出かけているものとばかり思っていたわたしはとてつもなくばつの悪い思いをしたが、あの瞬間、笑いをかみ殺している彼の目の奥にかすかな温《ぬく》もりを見た気がした。彼だって、この世に生まれ落ちた時からこんな人間だったわけではない。素晴らしい特性《ネイチャー》に恵まれて誕生した、まっさらな可能性の塊《かたまり》だったはずなのだ。

目も口もからからになるばかりで涙は出なかった。テグは過呼吸気味になっているわたしをぎゅっと抱きしめてくれたが、小さな声で何かを呟《つぶや》くと、すぐにわたしの手を引いた。


これだけの騒ぎを起こしたのだから、とりあえずこの場所から離れた方がいい。そう判断したのか、テグは機関室の出口に向かっているようだった。もう二人しか残っていない以上、執行人は全力でわたしたちを仕留めに来るに違いない。

わたしは途中でテグに合図し、工作室に寄ることを提案した。二人とも武器を失った今、新たなものを調達する必要がある。しかし工作室の入り口まで来て、わたしたちは激しい後悔に苛《さいな》まれることになった。装飾品のように部屋中に並んでいたはずの道具が消えている。サイズ別に壁に掛かっていたスパナも、籠《かご》に無造作に積まれていたペンチも。

一つでも二つでも、せめて別の場所に保管しておけばよかった。今さら言っても遅いが、まさかこの部屋にあったあれだけの道具を執行人が片付けるとは思わなかった。甲板《かんぱん》まで持ち出して海に捨てるのは相当な重労働だ。袋か箱にまとめてどこか目につかない場所に隠したのだろうが、今のわたしたちにそれを探している余裕はない。

どこまで周到なのだろう。それとも気付かれないようにわたしたちのことを見張っていて、ここから武器を調達したことも知っているのだろうか。わたしは思わず監視カメラを探して周囲を見回したが、それらしいものは見当たらなかった。

執行人が飛びぬけているのは、圧倒的な殺人スキルだけではない。フレイに殺されたグレッグを同じようにビニールで包んだり、鷹《たか》や蜘蛛まで整然とあの場に並べたり。計画への執着、執拗なまでの完璧主義は、几帳面《きちょうめん》を通り越して病的なプライドと執念を思わせる。遺伝子操作で作られた者の思考回路は、やはり普通の人間とは違うのかもしれない……。

頼りにしていた工作室の武器を丸ごと失ったショックは大きかったが、ここでじっとしているわけにもいかない。落胆《らくたん》する気持ちを抑えてテグと目を見交わし、とりあえず階段に向かって引き返す。元よりわたしたちの間に言葉による会話はないが、重たい沈黙は突きつけられた現実に対する互いの内心を物語っているようだった。

だんだんと、テグの右の瞼《まぶた》が腫《は》れてきていた。切り傷があるのは眉の上辺りだが、打撲《だぼく》としてはもっと広範囲なのだろう。出血が止まっても内出血が下がってきている感じで、見た目の印象としてはむしろ悪化している。視野も狭くなっているに違いないが、それでもゴルフクラブが目を直撃しなかっただけ運が良かったのだと思う。

自分たちとの攻防によって直接的な死人が出たことをテグがどう感じているのか、その表情からはわからない。張り詰めた顔で黙々と階段を上ったテグは、デッキ2まで来ると通りかかったドアにつっかえ棒をしてみたり、船員室のベッドに膨らみを作ったりしはじめた。おそらく意味ありげな小細工で少しでも執行人の目を引き付けて、時間を稼ごうとしているのだろう。執行人が罠を仕掛けている可能性を思えばあまり多くの物に手を触れるのは不安だが、その前提は頭にあるのか、テグは物を動かす前にその周囲をよく確認しているようだ。意識さえしていれば、きっとテグはわたしより早く罠に気付く。彼の目がいいことは、すでに実証済みなのだから。

思うに彼の能力や戦略には、視覚優位的な傾向があるのではないだろうか。見たものを記憶したり、視線を意識してカムフラージュしたり。わたしも自分にできることをしようと、近くにあったテレビで適当な映画を再生し、小声の会話に聞こえるように音量を調節した。

時間をかけていられないので一つ一つの内容は単純で粗雑だが、その場その場で思いつくことをし、目に付いた窓の鍵を開けながらデッキ3、デッキ4と移動していく。昨日から降り続いているのか、今日も雨を落とす空はどんよりと暗く、空気もひんやりとしているようだ。

エントランスホールを横切る時、ついにフレイもここに加わるのだという考えが頭の隅《すみ》をかすめた。惺《せい》、藻洲《もず》、イエリー、メイヴィル、グレッグ、ミア、そしてフレイ。頭を振って、後に続きそうになる悪いイメージを打ち消す。違う。わたしとテグはあそこには並ばない。

　甲板へ出るための出入り口で、わたしはついに防犯ブザーを仕掛けることにした。もう他の乗客に遠慮する必要もない。左右二つある出入り口のうちフロントに近い左舷側に決め、付近の機器から外したコードを紐《ひも》代わりにして、人が通れるギリギリの幅なら大丈夫だが大きく扉を開くと鳴るようにセッティングした。するとここで一つ、思いがけないギフトがわたしたちを待っていた。脇に片付けられた「現在出入り禁止」の立て看板の後ろに、口をきつく結んだビニール袋が押し込まれていたのだ。見つけた時、わたしはそれをゴミだと思った。しかし素通りしようとして視界をかすめた文字の一部に足を止め、すぐに引き返した。油性ペンで殴り書きされていたのは、「ミセスバローへ」。そしてミセスバローとは、紛れもなくわたしのことだった。

　わたしたちはその後、デッキ6の船首寄りにある客室のうち、間取りが大きな一つに隠れることにした。デッキ7はすべての部屋が広い分、間の通路が直線になっており見通しがよすぎる。その点一番部屋数が多いデッキ6は左舷と右舷に寄せた様々な大きさの客室の間にサロンやバーなどがあるので、通路も途中で曲がっており、変則的な形をしていた。

　とりあえずの拠点を決めたはいいが、一斉解除仕様のせいで鍵はかけられない。すべての電子ロックを解除したまま、執行人は悠々自適《ゆうゆうじてき》に行きたい場所に出入りして狩りができるというわけだ。逃走経路を探して奥の寝室のベランダから下を覗くと、デッキ5のベランダからは主甲板に直接出られる外階段が伸びていた。先ほどよりも強くなった雨脚《あまあし》があっという間にテグの髪を濡らす。また熱が上がったりしては困るので、慌ててテグを室内に引っ張り込み、即席のロープにするシーツを結ぶのを手伝ってもらうことにした。

寝室は仕切り壁によってリビングとの間を三分の二ほど塞がれており、入り口からは死角になっているが、当然こちらからも向こうを見ることはできない。真新しいドアは軋《きし》むこともなく、執行人は気配を消すことに慣れているはずだ。わたしは部屋を眺めて、使えるものがないかと考えた。じっと耳を澄まし続けて神経を擦り減らすのは賢明とは思えないし、集中力もずっとは続かない。防犯ブザーはもう手元にないけれど、何か代わりになるものが欲しかった。

思い立ってクローゼットを開けたわたしをテグが物問い顔で見ている。数種類用意されている枕の中から小さなビーズが詰まっているものを選び、わたしは布の端を歯で裂いて中身を出した。絨毯《じゅうたん》のない部分に撒いて踏んでみるとジャリッと音がする。白い粒はアイボリーの床と同化してぱっと見は目立たないし、場合によってはすべって転ぶことも期待できるかもしれない。何もないよりはましだと自分に言い聞かせ、入り口付近に控えめに撒いておくことにした。

ベッドの陰《かげ》に座り込んでから、わたしは甲板で見つけたビニール袋を取り出した。中に入っていたのはシリアルバーが四本と、高カロリーゼリーが三つ。書かれた宛名を見た瞬間に、きっとあのクルーだと思った。公語を話せる、若い非選択子《ノンセレクテッド》。部屋を出る時、彼は最後に振り返り、「すみません、ミセスバロー」と呟いた。せいぜい食事三回分ほどのチップがこうして現物になって戻ってきたことに、わたしは小さく笑った。

思いがけず手に入れた貴重な食料を分け合って食べる。少々味気ない気はするが、胃が受け付けないかもしれないことを思えば、軽く口にできるものでちょうどよかったのかもしれない。

空っぽだった胃に食べ物を入れて小一時間が経《た》つと、気が抜けてしまったのかぼんやりしてきた。ここでこうしていることが、何だか夢のように思えてくる。

器用さで親に褒められた記憶はほとんどない。子どもの頃に工作作品展で金賞を取った時も、母は「だって、そういう特性《ネイチャー》でしょう」と言って冷ややかな態度を崩さなかった。しかし今、心から思う。あの時テグを見つけて、その手錠を外してあげることができたのが器用さのおかげなら、わたしの特性《ネイチャー》が「器用」でよかった。

気が付くと、隣に座るテグと互いの小指が触れていた。かすかに感じるこの温もりを、今やわたしはすっかり心の拠《よ》り所にしている。そして……なぜだろう。テグがその指先に意識を集中しているのが、はっきりとわかった。べつに手を重ねたりしているわけではないけれど、わたしたちはどちらもその指を動かすことができないでいる。

逃げる時に手を繋《つな》いだのは、そうする必要があったから。そっと抱きしめてくれたのは、わたしが泣いていたから。こんな弟がいたらと思っていたテグがいつの間にかこちらをじっと見つめているのを感じて、わたしは激しく動揺した。これではまるで、恋愛小説のワンシーンのようではないか。彼は本当に、いったいどういうつもりでこんなふうに真っ直ぐ異性を見るのだろう。フレイといて、こんなふうに胸が高鳴ったことはない。初夜の晩ですら胸の中にあったのは覚悟と諦《あきら》めだけだった。こんな時はどうすればいいのだろう。頬が熱くなっていることを、テグに気付かれたくなかった。

わたしは意味もなく咳《せき》払いをし、首を揺すって顔にかかっていた髪を払った。落ち着こう。きっと思い違いだ。漂う雰囲気が甘く濃密な気がするのは、きっとわたしの勘違いだ。テグにしてみれば、わたしはきっととんでもない女だろう。月経血を流しながら泣き笑い、結婚指輪を海に投げ捨て、夫を椅子や金槌で殴った上にその彼が目の前で死んでも自分だけは生き残ろうとしている。こんな女に誰が特別な感情を抱く？　手錠を外してくれた女性と行動を共にしているうちに仲間意識が芽生えただけ。こんな時に甘美な幻想に浸るなんて、どうかしている。

わたしがもぞもぞと両腕を自分の体に回すと、テグもようやく視線を外した。

もしも二人とも生き延びることができたら。かすみ草の街にそっくりでなくても、あの家を出てどこか遠くの小さな村で静かに暮らせるなら。彼の言葉を学んでみるのもいい、と思った。
テグが再びわたしに視線を向けた時、ずっと聞こえていた雨音に交じって、入り口の方から小さな音がした。

わたしたちは顔を見合わせ、開けてあった窓から忍び足で出ると順番にベランダの手すりを乗り越えた。執行人がリビングを探っているうちに階下に下りられれば、うまくすれば今の今までこの部屋にいたことすら気付かれずに済むかもしれない。ロープ代わりのシーツを両足で挟み、少しずつずり落ちるようにして下りる。先に下りたテグが両手で支えてくれたので何とか静かに着地することができた。雨粒が跳ね返る外階段を慎重に下り、鍵を開けてあったレストランの窓から再び船内に入ると、どちらからともなくクロスの掛かったテーブルを指さしてその下に潜り込んだ。追われていないと確信が持てるまで、しばらくじっとしていた方がいい。雨風が窓ガラスを叩く物悲しい音だけが静けさを埋めるように辺りに響く。

先ほど耳にした「ジャリ」という音が、耳の底にこびりついている。ついに執行人がわたしたちに肉薄しつつあるのだと思うと、それだけで胃が縮み上がるような気がした。

人を殺すために作られた存在と、真っ向から戦って勝てるはずがない。相手は俊敏で力が強く、容赦《ようしゃ》も躊躇《ためら》いもない殺人兵器なのだ。逃げ惑う以外にできることはないが、このままだんだんと追い詰められていったら……。

小さく屈んだ体勢で向き合っているテグがわたしの手を取り、目が合うと口の両端を上げてひとつ頷いた。きっとわたしがよほど不安そうな顔をしていたのだろう。そうね、という意味を込めて頷き返す。

「わたしたちは絶対に死なない。生き残る」

胸の中だけでなく、声に出して言ってみる。言霊《ことだま》というものがあるなら信じたかった。

しばらく経ってもレストランは静まり返ったままだった。ようやくテーブルの下から這《は》い出したわたしたちはそれぞれに体を伸ばし、互いの体調をうかがい合った。今のところ発熱はしていないようだが、テグの頬にはかすかな赤味が差しているようにも見える。水分を補給するついでにこの辺で鎮痛剤を飲ませておいた方がいいかもしれない。

ボトルは失くしてしまったが、厨房《ちゅうぼう》の方に回ると棚には磨き込まれたグラスが売るほどあった。ふと目に入ったグラタン皿が、まるでこの客船のように見える。幾重にも重なる、細長い楕円《だえん》形。しかしどれだけ見つめたところで、自分たちがこの船を降りる脱出口は見えてこない。

武器になるものがないかと引き出しを開けかけたわたしは、その直前で動きを止めた。薬を飲み終えてグラスを置いたテグも、そんなわたしを見て表情を引き締める。

わたしたちはさっき、窓が大きく室内に入りやすかったという理由でここに入った。しかしある意味、ここは「一番危険な場所」なのかもしれない。

　執行人はわたしたちが空腹に苦しんでいることを百も承知で、ここはレストランだ。実際一度は食料を求めてここを目指したわけだし、フレイも来ていたのだと思う。あの時、フレイがどれほど辺りを探ったかは知らないが、わたしが執行人だったらここを放ってはおかない。

　心を落ち着け、執行人の思考をたどろうと試みる。真っ先に罠を仕掛けるとしたらやはりここだろう。しかし逆に、本当に罠があるのなら執行人は頻回《ひんかい》にここに来る必要がない。ならば、罠にさえかからなければ……。やめておけと直感が告げていた。これ以上ここにいない方がいい。少なくとも、ここの物にはこれ以上何一つ手を触れるべきではない。

　別の場所に移動しようとテグに伝えたところで、何かに乗り上げたように船が大きく揺れ、テーブルの方から立て続けに派手な音がした。もちろん厨房でも様々な物が音を立てたが、こちらは元々割れ物をたくさん保管しているので棚の扉などが簡単に開かない仕様になっているらしい。流しの縁から手を離したわたしたちは、出口へ向かうために再び客席に足を踏み入れた。

　テーブル自体は固定されているようだが、花瓶《かびん》やトレー、乗客の誰かが出しっぱなしにしたらしいカップなどが床にすべり落ちており、椅子も動いている。そういえば少し前から船の揺れを感じてはいた。天候が悪化し、波が大きくなってきているのかもしれない。

ほんの一瞬、雨音が大きくなった気がした。嫌な予感を抑え込みながら気のせいだろうかと耳を澄ましたのとほぼ同時に、テグが床に落ちていた燭台《しょくだい》を拾い上げて素早く窓の方へ投げた。まさかと思ったがわたしが見た時には、すでにそれを避けた執行人がこちらへ来ようとしていた。驚いた拍子に濡れた靴底がすべり、バランスを崩して膝を床に打ちつける。テグがわたしの肘《ひじ》をとっさに摑んでくれなかったら、思い切り転んでいたかもしれない。

全身を、神経を焦《こ》がすような恐怖が駆け抜けた。もしもこのまま追いつかれてしまえば、わたしの人生はここで終わってしまう。わたしの首をへし折るのに、あの男は一、二秒しかかけないだろう。

震えそうな足に力を込めて立ち上がり、手に触れたテーブルクロスを無我夢中で引き剝がす。後ろ手に放りながら駆け出すと、ほんの数秒後に執行人がそれを踏んだのが足音でわかった。しかしわたしの思惑通りにはいかず、執行人はつまずきも転びもしなかった。

レストランを飛び出したわたしたちは、エスカレーターの手前にある中央階段を駆け上がった。

手を繫いでいるせいで、少なくともテグは遅くなっている。そう感じたわたしは、手をほどいてテグを前に押し出した。テグは何かを叫んだが足を止めるわけにもいかず、踊り場で折り返す度《たび》にわたしと執行人との距離を確かめるようにこちらを見る。足の筋肉が早くも音《ね》を上げ、息が上がる。心の中で自分に言う。がんばって、がんばって……辛くても、苦しくても、死ぬよりはましなのだから！

　デッキ7でそれまでの階段が終わってしまうと、客室の間に伸びる見通しのいい通路を進むしかなくなった。直線を追われるプレッシャーに圧《お》し潰されそうになりながら、配置の変わる階段を目で探す。デッキ8は前方のプールと後方のミニゴルフコースをガラス張りの連絡通路が繋いでおり、それぞれのエリアに上がる階段が四、五カ所ほどあるはずだった。

　わたしたちが見つけたままに飛びついたのはやや船尾寄りに位置するらせん階段で、上がりきって左に進めばミニゴルフのコース、右に進めば連絡通路の入り口という場所だった。いずれにしてもここが最上階なので、次はそれぞれの先にある下りの階段に逃げ込むことになるだろう。どこかで執行人の視界から外れたいが、隠れるにしても今はあまりに距離が近すぎる。

　執行人は常人離れしたしなやかな動きで、いつの間にかすぐ後ろまできていた。このままではもう、いつ追いつかれてもおかしくない。わたしは駆けながら再び自分に言い聞かせた。余計なことは考えるな。足を動かすことに集中しろ。しかし階段の終わりに差し掛かったところで、わたしは取り返しのつかないミスを犯した。

　先を行っていたテグが左に曲がった瞬間、左後方から何かが迫ってくる気配を感じた。

執行人が何かを投げたのかもしれないが、あっと思った時には、わたしの体は無意識にそれを避けて右に動いてしまっていた。勢いを殺せず、そのまま右へと突き進む。二つのトップデッキを繋ぐ連絡通路に足を踏み入れ、それに気付いたテグと互いに振り向いた時には、執行人が二人のちょうど真ん中で息を弾ませていた。

ほんの一瞬、空気を読み合うように三人の動きが止まった。

非力な女に、瞼を腫らした男。テグの右目の視界はすでに半分くらいしかなさそうだ。

どちらから片付けるべきか見定める殺しのプロは、マスクの穴から覗く唇に笑みを浮かべている。

——既視感……。

すぐに前を向き、全力で走るべきだ。頭の中ではそう声がしているのに、足は固まってしまったように動かない。視線の先で、意を決したテグが執行人に飛びつこうとするのと、選定を終えた執行人がこちらへ向かって駆け出すのがほぼ同時に見えた。スタートの合図に反応したように再び走りだしたわたしを追う執行人は、連絡通路に入ってすぐの所にあるボタンのようなものをカチャン、と押したようだった。

ウィーンという音と大きな物が動く気配に、わたしは思わず体ごと振り返った。

上から下りてきたのは金属製の……シャッター？　防火扉の意味合いがあるのか、その板によって連絡通路の中と外が仕切られていく。駆けてきたテグは執行人に腹を蹴《け》り飛ばされ、立ち上がろうとする姿はシャッターに遮《さえぎ》られて見えなくなった。向こう側からは開けられないのか、シャッターを叩く音とわたしを呼ぶ声が大きく響く。執行人が悠然《ゆうぜん》とわたしに向き直り、その黒い瞳にしっかりと捉《とら》えられたのがわかった。

ひとたび足を止めた逃亡者に機動力はない。身を翻《ひるがえ》したのも束の間、通路の中ほどまでもたどり着けずに後ろ髪を引っ摑まれる。執行人はよろめいたわたしを横手のガラス壁に叩きつけ、腕を後ろに捻《ひね》り上げた。口から細い悲鳴が漏れる。

再び髪を摑まれ、顔を打ちつけられるものと覚悟して目を閉じたが、執行人はわたしを引きずるようにして船首側に行き、反対側のシャッターも同じように閉めた。これで前後が塞がり、誰にも邪魔をされない密室が完成したというわけだ。わたしは体を壁に押し付けられたまま、首を捻って男の顔を睨みつけた。連絡通路は天井部分も透明だが、雨雲と降りしきる雨とで空は塗り潰されている。それでも照明がついているおかげで周囲の様子はよく見えた。

――執行人の……瞳……唇……。

首に向かって伸びてきた手を、思い切り嚙《か》んだ。自分の体重のすべてを歯に込めるつもりで。手袋の上から男の指を嚙みちぎるつもりで。苦痛の呻《うめ》き声を上げた執行人が手を引くと、わたしの口には手袋だけが残った。それを吐き捨て、乱れた呼吸を整える。

舌打ちをした執行人がむき出しになった手を確かめた。残念ながら手袋のせいで血も出ていなかったが、よほど腹が立ったのか、次に手が伸びてきたのはわたしの目だった。エントランスで見たミアの姿が脳裏をよぎる。

「藻洲、やめて！」

思わず叫ぶとマスクの穴から覗く眼が丸くなり、男が手を止めた。にわかには信じ難いことだが、わたしは今、紛れもない証拠を目にしたところだった。男の唇が、嬉《うれ》しそうにゆっくりと弧を描く。

「藻洲……。どういうことなの？」

問いかけながらも、腑《ふ》に落ちたことがいくつかあった。全員殺すつもりの執行人が、なぜスキーマスクで顔を隠す必要があったのか。一人にならない方がいいに決まっている状況で、なぜイエリーはみんなから離れたのか。

グレッグが言っていた。「トイレに行った後から、イエリーの様子がおかしくなった」と。おそらくはそこに「あの死体は僕じゃない」「生き残る方法があるが、あと一人しか助けられない」というような内容のメモでも置いたのだろう。そして遠くから顔を見せて手招きでもすれば、彼女なら嬉々《きき》としてついていったに違いない。死んだと思っていた藻洲が生きていたことの意外性は、何か突拍子もない突破法があるのだと信じさせるのに一役買ったはずだ。

「『どういうこと』っていうのは、どうして君をこんなに後まで残しておいたのかってことかい？　言っただろう。君は僕のお気に入りなんだ」

わたしが聞きたかった答えではないが、その発言で濃厚な疑いは完全な事実となった。

――人を見る目はあるんだよ。仕事でいろんな人に接してきたからね――。

「それにしてもよくわかったな、さすがは君だよ。さて、最後の乗客にばれたとあればもうこんなものに意味はないわけだ」

スキーマスクを剝《は》ぎ取り、藻洲はすっきりしたとでも言いたげな顔で頭を左右に振った。

執行人が藻洲であることを確信したのは、親指の付け根にあるほくろを目にした時だ。

目の下のほくろを描き足され、フレイの絵がまぎれもなくフレイになったのと同じように、手袋を外した右手に見えた大きなほくろは男が藻洲であることを端的に証明していた。声も耳にしていたはずだが、藻洲でいる間は黒龍人《こくりゅうじん》独特の訛《なま》りをあえて強調していたのか、話し方がまったく違うのでわからなかった。それでも何となく感じた既視感は、無意識に共通するものを男に感じ取っていたからかもしれない。

「それにしてもまさか、旦那《だんな》じゃない男を相棒にするとは意外だったよ。あいつの姿が船底から消えてた時は本当に驚いた。そもそもあれも、君の仕業だろう？　困るなぁ、途中で犯人に仕立て上げて、乗客を混乱させたらおもしろいだろうと思ってたのに」

言葉のわりには楽しそうに目を輝かせている。捻り上げられた腕が痛くてたまらないが、辛そうな顔を見せたところで命乞いが通じるわけでもなさそうなのでぐっとこらえる。

「あなただと思われていた遺体は、黒龍人のクルーね？」

藻洲が話をしていたクルーは、思い返せば年齢だけでなく体格や顔つきもよく似通っていた。きっと替え玉にするためにあらかじめ仕込んであったに違いない。藻洲の服を着て、目玉を失くした状態でビニールにくるまれてしまえば、たった数日間の付き合いのわたしたちには見分けがつかない。まさか別人なわけがないという思い込みもあっただろう。

「ここまできても謎解きがしたいのかい？　君には敵《かな》わないな。ご推察の通りだよ」

「惺はなぜあなたと船に乗ったの？」

「彼女は自分があちこちで恨みを買っていることを自覚していた。そして夫役に優秀な傭《よう》兵《へい》を雇うほどには賢かったが、まさか自分の護衛がミスターダンチに送り込まれた殺し屋だとは想像できなかったようだね」

わたしをお気に入りだと言ったのは、もしかすると本当なのかもしれない。絶対に始末できる自信があるからこそ警戒する必要もないのだろうが、彼がわたしとのおしゃべりを楽しんでいるのなら、わたしとしても望むところだ。

「君は本当にタフな娘だ。もしかして、『不屈の精神』なんて特性《ネイチャー》があるのかい？」

「そういうあなたこそ、遺伝子操作で『無慈悲』っていう特性《ネイチャー》でも手に入れたの？」

「おや、遺伝子操作のことまで知ってるのか。じゃあ、この計画が僕の『パフォーマンステスト』だってことも知ってるのかな？」

「……パフォーマンス……テスト？」

「『特別な傭兵』の市場価値が思ったよりも高そうだから、閉鎖空間でいろいろな条件をつけたデータを集めたいんだそうだ。殺しの対象として気に入らない者を集めたようだが、君は実のところただの人数合わせだから、ミスターダンチは名前すら知らないと思うよ」

馬鹿《ばか》にしている。人の命を、人生を奪うのに、「ただの人数合わせ」だなんて。

くくっ、と笑った執行人は意外なことを口走った。

「君が予想を裏切って楽しませてくれたお礼に、一緒にいる男が何者なのかも教えてやろうか？　命を預け合ってる割には彼のことを何も知らないだろう？」

「教えて、親切な殺人鬼さん。彼は何者なの？」

心の奥底で長年縮こまっていた勝気なわたしが、今やむくむくと表面に出てきて表情を形作っているのを感じる。

「あいつはペルサスの片田舎からサースシティの造船所にいるはずの父親をはるばる探しに来たんだよ。何でも母親が急死したのに連絡がつかないことに業《ごう》を煮やして直接迎えに来たって話だ。言葉も通じないのに、ご苦労なことだな」

ペルサスはボナゴースよりさらに南に下った辺境だ。どうりで耳にしたことのない言語だと思った。しかしそれよりも、今の話で気になったことがあった。

「連絡がつかない、って……」

「親父の方は公語ができた。作業中に余計なことを聞いて正義感に駆り立てられた馬鹿な男だったが、ビニール袋でギフト包装にしなくていいだけ楽だったよ。突然現れた息子にしても、中央公使館で騒ぎたてたりしなければ死なずに済んだのに。愚《おろ》かさってのは遺伝するのかい？　遺伝子操作で取り除くことはできないのかな？」

そうだったのか。初めて会った時、テグが肩を震わせて泣いていた姿を思い出す。母親が亡くなり、探しに来た父親もすでに……。彼の素直さを思えば、両親との関係もわたしとは違ったはずだ。きっと血の通った、温かい家族だったのだろう。

「その場で殺してもよかったんだが、始末はこっちでつけるって約束で譲り受けて、わざわざ生かしたまま連れてきたんだ。誰かさんのせいでお楽しみは台無しになってしまったけどね」

いたずらを叱る優しい教師のような声音《こわね》だが、丸い眼の奥底が冷たく光って見える。

「さてと。そういうことで、仕事はぬかりなく、きっちり全《まっと》うしないと」

執行人は自分の方に向き直らせたわたしの喉に今度は用心深く前腕を押し付け、愉快そうに目を覗き込んできた。「首の骨を折るのと窒息《ちっそく》だったら、どっちがいい？」

押さえ込まれた首を左右に振ろうとしたが、余計に苦しくなっただけだった。咳《せ》き込みたくてもそのための息が充分に吸えず、涙で視界が滲《にじ》む。

「君と過ごした時間は本当に楽しかったよ。名残惜しい気もするが、僕も疲れてるし、これ以上掃除をさせられるのはごめんなんだ。まったくこの団体さんときたら、どいつもこいつも滅茶苦茶だからな。ただでさえ『銃を使うな』だの『船を汚すな』だの、面倒な注文がたくさんついてるっていうのに」

わたしの疑問を読み取ったように、執行人が続けた。

「なんで汚したくないかって？　もちろん痕跡《こんせき》を残すなという要望に応《こた》えられるかのテストを兼ねてるからさ。それにこの船は、孫娘への誕生日プレゼントなんだ」

完全にどうかしている。さんざん人を殺した船を孫娘に贈るだなんて。

「さて、君の度胸に免じて選ばせてやろうと思ったが、今すぐ答えてくれないならこのまもれなく窒息だ」

首に両手が掛かると、あっという間に頭が不快な熱さに濁った。力を入れても爪を立てても、執行人の手は外れない。遠のきかける意識の向こうに、ふと草の匂いを感じた気がした。

――かすみ草の街？　ライラったら、わたしが来るのをそこでずっと待っていたの……？

陽光に輝く谷川、朝露に濡れる野菜、搾《しぼ》りたての牛乳。憧《あこが》れていたものたちが頭の中をせわしなく回っている。人々の飾り気のない笑顔や、腹の底から響く笑い声。何もかもが本当に素敵で、早くその仲間に入りたいと心から思った。

現実ではないものを見ている目を閉じかけたその時、ぼやけた視界の端にテグの姿が飛び込んできた。雨に濡れてひどくすべるに違いない天井部分のガラスの上を、何度も体勢を崩しながらこちらへ駆けてくる。船が揺れるたびにテグが進む方向もジグザクと曲がり、危なっかしいことこの上ない。あそこから落ちたら、運が悪ければデッキ4の甲板に叩きつけられるかもしれない。そこまでいったいどれくらいの落差があるのか想像もつかなかった。

雨に歪むガラスの向こうに必死の形相が見える。そんなに一生懸命になってくれるのは、わたしのためなの……？　霞《かす》んでいく意識の中で淡い喜びを噛みしめた瞬間だった。

テグが手にしていた消火器を足元に叩きつけ、音に気付いた執行人が頭上を振り仰いだ。ガラス張りだと思っていたものは実際にはガラスではないらしく、透明な厚みは割れるどころかひびが入る気配もない。しかしそれでも、わたしの闘志を目覚めさせるには充分だった。

上に気を取られた執行人の首を引き寄せるようにして、力一杯頭を振った。捨て身の頭突きが相手の鼻を直撃した感触があったが、同時に眉間《みけん》の辺りに鋭い痛みが走る。どうやら前歯が当たったようだ。執行人の苦悶《くもん》に歪んだ顔からは鼻血が出ており、わたしの顔にもそれとは別の生暖かいものが流れている。体をかわして逃げようとしたが、怒りに燃えた執行人は足をかけるようにしてわたしを床に叩きつけた。左肩を強打し、痛みに息が詰まる。

服を摑まれ、鼻血を流したままの執行人が覆いかぶさってきたが、それでも何とか、伸びてきた手と差し違えるようにして右手を執行人の目に伸ばした。目を狙うのは何も、この男の専売特許というわけではない。指先が目玉の粘膜の湿り気を掠《かす》め、避けようとした執行人が体をのけ反らせる。思わず目を閉じた執行人の股間《こかん》に、今度はがむしゃらな膝蹴りを入れた。自分の中にこんなに攻撃的な一面が眠っていようとは、これまでの人生で想像したこともなかった。

くそっ、と呻いた執行人がうずくまっている間に、わたしは何とか立ち上がって船首側のボタンに駆け寄った。外からは開けられなくても、内側からなら開けられるはずだ。赤と青の二つのボタンが並んでいる。「注意！　非常時以外は……」注意書きなどどうでもいい。ようやく欲しい情報を読み取り、青を押す。シャッターが音を立て、腹立たしいほどゆっくりと上がりだした。しかし下から伸びてきた手にポシェットを引っ張られ、わたしは再びひっくり返った。勢いのままに頭を打ち付け、閉じた目の中で光がチカチカと瞬《また》く。どこからかテグの声が聞こえるが、その場所もよくわからない。

起き上がるために床に両手をつきかけ、左肩に走った痛みに悲鳴を上げた。どうやら先ほど強打した時に肩を脱臼《だっきゅう》したらしい。前の時と同じ、左側。一度脱臼すると再発しやすいというのは本当だったのだ。どちらにしても、まずい。左腕がまったく動かない。

わたしが右腕だけで体を起こそうとしている間に、執行人は早くもボタンに向かっていた。駄目だ、また閉められてしまう。必死で伸ばした右腕は執行人に届かない。めまいがして、距離が正確に推し量れなくなっている。

すると執行人がボタンに触れる寸前、やっと少しだけ開いたシャッターと床の隙間《すきま》からすべり込んできたテグが、先ほどは役に立たなかった消火器を投擲《とうてき》した。下からの投擲は威力を発揮するのには不利に思えたが、無防備な腰にもろに重い塊を受けた執行人は意表をつかれてよろめいた。気付いた時には、わたしはテグによってシャッターの外に押し出されていた。

体を入れ替えるようにして放たれた短い一言は、おそらく「行け！」だ。


揺れる視界のまま階段の前で振り返ると、テグが連絡通路の向こうで反対側のシャッターを開けているところだった。それを追う執行人の背中には怒りのオーラが吹き上げていて、今度こそ先にテグを始末するつもりなのがひしひしと伝わってきた。肩がこんな状態では彼の足を引っ張るだけかもしれないが、どこかで武器を調達して合流しなくては。わたしたちは素手では、そしてどちらか一人ではあの男に敵わない。

もつれる足で階段を下りる。どこに行く？　どうするべきなのだろう？　急がないと手遅れになる。テグがあいつに殺されてしまう。デッキ7の廊下をうろうろと走りながら、気ばかりが急いて完全に空回りしている自分を感じる。アドレナリンが出ているせいか、脱臼の痛みのことは忘れていた。

　展望ラウンジの入り口が見えてきたところで、足元に転がっているものに気付いたわたしは悲鳴を呑《の》み込み飛びのいた。ネズミの死骸《しがい》だ。機関室にいたものと同じように真っ白だが、あの時見たものより少し大きいかもしれない。動かない体は丸めた濡れ雑巾のように湿り気を感じさせ、開いた口からは泡混じりの涎《よだれ》を垂らしている。こんなに新しい船でも殺鼠剤《さっそ》を設置しているのだろうか。不気味な姿に寒気を覚え、執行人が今にもこの死骸を回収しに現れるような気がして辺りを見回したが、しんと静かな廊下に人の気配はなかった。

　結局何も見つけられないまま廊下の端まで来てしまい、さらに階段を下りた。何かないのか、何か……。デッキ6の廊下に視線を投げると、こぢんまりとしたバーの入り口が目についた。ラウンジにもワインやブランデー、シャンパンなどの各種アルコールは揃《そろ》っていたが、あそこはどちらかというと社交的な意味合いが強いので、静かに飲みたい人はこちらのバーを訪れるのだろう。思いついたことがあり中に入ったわたしは、カウンター下の引き出しに想像通りの物を見つけ、大事にポシェットにしまった。テグに合流したいが、どこに行ったのかわからない。不安が膨らみ、焦りに胸が締め付けられる。

　テグの姿を探しながらデッキ5まで下りた時、ふいに目の前が暗くなり、息が苦しくなった。吸っても吸っても酸素が足りない。肺が空気を取り込めていないのか、脳に酸素が届いていないだけか。もしかするとこんなに意識が朦朧《もうろう》とするのは、頭を強く打った影響なのかもしれない。頭は重いのに体がふわふわして、周囲の重力がどうにかしてしまったようだ。

右手で手すりにしがみつき廊下の壁に背中を預けると、意識しないようにしていた疲れや痛みまでがどっと押し寄せてきた。いろいろなところが痛むが、中でも焼け付くように胃が痛いのは、ストレスで穴でも開いてしまったのだろうか。深呼吸を繰り返して視界に明るさが戻っても、床が平らに感じられず、手足に力が入らない。自分で思っていたよりも、全身を蝕《むしば》むダメージは深いのかもしれなかった。

――しっかりして！　テグを探すのよ！

朦朧《もうろう》としたまま周囲を見やると、右舷側の窓の外の、明るい朱色が目に付いた。廊下からは短い通路を通って直接ベランダに出られるようになっており、そこにある救命ボートの鮮やかな救難色がわたしの目を引いたのだ。四艘《そう》のうち三艘は海に流されてしまったはずなので、これはきっとミアが底にひびを入れたという一艘なのだろう。

テグがなんとか執行人を振り切って、ここに身を潜めているということはないだろうか。

連絡通路を出る時、テグはわたしとは反対の船尾側に向かっていた。わたしがデッキ7を船尾側に向かってうろうろしていた時にはすでに二人の気配はなかったから、きっとデッキ7より下へも船尾寄りにある階段のどれかを使って下りたはずだ。だとしたら、テグはこの近くを通ったかもしれない。そしてずっと走って逃げ続けるよりは、隙があればどこかに隠れようとしたかもしれない。

見るだけ見てみようとベランダに出て、ふらふらした足取りで手すりに併設されたステップを上る。一段上るごとに大きく喘《あえ》ぎ、奥歯を噛みしめて気合を入れ直さなければならなかった。救命ボートの側面にあるハッチ型のドアを片手で開けるのに難儀し、痛い方の左肩をぶつけて激痛に意識が飛びかけた。それでもなんとか入り口をまたいだ時には、冷や汗がこめかみを伝っていた。

前に八人で来た時にはちらりと覗いただけだったが、こうして改めて見ると数十人は乗れそうな広さがある。壁に沿う形でぐるりと配置されたシートに、テグの姿はなかった。

体の向きを変えようとした時だった。しばらく前から聞こえていた耳鳴りが辺りを覆うような大音量になり、目の前が突然、真っ暗になった。

滝壺《たきつぼ》に水が落ちる音が聞こえる。清らかというには激しく、周囲を圧倒する迫力がある。滝の裏、水の向こう側には一人の女性が立っている。わたしに卵子をくれた、もう一人の母親だ。お母さまが「卵子提供者」と怖い顔で呼ぶこともある、わたしの遺伝学上の母。写真を見せてもらったことがないので顔は知らない。今なら見られるのではと期待するが、水の層が邪魔をしてよく見えない。ぼんやりとした輪郭《りんかく》に優しい女性の顔を想像しようとするけれど、その顔はどうしても見知ったお母さまのそれと重なってきてしまう。わたしはただ、正真正銘《しょうしんしょうめい》の血を分けた娘として愛されたかっただけ。他の皆は普通に叶えていることなのに！

わたしのことを、宝物だと言ったじゃない。世界で一番大切だと言ってくれたじゃない。わたしが初めてお腹の中で動いた時のことを、はっきり覚えていると……。

「お母さま……」

身体《からだ》がピクリと跳ねた瞬間、はっと気が付いた。聞こえていたのは滝ではなく、救命ボートに叩きつける雨の音だったようだ。どうやらドア枠をまたいだ格好で意識を失い、そのまま内部に転がり込んだらしい。気絶していたのはほんのわずかな間だという気がするものの、確信が持てない。時計を見ると四時半近かったが、そもそも倒れ込んだ時間がわからなかった。

息は普通にできている。頭も……どうやら大丈夫だ。

テグは……テグは、まだ無事だろうか。自分がこうしている間にテグの身に何かあったら……。

激しい恐怖に、今さらのように自分の中で青年の存在が大きくなっていたことに気付く。

お願い、どうか生きていて！　わたしに引き換えにできるものがあるなら、何を差し出しても構わない。体を突き抜けるような感情にいてもたってもいられなくなる。一度でも恋をした経験があったなら、これがそうなのかどうか、はっきりとわかったのだろうか。

体を起こそうと傍《かたわ》らのシートに右手をかけると、指先がシートベルトに触れた。

そうか……。今できる一番有意義なことに思い至ったわたしは、そのままがばっと起き上がり、辺りを見回した。左肩がこんな状態である限り、今のわたしでは執行人を道連れにすることすらできない。しかしわたしは、この状況を脱却する方法を知っているのだ。

左の手首にシートベルトを三重に巻き付ける。できるだろうか。いや、やるしかない。

まだ少しぼうっとしていて自分の判断力に自信が持てなかったが、失敗という言葉は頭になかった。今使えるようにならないのなら、この左腕を使う機会などきっともうこない。

右足をシートにかける。たしかあの時、整形外科の医師はわたしをベッドに座らせたまま腕を持ち上げ、そっと前に引くようにした。勢いは必要ない。ほんの少しずつ、右足に力を込める。大事なのは肩の力を抜くことだ。角度はこんな感じだったろうか。緊張のせいかうっすらとした吐き気を感じる。大きく息を吸い、唇を噛む。大丈夫だ、前の整復の時だって、絶叫するような痛みがあったわけではない。

腕が引っ張られ、肩に徐々にテンションがかかっていく。右足にイメージの七割がたの力を込めた時点で、ふいに引っかかりがとれるような「カコン」という感触があり、嘘のように痛みが消えた。左腕にも通常の感覚が戻っている。

安堵《あんど》と気が抜けたのが半々のような気持ちで手首のシートベルトを外していると、ドアの脇にこのボートの着水手順がイラスト付きで表示されているのが見えた。ドアが密封されてさえいれば中からでも外からでも本船からの離脱操作ができるらしいが、実際にやるとなったらなかなかの大仕事だ。この慣れない作業を一人で何度もやりきったということにミアの執念を見たような気がした。そういえば、ミアが言っていた「底のひび」とはどの程度のものなのだろう。船底に目をやると、なるほど細いがはっきりとした亀裂《きれつ》が走っている。どんなに小さなひびであっても、そこから浸水するのであれば船としては使い物にならない。もしもテグを助け出すことができたとしても、このボートで一緒に脱出するのはやはり不可能だ。

それにしても、何を使ってこの硬くて頑丈そうな船体にひびを入れたのだろうと考え、彼女が手にしていたゴルフクラブを思い出す。そうか、あれで……。天井の低いこの船内であのクラブを振り回すのは大変だったろうに。

そんなことを思った時、わたしの中にそれまではまったくなかった考えが突如《とつじょ》として浮かび上がった。――メイヴィルの頭部の陥没――この団体さんは滅茶苦茶――もう掃除はごめんだ――。

――まさか。フレイがグレッグを殺したように、ミアが…………。

ぞっとして、思わず両腕で体を抱いた。使えるようになった左手が右腕をきつく摑む。

とにかくここから出よう。頭の中はぐちゃぐちゃだが、優先順位だけははっきりしている。

何としてでもテグを見つける。そう自分に言い聞かせ、わたしは腕をほどいた。

本船のベランダへ下り立った瞬間、目の前で化け物が自分を見つめていることに気付き、危うく悲鳴を上げそうになった。後ずさって手すりに背中をぶつけたところで、向こうも腰を抜かしそうな顔をしていることに気付く。見覚えのある髪型に服装……。何のことはない、顔に血を付けた自分自身が窓ガラスに映っているだけだ。それでも手の震えは止まらず、心臓は早鐘のように激しく打っている。ほっとしてみれば馬鹿馬鹿しいが、一度落ち着いた方がよさそうだった。わたしは近くの客室で水を飲み、すっかり渇いた血を洗い流した。

廊下に出るとすぐ、今度は視界の隅で何かが動いた気がした。配置されているものからして、ガラスや鏡の反射ではなさそうだ。先ほどよりは冷静に右側の飾り台を目でなぞると、貴婦人の彫像の足元にいるのはオレンジと黒の脚《あし》を持つ蜘蛛だった。その姿を認めた瞬間、自分の血の気が引いたのがはっきりわかった。手を伸ばせばぎりぎり届くほどの距離。凍り付くわたしをよそに、縞《しま》模様の脚をうごめかせた蜘蛛は彫像の裏側へ回り込み見えなくなった。

どう見ても船員用キッチンで見たのと同じものだ。鷹と相討ちになって死んだのではなかったか？　だからこそミアはあんなに残念がって……。

突然頭に浮かんだ真相に、殴られたような衝撃を受ける。あの時ミアは、「本当に残念」の後にこう言った。「産卵させて、増やしたかったのに」……。持ち込まれた毒蜘蛛はつがいだったのだ。もう一匹いるなどとは思ってもみなかったが、確かに「一匹だけ」だと聞いた覚えもない。死んでいたネズミ、きっとあれも殺鼠剤にやられたのではないのだろう。

どこに行った……？　確かめることもできるが、このままやり過ごせるならその方がいい。しかしそう決めて足を踏み出した瞬間、それこそ息が止まるほど驚く羽目になった。何かがぴょんと飛んできたと思ったら、自分の腕に乗っているのはまさにその毒蜘蛛だったのだ。わたしは反射的に目をつむり、悲鳴を上げながらがむしゃらに腕を振り回した。あまりの恐怖に皮膚《ひふ》にある穴という穴が開き、汗なのかもわからない何かがどっと噴き出すのを感じる。

嚙まれたのだろうか。わからない。そっと目を開けると蜘蛛はまるで元からそこにいたように足元でじっとしていて、わたしのことを真っ直ぐに見上げているように見えた。

毒がどういう症状を伴《ともな》って全身に回るのかは知らないが、とりあえず今はどこも痛くないし苦しくもない。まだだ。襲われたのだとしても、主観的な感覚としては、わたしはまだやられていない……。

貴婦人の像は台座にしっかりと固定されていたが、作者の名前が刻まれたはめ込み式の金属プレートは簡単に引き抜くことができた。わたしは二十センチほどのプレートを握りしめ、神様ではなくライラに祈った。お願い、ライラ。力を貸して！　海はいよいよ荒れているらしく、船が大きく揺れる。不安にかられる頭の中に、優しい返事が聞こえた気がした。

――マイラ、あなたならできるわよ。

わたしは意識してゆっくりと身を屈めた。強く握ったプレートの角が掌《てのひら》に食い込むのを感じる。この蜘蛛と反射神経で勝負するには、体の一部のように小回りの利く武器を、素早く正確に動かさなければならない。そしてもう一つ、どんなに怖くても、大事な瞬間に決して目を閉じてはいけない。蜘蛛はまだその場にじっとしていたが、威嚇《いかく》のつもりか予備動作なのか、体の割に太い脚を上げたり下げたりしている。

勝負を賭《か》けた一瞬だった。プレートを叩きつけた次の瞬間、ぴょんと跳ねた蜘蛛はわたしの手からわずか数センチの所にいた。そしてそれを目で追っていたわたしも、すでに次の動きに入っていた。それなりの大きさのものを踏み潰した感触。靴の下から、縞模様の脚が三本、先端を覗かせている。

――もう嫌だ。もう嫌だ。もう嫌だ。

勝利に酔えるような気持ちではなかった。過度な緊張と入れ替わるように、なぜこんな目に遭《あ》わなければならないのかという思いがこみ上げてくる。顔をくしゃくしゃにして泣きながら、わたしはどこにいるかわからないテグの名を何度も呼んだ。

何もかも放り出して、安全な自分の部屋の、身体に馴染《なじ》んだベッドで丸くなって眠りたい。しかしそれよりも……他の何よりも……テグに会いたい。何としてでも、テグを探し出して助けなければ。

ふらつきながらその場を離れたわたしは、床にプレートを放り出し、客室のドア枠に何度も靴の裏を擦《こす》りつけた。手の甲で涙を拭き、呼吸を整える。

まだ速い鼓動が、耳の奥で脈打っているような気がした。

甲高い警報音が鳴り響いたのは、わたしが「虫も殺せないマイラ」を卒業してすぐだった。

一瞬パニックを起こしかけたが、すぐに一つの可能性に思い至り、左舷の客室に飛び込んでベランダから下の甲板を見下ろした。死角が多く人の姿は見えないが、それでもきっと、間違いない。室内というより外から聞こえてくるこの音は、わたしが自らの手で仕掛けた防犯ブザーの音だ。始まりと同様にその音が唐突に止んだ時、わたしはすでに走り出していた。

――ブザーを鳴らしたのは、テグか執行人のどちらかだ。

エスカレーターを転ばないぎりぎりのスピードで駆け下り、甲板を目指す。今も体のあちこちが痛いが、左手でも手すりに摑まれるというだけのことが思いのほか心強い。

ようやくデッキ4にたどり着くと、思った通りブザーを仕掛けてあったドアが大きく開いていた。甲板に出て左右を見渡すが、やはり人影は見当たらない。

横殴りの雨が不規則なリズムで風に躍《おど》り、強くなったり弱くなったりしている。いつの間にここまで天気が荒れたのか、暴力的な風に煽《あお》られて真っ直ぐ立つこともままならず、濡れた体からは容赦なく体温が奪われていく。あっという間に全身に鳥肌が立ち、体幹が波打つようにぶるりと震えが走った。

――テグ、どこなの⁉

覗き見た備品置き場にもその姿はなかった。嵐の様相を呈《てい》する空の下、打ち寄せる波に船体も大きく揺れるが、神経が張り詰めているせいか酔いは感じない。風と揺れに阻《はば》まれて思うように動けず、壁にすがるようにして見渡すと、甲板の最後部にようやく探していたものを見つけた。

二人分のシルエットが、紗幕《しやまく》のような雨の霞《かすみ》の中で激しく揉《も》み合っている。ひっきりなしに雨が目に入り、天気がいい日にはデッキチェアが並べられていたスペースで絡まり合う二つの輪郭は、目を凝《こ》らしてもどちらがどちらか判別するのがやっとだった。耳元では風が凶暴な唸《うな》りを上げている。ここから叫んだとしても声は届きはしないだろう。

そちらへ踏み出そうとした時だった。蹴られた腹を抱えるように体を折ったテグの後頭部に、執行人が固く組んだ両手の拳を振り下ろしたように見えた。

――テグ！

倒れ込んだまま動かないテグに向かって、執行人が腰を屈めようとしている。首を折られたら一発でアウトだ。今すぐ何とかしたいが、無計画に突っ込んでいって間に合うとも思えない。

この時わたしの内に湧き上がったエネルギーと集中力を、いったい何と表現すればいいのだろう。周囲の音が遠ざかり、つい先ほど目にしたものが理屈を超えて頭の中で像を結んだ。

備品置き場の箱に立てられた、日除けのパラソルに手を伸ばす。再び二人の姿を視界に捉えた時には、執行人はすでにテグの首に両手をかけ、体重をかけているように見えた。

間に合わなかったのか⁉　思わず息を呑んだ口に雨が入って咳き込みそうになったが、それでも構わず、両腕にありったけの力を込める。

いっぱいまで広げたパラソルはかじかんだ手から一瞬でもぎ取られ、突風に突き飛ばされるようにしてしゃがんだわたしはそのままの体勢で行方を見守った。パラソルは執行人目がけて吸い込まれるように飛んでいき、その勢いをまともに顔にくらった執行人も大きくのけ反って吹っ飛んだ。船尾の手すりに叩きつけられた体が、反動で大きく弾んだのがわかった。

パラソルはそのまま風下の虚空に引き寄せられるようにして消えたが、執行人は手すりに繋がれたグレッグのロードバイクに引っ掛かるようにして止まった。潮風で錆《さ》びるぞとフレイが笑っていた高級ロードバイクが、悪運の強い殺し屋を海に落とさず船上に留めたのだった。

頭を打って、脳震盪《のうしんとう》でも起こしたのかもしれない。見れば執行人はその場にひっくり返ったまま意識を失っているようだった。わたしは風圧を避けるために手足で這うように甲板の上を進み、雨に打たれるテグの顔を覗き込んだ。

――息をしてない……息をしてない！

わたしの絶叫は荒れ狂う風と雨の狭間で空気を切り裂いた。

一足遅かったのだ。わたしがぐずぐずしていたせいで、もっと早く見つけられなかったせいで、テグを助けられなかった。自分自身への怒りで頭の中が燃えているようだった。煮えたぎるマグマが理性の欠片《かけら》まで燃やし尽くし、ドロドロの残骸《ざんがい》は殺意となって視界の隅にいる男に向けられた。まだ気を失っている男。今ならこの手であの男を殺せるだろう。

しかしそれより先に、テグの体を海に放り出されたりしない場所に移動したかった。いよいよ揺れは激しくなり、水浸しの床は踏ん張りが利かない。わたしはテグの足首を摑むと、腰を落とした体勢で必死に彼を引きずった。どこからそんな力が湧いてくるのか自分でもわからないまま、風の抵抗を受けて何倍にも重さを増したように感じる彼の体を無我夢中で引っ張る。口の中がしょっぱいのは、雨だけでなく波飛沫《しぶき》を同時に浴びているからだ。

備品置き場の物陰へなんとかテグを回収し、土気色をした頰に手を伸ばす。かすかに感じられる温もりに激しい悲しみがこみ上げ、自分にも聞こえない掠《かす》れた声で何度もその名を呼んだ。

しかし絶望にかられてずぶ濡れの胸に突っ伏したわたしは、次の瞬間はっとして顔を上げた。目の前にある胸が弱々しく上下している。さっきはそうとわからなかったが、彼は生きている。喜びと安堵が奔流《ほんりゅう》となって体中を駆け巡ったところへ、テグがうっすらと目を開けた。

目を合わせ、頷きかけた。テグの回復を待っている余裕はない。伝わるかもわからない言葉をかけると、わたしは急いで甲板にとって返した。ここで決着をつける。執行人が気絶している今のうちに、今度こそ海に突き落とすつもりだった。

背中を風に叩かれ、全身を乱暴に押されながら重心を下げて進む。へたをすれば自分が手すりの向こう側へ落ちてしまいかねない。もうすぐ手が届くと気が急いたところを突風に煽られ、バランスを崩しかけた。冷汗をかく思いで床に手をつき、さっきよりも慎重に体を起こす。

背後の気配に気付くのが遅れたのは、嵐のせいばかりとは言えなかった。聞こえるはずのない声が聞こえた気がして振り返った瞬間、わたしはすでに頬を張られていた。稲妻が走ったような衝撃に難なく体を持っていかれる。

飛び込むように向かった先で、執行人を救ったロードバイクは無情にもわたしに牙を剝いた。ハンドルの突起に思い切り肋骨《ろっこつ》を打ちつけ、さらに横の手すりで腰骨を打つ。足元の執行人にかぶさるように倒れ込んで仰ぎ見ると、驚いたことにそこにいたのはフレイだった。原形をとどめないほど顔の右側を腫らして、それでも自分の足で立っている。驚きを越えて啞然《あぜん》とした。死んだはずではないか。少なくとも、あの高さから落ちて自分の足で歩けるとは思えない。

それでもフレイは生きていて、おそらくはあのブザーの音を聞きつけてここに来たのだ。右に左に体を傾けながらよろよろと歩く、半ばゾンビのような風体のフレイにわたしは心底ぞっとした。本当ならば、歩くどころか自力で動くこともできないはずだ。いくら薬物を摂取しているとはいえ異常だった。もし仮にその薬に一時的な筋肉増強作用のようなものがあったとしても、肉体の器質的なダメージを補って余りあるほどの効果など聞いたことがない。あるいは常軌を逸した執念がそこまで薬物の作用を増幅させたのだろうか。

そしてわたしは、フレイが手にしているものにようやく気が付いた。機関室でわたしを探していて見つけたのだろう。わたしの視線をたどったフレイは、手錠を掲げて楽し気に笑った。

「なぁ、マイラ。俺から逃げられないようにしてやるよ」

――狂っている。完全に。

もう無理かもしれないと、頭の中で声がした。これ以上はわたしの手には負えない。船の揺れとは別に揺れ動くフレイの体と、自分のすぐ隣に横たわっている執行人を見比べる。もしも今、この男まで目を開けたら……？

ふと見れば、三メートルほど離れた床に斜めがけにしていたはずのポシェットが落ちていた。紐《ひも》の端が切れている様子からすると、テグを引きずった時に自分で踏んでちぎってしまったのかもしれない。ため息が風にさらわれる。今度こそ本当に無理そうだ……。

しかし絶対に無理かどうかは、最後までやってみないとわからない。わたしはゴルフパンツのポケットに手を伸ばし、手元に残っている唯一の武器を取り出した。たった一本の細いペン。心もとない最後の切り札を後ろ手に握り、少しずつ力を溜めた足をバネのように弾けさせて一気に立ち上がる。

二十センチの距離で睨み合った時には、わたしはすでに腕を振っていた。頬に食い込んだペン先が顔の骨に当たり、ガツと鈍い感触がする。一瞬ひるんだのはわたしだけで、フレイは血走った目でわたしの手首を捕まえ、わずかに顔を傾けると平然と唾《つば》を吐き捨てた。血の混じった唾液《だえき》が糸を引き、風に巻き上がる。もはや痛みを感じていないらしい姿を目にして、わたしは呆然《ぼうぜん》と脱力した。そんな馬鹿な。いったいどうしろというのだ。

手練《てだ》れの殺人鬼よりも夫の方が侮《あなど》れない敵だったとは、なんという皮肉だろう。しかし考えてみれば、執行人は特性《ネイチャー》こそ操作されているものの、肉体の強度に直接的に手を加えられた様子はない。一方薬物の影響下に置かれた今のフレイはある意味化け物だ。この無《む》尽蔵《じんぞう》なエネルギーが薬によって湧き出しているのだとしたら、わたしに勝ち目はあるだろうか。動けなくするには、もっと確実に急所を狙うしかない。目か、首か。こんなおぞましいことを考えたのは生まれて初めてだった。

船が大きく揺れ、フレイに摑まれていた手が自由になった瞬間、わたしは再びペンを振り上げた。しかしペンが首に届く直前、船体に砕かれた波の飛沫が目に入り、海水の刺激に気を取られたのがまずかった。今度は平手ではなく拳を見舞われ、わたしは再び体ごと飛ばされた。あっと思った時には硬い床板がすぐそこに迫っており、つい先ほどハンドルに強打したのと同じ辺りを激しく打ちつけた。息が吸えず、心の中で悲鳴を上げる。甲板にすがるようにして耐える間、できることといえば視線の先に転がったペンを見つめることくらいだった。気が付けば、ついさっきまであんなに降っていた雨が嘘のように止んでいた。

体の内側が小動物に齧《かじ》られているように痛む。胃痛なのか生理痛なのか、それとも他の臓器に何かが起こっているのか。ようやく息ができたが、むせて吐き出した唾とも胃液ともつかないものに赤い血が混ざっているところからすると、肋骨が折れてどこかに刺さっていたとしてもおかしくはない。

「どうした、マイラ。酷《ひど》い顔だな」

海水は目だけでなく、顔中に滲《し》みた。自分では認識していなかったいくつもの擦り傷や切り傷が、灼熱《しゃくねつ》の痛みで一斉に抗議の声を上げている。

ふいに投げやりな気持ちが心を掠めた。もう何もかもどうでもいい。すべてを投げ出してしまいたい。思えばもう何日ぐっすり寝ていないのだろう。緊張状態が続き、体だけでなく精神的にもとっくに限界だった。自分が眠いのか気を失いそうなのか、そしてそれらと痛みのどちらが強いのか、何もかもがよくわからない。いっそ目の前の海に飛び込んでしまおうか。それですべてが終わるなら、その方が楽なのではないかと真剣に思う。それどころか、ようやくあの世でライラに会えるのかもしれない。一度考えだすと、それは今まで思いとどまっていたのが不思議なほど甘美な誘惑だった。

実際、テグがもう生きていなかったとしたら、わたしはそうしたかもしれない。しかしテグは生きていて、彼をフレイや執行人と共にこの船に残すわけにはいかなかった。ここでわたしが諦めて逃げるということは、彼がこれから迎えるはずだった素晴らしい人生をも見捨てるということに等しい。それはできない。したくない。

振り切れそうになった心の針をギリギリのところで戻し、わたしは手すりに摑まってゆつくりと腰を上げた。じりじりと移動し、先ほどから視界の片隅にあった救助用の浮き輪に後ろ手で触れる。浮き輪を手すりに固定している金具を、指先で慎重に探った。

Ｌ字型の金属に引っかけられているだけのように見えたのに、浮き輪はなかなか外れない。もしかすると金具はいくつかあって、そのうちのどれかに浮き輪のロープが絡まっているのかもしれない。その場から動こうとしないわたしを胡乱《うろん》な目で眺めていたフレイは、その存在に気付くと、何を思ったのかわたしではなく浮き輪と一緒にかけられていたロープの束に手を伸ばした。はずみで甲板に落ちた浮き輪には目もくれず、夢中でロープをほどいている。もしや手錠だけでは飽き足らず、あのロープでわたしを縛り上げようとでもいうのだろうか。

ロープと手錠を手にしたフレイが準備万端といったふうで突進してくるのを見て、わたしは最後のあがきとばかりに目の前の浮き輪を蹴った。想像よりも重かったが、むしろそれがよかったのか、足取りの怪しい足元をすくわれてフレイがつんのめる。わたしがひらりと体をかわすと、止まり切れなかったフレイは顔から手すりに突っ込んだ。

その時の何がどう作用したのか、わたしには知る由《よし》もない。しかしその瞬間こそが、まぎれもなくターニングポイントだった。こちらを振り返ったほんの一瞬だけその目に正気が戻ったように見えた後、フレイは業火《ごうか》に焼かれているかのごとく身もだえし、全身を痙《けい》攣《れん》させ始めた。

もしかすると薬の効き目が切れたのかもしれない。あんな怪我をしたまま無理やり体を動かし続けていたのだから、全身に想像もつかないような負荷がかかっていてもおかしくはない。

わたしの中でかすかな希望が息を吹き返した。この状態で薬の効果が切れれば、フレイは立ち上がることさえ不可能なはずだ。崩れるように両手をついたフレイは、もはや見えていないのか、両方の目を大きく見開いたまま床を手探りしている。

「て、手錠……」

落とした手錠を探し、震えというには不自然なガクガクとした動きでフレイがこちらに手を伸ばしたのを見て、わたしは思わず短い悲鳴を上げた。その声につられるようにして立ち上がろうとしたフレイだったが、足はとうに体重を支えることを放棄していた。膝が折れ、大きくバランスを崩した瞬間、高波で揺れた船が大きく傾いた。あの日自分が蹴り飛ばした仔猫のように手すりに叩きつけられ、フレイの体はそのままあっけなく向こう側へ落ちた。わたしは手すりにしがみついたまま、ほんの数秒間の出来事をただ目撃していた。

荒れる海面にひと際白い飛沫が上がったきり、頭も体も見えることはなかった。すべてを薙《な》ぎ払うようにうねる風が、耳たぶを裂くように音を立て続けている。

わたしはもどかしいほど緩慢な動作で浮き輪の真ん中に落ちていた手錠を拾った。それだけで鋭い痛みが体中を貫《つらぬ》く。右の肋骨はやはり折れていそうだし、腹部にはそれとは別の痛みがある。他にも頭蓋骨《ずがいこつ》を絞めつけられているような頭痛がするが、あとはもう、どこがどう痛いのか自分でもわからなかった。

体を引きずるようにして執行人の元へたどり着き、右の手首に手錠を掛けた。一度はこの手で殺してやると固く決意したはずが、目の前で海に飲み込まれるフレイを見たことで人が死ぬということに対する強烈な恐怖心が甦《よみがえ》っていた。わたしにはできない。躊躇って時間を無駄にするよりは、手錠で身動きをとれなくした方が早い。動きを封じることさえできれば、殺人兵器もただの人間なのだ。

——これで終わる……。

しかしもう片方の手首に手錠を当てがったわたしを襲ったのは、金属が噛み合う感触とはまったく別の衝撃だった。拘束の寸前でわたしの手を振りほどいた執行人が、屈んでいたわたしを突き飛ばしたのだ。

尻もちの振動が肋骨に直接響く。激痛に喘ぐわたしに目を据えたまま素早く体を起こした執行人は、服のポケットを探ると手錠の鍵らしきものを取り出した。

まだ持っていたのか……。テグが船底の部屋からいなくなった時点で鍵は用済みになったはずだが、手元に持っていないか、念のために両手を拘束した後で確認しようと思っていた。あと三秒あれば、そうすることができたのに！

意志の力を総動員して執行人と向き合い、自分もポケットに手を入れてから、もうペンはないのだということを思い出す。何もない掌に目を落としたわたしを見て、執行人は意識が戻ったばかりとは思えない余裕の表情で眉を上げた。

互いに睨み合ったまま、ゆっくりと立ち上がる。わたしはごくりと唾を呑み、身体の陰に隠した右手に意識を集中した。執行人が、止めることなどできないだろうと言わんばかりに悠々と手錠を外しにかかる。

――今だ！

わたしは素早く腕を伸ばした。ぎりぎりでかわしたつもりの左手から血が出ているのを見て、鍵を取り落とした執行人はいぶかしげに眉根を寄せた。

「何で切られたかって？　これよ」

種明かしに手の中のゴルフティーを見せ、執行人がそちらに気を取られた一瞬の隙をついて鍵を蹴る。小さな鍵は甲板の上をすべり、手すりの間をすり抜けて海上へと消えていった。

ゴルフティーとは各ホールの一打目に使用するボールの台座だ。ボールを載せるためのものだが、地面に刺して使うので片方の先が鋭利に尖っている。ゴルフパンツのポケットを探った時、ペンはなかったが出し忘れたままになっていた一本のショートティーを見つけた。

まさかテグに教えてもらった手品がこんなところで役に立つとは思ってもみなかったが、指の間に挟んだゴルフティーを手の甲側に隠し持つくらいは、わたしの器用さなら造作もない。大事な場面で特性《ネイチャー》が生かせたのなら、これこそ本領発揮といえなくもないだろう。

小さく舌打ちした執行人はわたしの手からむしり取ったゴルフティーを海へと放ると、握手でも求めるような気負いのなさでわたしの胸倉《むなぐら》を摑んだ。床に叩きつけられ、神経を遮断してほしいと願うような激しい痛みに思わず目を閉じる。体そのものが凶器であるような執行人に対して、わたしは今度こそ完全に丸腰だった。

アイスピック……。一瞬の後悔。目を開けると甲板に転がったままのポシェットが目に入った。……バーで見つけた砕氷用のピックは、刃先が十センチほどあった……。

起きようとしても、腕に力が入らない。上げかけた頭を床に戻し、何の音だろうと思っていたものが自分の口から出ていることに気付いて驚いた。歯の根が合わず、カチカチと盛大な音を立てているのだ。意識の外に追いやっていたものの、濡れた体はとうに冷え切っている。

そうだ。テグのことも、早く乾いたタオルで拭いてやらなくては。羊たちがテグの帰りを待っているのではないかしら。毛を刈るのはいつ頃の季節だろう。思考があちこちに飛び、とりとめのない思いに沈みかける。

「本当に、君ときたら……」

執行人がゆっくりとしゃがみ、手錠をぶら下げたままの右手をわたしの首に伸ばす。

ごめんなさい、テグ。素敵な村に帰してあげられなくて。心の中で詫《わ》びたところで、執行人が突然呆れたような笑い声を漏らした。目だけでその視線を追うと、息も絶え絶えのテグが向こうから這ってくる。その体でいったい何ができるのかと言いたくなるような様子に、執行人はわたしに向かっておどけた顔で首を振ってみせた。

しかしその瞬間、わたしには一筋の、か細い希望の光がきらめくのが見えた。

「テグ！　わたしのポシェットにアイスピックが入ってるわ！」

テグのパンツのポケットにもペンが一本入っていたはずだが、それで敵うとも思えないし、とうに失くしてしまったかもしれない。もう一度目をやると、水を吸ったポシェットは吹きすさぶ風を無視するように先ほどとほとんど同じ場所で床にへばりついていた。

一縷《いちる》の望みを込めた叫びはひどく掠れていたが、耳に届いたのかテグが動きを止めてわたしを見た。とっさにポシェットを指さしたものの、執行人がすかさずその手を押さえ込む。

距離があっても、黒い瞳が思慮深く輝いているのがわかった。わたしは訴えかけるように、祈るようにその目を見返した。伝わっただろうか。彼はわたしの言いたいことを理解してくれただろうか。一拍ほどの間をおいて再び動き出したテグは、ポシェットには見向きもせず、その脇を素通りしようとした。

「ポシェットよ！　あなたのすぐそばにある、そのポシェット！」

首を押さえられたままくぐもった声でもう一度叫ぶが、テグにそれを理解した様子はない。今なら手の届くところにあるポシェットに目もくれず、こちらを目指して全身を床に擦りつけるように向かってくる。

「どうしてよっ……⁉」

癇癪《かんしゃく》を起こしかけているわたしを楽しそうに見やり、執行人がくつくつと笑う。

テグは目を開けているのもやっとのようで、前に出す腕がわなわなと震えている。この先にどんな結末が待っていようとも、近づいてくるテグを見つめること以外、もはやわたしにできることはなかった。

執行人は歓迎しているかのような笑顔で辛抱強くテグを待っていた。あと少し。もう少し。しかし、その先は……？　ようやく届く距離まで来たテグの顔面に、執行人は容赦なくつま先を蹴り込んだ。顔が大きく左右に振れ、テグの力尽きた頭がその場に沈む。憐《あわ》れむような視線を感じながら、わたしは目を閉じて天を仰いだ。

「残念だな。せめて公語が通じる男を選ぶべきだったんじゃないか」

体ごと向き直った執行人が、皮肉たっぷりにわたしに顔を寄せた瞬間だった。

猛然と身体を起こしたテグが、アイスピックを執行人の背中に深々と突き立てた。すぐに抜き、もう一度叩きつけるように強く刺す。

衝撃に目を見開いた執行人は何が起きたのかわからないという顔をしている。

それはそうだろう。ポシェットは今も変わらない場所にあるし、テグはそこまで取りに行ったりはしていないのだから。しかしこのアイスピックはさっきからずっと、備品置き場でわたしが渡した時からずっと、テグが服の下に隠し持っていたのだ。

執行人が束の間のショックから立ち直る前に、わたしは力を失った手から逃れてなんとか体を起こした。三度目のアイスピックを食らった執行人が、体勢を崩して手すりに手を掛ける。

顔の前を通ったものに目を奪われた時には、ほとんど勝手に体が動いていた。

「キン」という甲高い金属音に続き、「カチャリ」というかすかな音を聞いた気がした。手すりを摑んだ執行人の右手が手錠によって手すりに固定される。プロの殺し屋が素人《しろうと》に拘束された瞬間だった。

アイスピックによる怪我がどの程度なのかはわからないが、テグがわたしを立たせる間も執行人は動こうとしなかった。自分のダメージを推し量っているのか、この状況を打開する次の手を考えているのか、その表情からは読み取れない。

「残念なのはあなたの方ね。『反骨心』って、後天的に育つみたいよ」

勢いよく伸びてきた左手をかわして離れると、執行人は咳き込んで口から血を吐いた。同情には値《あたい》しない。この男が生きるも死ぬも、あとは天に任せるだけだ。

あの時、這ってくるテグを見て頭に浮かんだ作戦は、考えたというよりはひらめきが降ってきた感じだった。

わたしとテグのどちらが武器を持っていたとしても、相手がこの男である限り勝算は低い。しかし執行人がわたしたちのハンデだと認識しているであろう「言葉が通じない」ことを逆手に取り、油断させたところで不意打ちすることができたなら、そこにはわずかな可能性があった。

正直、テグに伝わるかどうかは賭けだった。「このアイスピックはあなたが持ってい て」と最後のお守りのつもりで渡した時、テグは言葉にならないうわ言を呟くのがやっとだった。それでもわたしは、頭の回転が速い彼ならわたしの意図を理解してくれるのではないかという期待にすべてを賭けた。そして彼はわかってくれた。「アイスピック」は自分が持っており、執行人はそのことを知らず、わたしがわざわざ別の所にそれがあると叫んでいるらしい、ということに隠された意図を。

わたしは大きく息を吐き、水を含んだ砂袋のようにずっしりと重たい体をテグに向けた。

テグは「疲れたよ」とでも言いたげな顔をして、口の端だけで笑ってみせた。

それはわたしのお気に入りの、とても彼らしい笑みだった。

助けが来たのは、日が傾き始めた頃だった。

嵐が収まった静けさの中で汽笛《きてき》が鳴り響いた時、わたしたちは二人ともぼろ雑巾のように疲れ果て、傷だらけだった。テグの右目は相変わらず腫れているし、体中のいたるところから血が滲んでいる。わたしにしても神経は痛覚に支配され、口の中は鉄臭い味で満たされていた。

イエリーの父親が差し向けた捜索船の乗組員たちは、イエリーが亡くなっていることがわかってもわたしとテグを丁重に保護してくれた。執行人は港に着き次第、警察に引き渡されるという。フレイやミアのしたことについては、わたしは自分が見聞きした事実だけを正直に話すつもりだ。素人の余計な意見や憶測などなくても、警察はきっと真実を見出すに違いない。もっとも、罪を犯した当事者たちもすでにこの世の者ではないのだが。

ここで起こったこととリンク・ダンチとの関連は、おそらく証明されることはないだろう。この船は彼のものらしいし、船や航行に不備があったことはごまかしようがないが、考えてみれば殺しが彼の指示であったことを示す証拠は一切ない。カードには「R・D」とあっただけだし、わたしにしても会話に名前が挙がったのを聞いただけなのだ。

――レペンス――。

わたしは心の中で呟いた。もしもそのコロニーにいる人々が遺伝子選択に反対するだけでなく今の体制に反旗を翻すつもりなら、かすみ草の街のように平和なだけの場所ではないのかもしれない。それでもリンク・ダンチの計画を邪魔した以上、わたしは少しでも彼の手が届きにくい場所に行った方がいいのだろうし、わたしにだって、このおかしな世界に対して何かできることがあるかもしれない。

家には帰らない。まずは港で、腕時計やバッグを売って翻訳《ほんやく》機能の付いた携帯型端末を手に入れよう。テグがどうしたいかは、本人に訊《き》いてみないとわからない。それに南方にあるペルサスの街は、思いのほか、大陸の南端とも近いかもしれない……。

ピンクがかった灰色の空から、置き土産《みやげ》のような大きな雨粒がぽつりと落ちてきた。見上げた先に風に逆らって羽ばたく鳥を認めたわたしは、それが鷹ではないことを確かめようと思わず目を細めた。もちろんそれは鷹などではなく、ただの海鳥だった。

一瞬の怯《おび》えを察したのか、隣にいたテグが包み込むようにわたしの手を握った。

鈍った頭で、張り詰め続けた心が悪夢の終わりを受け入れるのには少し時間がかかりそうだと考える。しかしわたしには、わたしたちには、これからという未来が待っているのだ。

掠れた声で呼ばれテグを見ると、彼は思い詰めたような目でわたしをじっと見つめていた。

その顔を見て思う。もしかするとわたしも今、彼と同じような顔をしているのかもしれない。これは本人たちにだけわかる予感なのだろう。少なくとも、わたしははっきりとそれを感じることができた。テグはわたしと引き離され、このまま二度と会えなくなることを危惧《きぐ》している。そしてわたしも……。

そうならないようにするつもりだと、彼にどう伝えたらいいのだろう。逡巡《しゅんじゅん》しているうちに、テグがわたしの指を握り直し、意を決したように手の甲にキスをした。

この行為はおそらく、少なくとも今この時においては、挨拶《あいさつ》や感謝の意思表示などではないだろう。翻訳ができなくても、彼の目を見ればそれはわかる。

彼がどんな境遇に生まれ、どんな環境で育ったのかは知らない。わたしと彼の間にどんな価値観や常識の相違があるのかも知らない。それどころか、ほとんど何も彼のことを知らない。でも、なのか、だから、なのか……。

――彼のことを、もっと知りたい。

心を決め、一つ深呼吸する。

先のことはわからない。それでも今のわたしは、自分で選んだ一歩を踏み出すことができる。

わたしは彼の手に想いを込めてキスを返し、漆黒《しっこく》の瞳に微笑《ほほえ》みかけた。

徐々に赤味を増す空の端が、燃え盛る炎のようなグラデーションを描きはじめていた。


―了―

※この作品はフィクションです。実在の人物・団体・事件などにはいっさい関係ありません。

集英社オレンジ文庫をお買い上げいただき、ありがとうございます。
ご意見・ご感想をお待ちしております。

● あて先
〒101-8050　東京都千代田区一ツ橋2-5-10
集英社オレンジ文庫編集部 気付
羽良ゆき先生

ハンティングエリア

～船上の追跡者～

集英社
オレンジ文庫

2025年4月22日　第1刷発行

著　者　羽良ゆき
発行者　今井孝昭
発行所　株式会社集英社
〒101-8050東京都千代田区一ツ橋2-5-10
電話【編集部】03-3230-6352
【読者係】03-3230-6080
【販売部】03-3230-6393（書店専用）
印刷所　株式会社DNP出版プロダクツ

ISBN 978-4-08-680618-3 C0193

集英社オレンジ文庫

氷室冴子

氷室冴子セレクション

銀の海　金の大地　1

古代日本、湖《ウミ》の国・淡海《おうみ》。複雑な生い立ちを理由に疎外されて育った14歳の少女・真秀《まほ》は、一族の血の宿命により時代の争乱に巻き込まれていく…。

氷室冴子セレクション

銀の海　金の大地　2

窮地に陥った真秀を救うため、目も耳も不自由な兄・真澄《ますみ》の不思議な霊力が覚醒する——！　さらに真秀は同族「佐保」の若き王子と出会うが…？

氷室冴子セレクション

銀の海　金の大地　3

真秀は神夢《かむゆめ》で若き日の日子坐《ひこいます》がなした恐るべき陰謀と、日子坐と母・御影《みかげ》の出会いを知る。目覚めた真秀は、自分たちが背負う宿命に心を乱して!?

好評発売中

【電子書籍版も配信中　詳しくはこちら→http://ebooks.shueisha.co.jp/orange/】